U0494209

川西以西

CHUANXI YIXI

周家琴 著

四川民族出版社

图书在版编目（CIP）数据

川西以西／周家琴著． --成都：四川民族出版社，
2024.1
　ISBN 978-7-5733-1638-7

Ⅰ.①川… Ⅱ.①周… Ⅲ.①散文集–中国–当代
Ⅳ.①I267

中国国家版本馆 CIP 数据核字（2024）第 007011 号

川西以西
CHUANXI YIXI

周家琴　著

出 版 人	泽仁扎西
责任编辑	伍丹莉
助理编辑	果基伊辛
责任印制	谢孟豪
出　　版	四川民族出版社(四川省成都市青羊区敬业路 108 号)
邮政编码	610091
设计制作	成都圣立文化传播有限公司
印　　刷	四川金邦印务有限公司
成品尺寸	170mm × 240mm
印　　张	16
字　　数	260 千
版　　次	2024 年 1 月第 1 版
印　　次	2024 年 1 月第 1 次印刷
书　　号	ISBN 978-7-5733-1638-7
定　　价	68.00 元

著作权所有•侵权必究

情景交融的乡村画卷

谷运龙

打开《川西以西》的文档,家琴那有着几分书卷气的倩影便浮现在我的眼前,她背着行囊在宁静的心情中揣着向往和喜悦自在地走着,你便不由自主地跟了去,不知去往何处。不管去往何处,终归是美丽的。

川西以西显然是一种地理标志,这样的地理标志呼应了中国一个很奇特的指认,即东西部。东部自然是肥美富饶、沃野平畴。西部便一直与野性、蛮荒、边地、贫穷相连。

改革开放40多年,春风浩荡,莺飞草长,东部乘东风而展翅,谱写了一曲曲雄奇壮美的奋进之歌,让物质在那片广袤的大地上铸造文明之邦、精神家园。西部呢?虽也乘风而飞,却总是飞不出鹰的高度和鹞的速度。东西部的差距并没有在这样伟大的时代中缩小，反而拉得更大。国家不是不知，而是清楚地看到了这样下去的后果，于是相继出台了西部大开发的优惠政策，并让东部帮扶西部，时间已逾20年，西部的贫困状况依然重于东部。在西部的川西以西呢？情况当然更为严重。

但西部自然也有其独特的优势，上天不会不公平到那样的程度。他在对地质和地貌的塑造上让西部独厚其爱，让万千气象孕育出如九寨、黄龙、喜马拉雅这样的人间仙境。那些带着野性胎记和原始乳味的孑遗文化一直都在深幽而绵远的山谷间低吟和曼舞。但张牙舞爪的贫穷如垂天之翼始终横行在川西以西，靠山吃山、靠水吃水的生存理念让西部以掠夺的手段不断地毁灭着上苍赐予的金山银山。

贫穷，这本是古今中外的世界难题，即使西方那些靠掠夺霸凌起家、发家、肥家的老牌资本主义国家也依然在它面前不寒而栗。中国这样的发展中国家，脱贫、全面小康谈何容易？

然而，祖国总是把她的人民紧紧地拥抱在怀里，伟大的母亲总是把她的儿女深深地装在心里。这是个伟大的时代，全面小康的号角在华夏大地吹响，脱贫攻坚的路上一个也不能落下的严厉叮嘱回荡在广阔的宇宙。谁还能闲庭信步呢？谁还敢当一天和尚撞一天钟呢？一场全民出击、志在必克的脱贫攻坚战在神州大地轰轰烈烈地打响。

家琴闻号角而振奋精神出发了。那是一个作家的使命，是一个西部人的情怀。她依然背着旧日的行囊，踏着诗意盎然的节奏，向往着川西以西更加丰盈高蹈的明天。

她的角色规定了她当然不是去攻城拔寨，她是去发现、去描写、去讴歌。她以作家的眼光很好地发现了这场战斗在川西以西的不同场景：那是一种在绿水青山中悄然向前的衔枚疾走，也是在穷途末路中的奋勇抗击。她用语言的嫩绿枝叶和故事的生动芳香编织出一块块流光溢彩的锦绣。

《云朵上的人家》里的黄幺妹是一个在与贫穷的拼杀中步步为营的女子，以坚韧的时不我待和永不言败的巾帼精神去夺取胜利。家琴没有让我看到黄幺妹眼里对贫穷的恐惧，而是让她的一枚枚自强自尊的笑靥装在她家的酒杯中，让满桌的美味佳肴弥散在浮云牧场的云卷云舒中。这是一个女人的形象，又不仅仅是一个女人的形象，家琴通过在她身上寄予了川西以西所有女人那龙走蛇行的铮铮硬气和杂谷脑河清碧如歌的柔柔情怀。

提起金川，自然想到了梨花。梨花盛开时，真是芬芳漫天，洁丽遍地。金川的周山村穷，但他们有一个罗尔伍书记。这是一个小小的指挥官。家琴没有让他指手画脚，更没有让他挥臂冲锋，而是把他放在文化的基座上去雕刻，用特别的梨花去装饰。让我看到罗尔伍书记不是在指挥一场战斗，而是在凝心聚力地描绘周山的美好，一群百姓簇拥着他为他研墨、铺纸、递笔。果然，心仪的美好出来了。大金川上游这一粒熠熠生辉的金子，是一个村庄的美好，又不仅仅是一个村庄的美好，家琴通过它把大渡河宏阔的涛声和金川雪梨丰沛的蜜甜赋予了川西以西的所有村寨。

在这样的宏阔涛声中，家琴让八宝向我走来。这已是一位退休的年迈老人，他曾是攀合作社的社长。他是草原的儿子，更是草原的骄子。他深邃的眼神看得穿浩瀚的天空，瘦瘦的胸怀放得进宽阔的草原。很多人退休后都去了内地或海拔低一些的地方，然而他为了贫困百姓，依然像钉子一样钉在草原上，他是一年四季都开在老百姓心里的格桑花。他是一个退休干部，又不仅仅是一个退休干部，家琴通过他彰显出川西以西所有干部那如草原红柳般的坚韧和黄河落天般的豪情。

家琴不会让川西以西那些子遗而一直在高山深谷低吟曼舞的文化冷落，它们不会老去，只待春风一抚，便灿烂开放，与守护和传承它们的人一起挥戈舞矛，和贫穷展开拼杀。马奈锅庄那艳丽的披风又飘逸出女儿国奇妙的体香，哈休的石刻又焕发出古韵的新绿。即使还隐在深山的小小博物馆也时常有人寻踪而去，觅得文化的一丝隽永。

我只是从《川西以西》的佳作中掬出一捧清碧让你欣赏，那是一条壮美的河，它流过若尔盖大草原，流过四姑娘山，流过九寨沟，也流过所有人的心上。其流过之处，无不承载着一脉脉花香、一片片富饶，一座座山峰、一个个村寨都被它有机地连起来了，构成一幅情景交融的乡村画卷，在蓝天白云下活色生香。

就这样，家琴在《川西以西》中完成了一种地理标志和精神标志的轮回，唱响了在这个伟大时代，在那片美丽而丰腴的大地上的脱贫攻坚的颂歌！现在川西以西的人们依然靠山吃山，靠水吃水，却是如对待心肝宝贝一般守护着他们金山银山似的绿水青山。

目 录
CONTENTS

第一辑
村人村事

1 / 云朵上的人家 002
2 / 红村日记 015
3 / 梨乡深处有人家 024
4 / 小金的两个村寨 043
5 / 松岗，阔步前行的山里人 055
6 / 一只飞翔的"鸟" 082
7 / 高山上的引路人 090
8 / 在核尔桠山上 095
　　——马尔康市沙尔宗核尔桠村纪实 095
9 / 奔跑的人 103
10 / 风雪夜归人 108
11 / 夕阳余晖映草原 114
12 / 阿波的草原 122
13 / 哈休的春天 126
14 / 壤噶夺玛村的夏天 130

15 / 吉岗的山野 138

16 / 阿来故乡行 146

17 / 古老的寨子 154

18 / 初遇狮子坪 162

19 / 红柳深处 165

20 / 遇见达格则 168

21 / 四姑娘山走笔 172

22 / 九寨的味道 177

23 / 九寨册页 182

24 / 茂州纪事 189

25 / 梦里草原 198

26 / 黑水印象 202

27 / 壤塘的山寨 210

第二辑

涉水流经

1 / 阆中有个五龙村 218

2 / 青川的色彩 224

3 / 广元有个温情女儿节 230

4 / 铜匠人 233

5 / 云上天路，心上高速 236
　　——雅康高速侧记 236

第一辑

村人村事

1 / 云朵上的人家

西山，云朵棉白，群峰逸俊
羌山人家的勤劳，乡村干部跋涉的艰辛
浮云道上，辗转过西山人家的蝶变生活
我吹过你吹过的风，走过你走过的路
我看见：满坡的山花正绽放在你家门前
我看见：你的笑颜亦如坡上绽放的山花

一、六月去西山

孟屯河是一条清澈美丽的河流。

孟屯河沿岸有个文化底蕴深厚、人杰地灵的地方——通化乡，它是阿坝州理县高山峡谷中一个普通的乡镇。通化有一个西山村，最近几年因为牧场民宿和乡村客栈的旅游开发，在省内外渐渐闻名，全国各地的游客纷纷慕名而来。随着西山走入各地民众的视野，这里的美丽被广泛传播，西山人的故事也终于被广泛流传。

西山村位于理县县城东北部，距县城45千米，平均海拔2800米。全村辖4个村民小组，共计179户、509人，羌族人口占比99%，是个典型的羌族聚居区。

去西山的想法源于文友阿穆楚绘声绘色的介绍，更多还是源于内心对于乡村的热爱。几年前就知道理县的高山之巅有一个浮云牧场，据说是很多大都市人特别喜欢的地方，现在才知道浮云牧场就建立在理县通化乡的西山村里。浮云牧场是一个由民营企业打造的、极富特色的高端民宿，一直没有机会去体验，因此，当阿穆楚跟我说西山上有一家黄幺妹客栈，那里有一个非常励志的女人值得去采访的那一刻，我就萌发了随她一起去西山看看的念头。

一切都是刚刚好的样子。我随阿穆楚一同下理县，到了通化乡，副乡长张廷华陪我一同前往西山村。刚好他帮扶的村子就是那里，对于我想采访的黄幺妹自然也就非常熟悉。张副乡长说黄幺妹几年前还是他的建档贫困户，经过几年的政策帮扶，他也给黄幺妹一家出了很多致富的点子，现在黄幺妹一家不但早已脱贫致富，而且已经迈向了小康。听他这样一说，我心里更有底了。

我是第一次去西山村，通往那里的路只有一条，从通化乡政府山脚下出发上山，沿着蜿蜒曲折的浮云道向上爬行，走完20千米的村道后，就能到达西山村拉弯组。浮云牧场和黄幺妹客栈都属于拉弯组的管辖范围。

路曾是山里人的痛。

"要致富，先修路。""火车一响，黄金万两。"交通是山民脱贫致富的重要因素。

去西山村的路全是上坡山路，道路蜿蜒狭窄，汽车紧紧沿着山路斗折蛇行，路况总体一般，在水泥路面比较完整的路段，即使弯道接二连三出现，汽车行驶起来也是溜顺的，但遇到碎石子比较多的路面或者凹凸不平的地方时就有些颠簸，汽车只得小心翼翼地慢速行驶。去西山村的道路如今已经算不错的了，浮云牧场在西山村落户以后，村里就给这条通往西山村山顶的村道取了一个好听的名字——浮云道，并且在道路的转弯处设置了指示牌，给上山的客人指明方向。通化乡几名扶贫干部陪我一起去西山村，张副乡长那些年的扶贫对象就是包括黄幺妹在内的几户人家，上西山检查指导村上工作是常有的事。我问张副乡长，上西山的浮云道是不是浮云牧场修建的，张副乡长说是理县财政出资修建的，造成此路况时好时差的原因是山区地质条件复杂以及雨水冲刷。我们的交谈时断时续，上山途中张副乡长接了几个电话，在电话里面事无巨细地安排工作，乡政干部面临的琐事太多。

汽车在西山村的浮云道上缓慢爬行，21千米的山路要走近一个小时。西山村虽然在山上，交通不是那么便利，但是土地还是丰饶的，果树也多，以车厘子、青脆李、红脆李和枇杷等居多。农民地里的庄稼以玉米、土豆、莲花白和白菜为主。正是青葱翠绿的季节，地里也都是绿油油的。在去西山村的途中，对面的佳山露出了它雄奇俊朗的姿容。可以毫不夸张地说，站在西山村山道的任何一个位置，对面白云缠绕、连绵逶迤的群山、山麓或者山腰隐约可辨的村落、沟壑纵横的峻峭山岭都会齐刷刷地撞入你的眼帘。有人说，去西山主要看山间忽聚忽散的云海，但是我更喜欢群山的刚毅和群山之上湛蓝高远的天空。

不到一个小时，汽车便在路边一家小客栈门前停了下来。我们刚刚下车，就见客栈的铁门嘎吱一声打开了，一位身材瘦小、皮肤稍显黑红的中年妇女出现在我们面前，她穿的绣有羌绣花纹的衣领让我迅速知道了她的族别身份——羌族。张副乡长热情地对我说："她就是客栈老板娘黄幺妹，也是我们之前的建档贫困户，2017年就脱贫了，这家民宿是她家开的。"由于来之前我和黄幺妹通了电话，我的到来就显得不唐突。然而，眼前的羌族女人和我在网络视频里见到的那个推销甜蒜的"理县黄幺妹"有太大的出入，经过几方比对，我才确信她就是我要找的黄幺妹——黄秀英。

张副乡长一行三人正与黄幺妹说到关于低保的事，拿出表格在核实填写什么。我在院子里转了转，院坝宽敞，干净整洁，站在院坝边极目四望，空山辽阔，远处可见几户羌民的房舍，被青葱的树林包围着，四周见缝插针般生长着苹果树、李子树等果树。这是一个村民居住点相对零散的村小组——拉弯组。

二、高山上的客栈

平凡人的生活没有捷径，或者说勤劳是唯一的捷径。

1. 初识黄幺妹

6月，夏至未至。

去西山，去看看在海拔2700米的高山上那些生长在云朵上的羌寨人家，去找一个叫"黄幺妹"的女子摆家常。

当我们在黄幺妹的院子里坐下时,正是阳光明媚的午后,山野清凉的风吹过山谷,吹过院坝,清爽宜人。我们在一杯清茶里打开了话匣子。

"大家都叫你黄幺妹,是因为你在家排行老幺吧?"

"我家有七兄妹,我有四个哥哥、一个姐姐、一个弟弟,我排在老六,还是比较靠后吧,反正大家都叫我黄幺妹,我的本名叫黄秀英。家里兄弟姊妹多,父母拉扯大这么多娃娃,确实是很困难的。大姐后来嫁到了本村马奔组,大哥、二哥也是一直在西山村结婚生子,没有下山,三哥在通化村安家落户,四哥下山去了成都龙泉成家,最小的弟弟后来也去了成都讨生活,把家安在了成都。"

黄幺妹在我面前也不拘谨,这么多年来在自家客栈接待了来自天南地北的客人,也算是见过世面了。

黄幺妹客栈位于西山村拉弯组地势最高的山上,也是黄幺妹丈夫余文正的家。1995年,黄幺妹刚刚20岁出头,从娘家的西山村拉弯组那头嫁到拉弯组这头。余文正家里有父母双亲,还有一个兄弟。正值青春年华的黄幺妹嫁到了余家,一踏进余家的家门,只见三间简陋的小屋立在山腰,家里陈设虽不叫一贫如洗,也确实没有什么像样的家具。当时黄幺妹的心里涌起了说不出的滋味,哪怕有很多不甘,也只得接受生活的现实。唯一想得通的地方就是离娘家近,万一受了啥委屈转身就可以回去。虽说离娘家近,可是黄幺妹觉得毕竟还是没有走出大山,甚至都没有嫁到山下去。在大山里土生土长的姑娘,哪一个不想像鸟儿一样远走高飞呢?

好在丈夫余文正是个特别实诚、善良的人,他比黄幺妹大7岁,也真像大哥一样疼爱她。相处得久了,两人就变成了亲人,相互疼爱、相互鼓励,把日子踏踏实实地过下去了。

夫妻俩也都是勤快人,过着日出而作、日落而息的生活,西山村的高山土地的产出就是他们最大的收入来源。山区农村跟平坝农村是有区别的,一是土地不够多,二是土地不够肥沃,三是农作物种类比较少,只能种出适合山区生长的庄稼与蔬菜。多年来,夫妻俩过着跟西山村村民一样广种薄收的日子,靠着地里种出的玉米、土豆、白瓜等也只能勉强糊口,随着两个孩子的降临,生活的担子就更重了。山上虽然也可以挖到一些中药材拿去卖掉补贴家用,但他们的日子还是过得捉襟见肘。

"你觉得什么时候是最苦最累的？两个娃娃读书顺利吗？"

"最困难、最恼火的时期就是把娃娃带大的那些年。女儿3岁、儿子2岁那年，我老公83岁的奶奶去世了，农村兴办红白喜事，但我们家里穷得拿不出钱来，最后向大姐家借了1000元，又向邻居借了500元，才把丧事办完。那时我们除了种地几乎没有啥收入，也没有钱在通化租房子，方便娃娃读书。大女儿在汶川县城读高中那3年，我几乎没有给她买过一件新衣服，更别说手机啥的了，衣服都是亲戚朋友送的，新的、旧的都有。女儿也懂事，从不给我们提要求，只顾埋头读书，学习很用功，从小学到高中成绩都在班里名列前茅，高考考了500多分的好成绩。儿子读到高二那年就辍学了。"

"儿子不读书是因为没钱，供不起了吗？还是其他啥原因？"

"儿子高二那年，他姐姐考上了大学，他觉得大学费用比较高，怕我们负担太重，吃不消。当时刚好一个来自成都新都的回头客是个能干的老板，瞧上了儿子的机灵踏实，就把他带到新都，给了他一份工作，算是打工挣钱了。"

"儿子工作还顺利吧？"

"还不错，儿子每个月20日发工资，除了生活费等必要开支，剩下的都交回家了。他姐姐也毕业了，现在在彭州军乐小学当英语老师，工作也还顺利。"

说着说着，黄幺妹翻出手机里的图片，给我看了女儿的工作照，看起来是个既阳光又能干的孩子。黄幺妹说女儿喜欢阿坝，喜欢自己的家乡，还自己开了一个微信公众号——"最阿坝"。公众号里发布的大多是宣传家乡、充满乡土情结的文章。一谈到孩子的事儿，黄幺妹似乎既开心又难过，开心的是娃娃终于长大成人，有了稳定的工作，难过的是她总觉得亏欠了孩子很多。

2. 客栈的兴起

2016年，国家精准扶贫政策在全国轰轰烈烈地落实开展，理县通化乡西山村因为地处高半山上，交通闭塞，虽然从山脚下到西山村的路程只有21千米，上山、下山却都不容易，开车上山都要花一个小时。村民的农副土特产品拉到城里去销售，除去来回路费也挣不了几个钱，顶多能补贴点油盐酱醋等零碎花销，人均收入比较低，大多数村民都是在温饱线上挣扎，经济发展情况在全县一直处于落后水平。

西山村虽然位于偏僻的高山之上，但是风景秀丽，空气清新，适合修身养性，放松心情，是个适合度假休闲的好地方。2015年，一家民营企业瞧准了商机，投资数千万元在西山村打造了一个旅游休闲度假之地，并且取了一个好听的名字——浮云牧场。2016年春天，浮云牧场大规模开工，建筑工人的食堂就设在黄幺妹家里。黄幺妹由此成了浮云牧场的临时工人，月工资3000元。她每天负责给施工队工人煮饭，觉得每月有收入也挺不错的。浮云牧场开始接待客人以后，黄幺妹亲眼看见络绎不绝的游客来西山村浮云牧场度假的繁荣景象。浮云牧场是比较高端的民宿，住宿餐饮的品质和档次都比较高，但是也有部分游客喜欢吃当地的农家饭。起初，黄幺妹很乐意给游客做饭，后来随着来吃饭的客人越来越多，她家那几间房屋不够用了，黄幺妹夫妇就想扩建几间屋子出来。于是他俩向亲戚朋友东拼西凑地借钱，乡上扶贫干部也帮忙出谋划策。

黄幺妹一家是通化乡西山村的建档贫困户，县旅游局干部知道黄幺妹家想开乡村客栈的时候，立即拨了2万元的扶贫资金送到黄幺妹手上。有了大伙儿的帮助，加上黄幺妹一家自己凑的钱，夫妻俩在老屋旁紧赶慢赶地新建了几间屋子，又新添了桌椅板凳、锅碗瓢盆等必需品，乡村客栈就这样简简单单地开始接待客人。

黄幺妹两口子是勤快人，每年地里要种10多亩蔬菜，光是土豆一年就可以产出几千上万斤，家里还喂养了好几头猪，以前将农副产品拉下山销售，除去人工、肥料、运费等基本费用，手头也落不了几个钱。客栈开起来之后，黄幺妹给客人做的菜肴基本都用的是自己家种的无污染蔬菜，腊肉、香肠也是出自自家喂养的粮食猪肉，一些菌子、野菜也是丈夫上山挖的，鸡蛋也是自家喂养的土鸡下的，就连葱、蒜、白菜也都是自家地里种的。黄幺妹客栈的饭菜都是农家饭：土豆炒腊肉、麻辣香肠、烘土豆、炒土豆丝、凉拌油辣菇、香葱炒鸡蛋、野菌炖鸡等，客人吃了纷纷赞不绝口。起先一大桌客人吃了饭，问黄幺妹多少钱，黄幺妹自己也不知道该收多少钱，她觉得食材都是自家种的或者自家喂养的，就让客人看着给点就是了。客人一对比浮云牧场的价格，觉得也不能太让黄幺妹吃亏，索性就三百、五百地支付了。客人离开时，黄幺妹通常会给客人装上几斤自家种的土豆带回去，有时候还会给客人捡上十来个自家的土鸡蛋，或者给客人一条自家腌制的肥腊肉，客人自是非常欢喜。过不了多久，曾经来过的客人又来了，还带上了另外的亲朋好友来度假。所以，她家客栈接待的基本都是回头客，生意就这样越做越好了。

"你们家客栈2016年开始经营，那年总收入怎么样呢？"

"非常不错，我做梦都没有想到开客栈的收入会这样好，光是2016年，就把新修的6间客房的钱挣回来了，我还清了向亲戚朋友借的所有钱，突然感到再苦再累都是值得的，干劲儿也更大了。"

转眼到了2017年，黄幺妹客栈的好口碑越传越远，浮云牧场也在网上被炒得火热。玻璃栈道网红打卡点、星空房、帐篷酒店等别具特色的旅游产品让游客趋之若鹜。浮云牧场的所有民宿都需要在网上预订，而且价格不菲。而在这一年，黄幺妹又投资修建了4间客房，客栈的回头客特别多，这个藏在高山上的小客栈因为回头客的到来生意异常火爆，这是出乎黄幺妹两口子意料的事情。黄幺妹非常自豪地说，她在2017年也是赚得盆满钵满。这一年，黄幺妹一家完全脱贫，不但脱贫，还有了余钱，乡上扶贫干部终于大大松了一口气。

人们常说穷则思变、富想更富，经济条件日益变好的黄幺妹开始考虑下一步怎样更好地发展。2018年，趁着手头有钱，黄幺妹两口子开始加紧修建露天坝，扩建厨房，增设饭厅。一个功能更加齐全且宽敞美丽的成熟客栈建成了。客栈的每个房间全是木质结构，功能齐全，布置得温馨、漂亮又洁净，床头还挂有黄幺妹亲手绣的羌绣饰品，既有特色又美观。客栈共有25个床位，其中一间屋子里还有高低床，比较适合带孩子的家庭。黄幺妹说，每年不同季节都有拍婚纱照的团队来西山村拍摄，他们都喜欢住自家客栈那个有高低床的大房间，主要是因为经济实惠。

"客栈生意最好的时候忙得过来吗？烤全羊、烤鸡这样的活需要请人代劳吗？"

"实在忙不过来了就请村上的人帮忙，一人一天150块工钱。10桌人的饭菜我一个人就能做下来。宰羊、杀鸡、烤羊、烤鸡这些活就由我老公做，都不在话下。"

"客人的早餐是什么呢？"

"早餐也是我做,我每天4点过就要起来蒸馒头、烙饼子、熬稀饭,有喜欢吃面条的客人,我就给他们煮面条。"

我对黄幺妹说的话深信不疑,也明白她不怕苦、不怕累都是为了这个家。

我问黄幺妹客栈的收费标准是怎样的。

"一个房间260元,单间、标间一个价,不分淡季、旺季,都是一样的。熟人或者回头客就更便宜,一个房间200元。如果客人一次订了5个房间,我就请村上的羌族舞蹈队来免费表演唱歌跳舞,啤酒、瓜子、花生、茶水都是免费的。"

"请人唱歌跳舞得花不少钱吧?这样成本不就更高了吗?你怎么想的?"

"请村上的人来唱歌跳舞,她们穿的都是好看的羌族服装,客人很喜欢看,高兴了还会一起跳舞,出门玩耍就图开心嘛。村上的演员工资又不贵,一个人演出费20块钱,凡是参与了唱歌跳舞的大人、小孩都是一个价。这样村子里的邻居们虽然没有开客栈,但是也可以来挣点零花钱,大家都开心。"

听到这里,我恍然发现没有多少文化的黄幺妹真是块做生意的料,因为她的生意经就是赚钱不能贪图一口气吃个胖子,要做到细水长流。黄幺妹很自豪地告诉我,2018年她的家庭收入也有10多万元,她觉得很满意了。

"2019年新冠肺炎疫情暴发,客栈生意有受影响吗?"

"肯定有的,从2019年到2021年,好多游客不方便出来耍了,我家生意没有以前那么好,但每天还是可以接待一些散客,每年收入也算不错,都比种地、挖药强。"

"你的客栈越来越有名气了,收入也不错,还有时间种地吗?"

"地是不能空着的,也不能丢,土地是农民的命根子。现在我们也种了10多亩地,白天没空去地里劳动,很多时候我们是晚上下地干活。一年要挖1万多斤土豆,要养10多头猪,今年养得最少,只养了6头,所以客人来我们客栈吃的猪肉都是自家养的,完全可以放心。"

夜幕降临,黄幺妹去准备晚餐了。我在客栈周围转悠,客栈位于浮云道最高的转角处。"黄幺妹客栈"五个醒目的大字就挂在大门右边的二楼阳台边,一楼是她家开的小卖部,里面的商品比较单一,只有啤酒、瓜子和花生。大门口的左前方是一块绿地,绿地边立有木栅栏,绿地中央有一条小径,小径旁安放了一个供小孩子玩的秋千，离秋千5米开外的地方还建有一个用枝条编织的圆形鸟巢，供客人拍照。鸟巢的两边还种了几株玫瑰，黄幺妹说这是她花了400多块钱买来种上的。穿过鸟巢看对面的佳山，透迤的山峦与深蓝的天空、雪白的云朵组合成一幅大气唯美的风景画。绿地里没有种蔬菜，全是生机盎然的花草绿植。棋盘花最多，目前还没有开花，已快要长到一人高了。后来我想，别看黄幺妹是个地道的西山村农民，其实她骨子里也有那份对生活的浪漫向往。

山里面昼夜温差大，山风即便轻轻地吹，不一会儿我也还是感受到了夏夜的凉意。

晚餐很丰富，条桌上摆有一盘腊香肠、一盘青椒炒腊肉、一盘凉拌油辣菇、一盘蒜苗炒瘦肉、一盘干煸鸭、一盘金黄的炒鸡蛋，一碗个个如鸡蛋黄大小的烘土豆，外加一小盆豌豆尖素汤。都晚上7点半过了，她丈夫上山挖野当归还没有回来。黄幺妹端了饭菜送到83岁的老父亲屋里，出来就说开饭了。我说："等等余大哥吧。"她说："边吃边等，估计你也饿了。"

没过多久，黄伯伯把空碗拿了过来。

"伯伯身体还硬朗吧？"

"医生三年前就说老人活不过年底了，现在还不是好好的。"

"得的啥病呢？"

"大毛病没有。说来话长，就是2008年'5·12'地震后那段时间，我家老汉儿（四川方言，指父亲）负责给村子里各个帐篷安置点打消毒杀菌的喷雾剂。有天晚上睡觉前，他把装有消毒液的喷雾箱放在帐篷里面的角落里，结果中了毒，第二天差点没有醒过来。后来去了乡医院、州医院和省医院治疗，起码花了政府几十万元医药费，总算捡回了一条命，后来每天都要靠药来维持，一直到现在。本来我老汉儿是跟着四哥生活的，后来四哥得了癌症，身体不好，精力不够了，我就把老汉儿接过来，方便照顾。"

唉，多么不幸的老人啊！他有黄幺妹这样孝顺的女儿，是他的福气。

天还没有黑尽，余大哥回来了，他手里提着一个小塑料袋，里面有七颗墨绿色的野鸡蛋。野鸡蛋比家鸡蛋小多了，大概有两个鹌鹑蛋那么大。我第一次见到野鸡蛋，既惊喜又好奇，黄幺妹说："你走的时候带回去吧。"我也没有推辞，连一句客气的话都没有，他们就装在一个小小的纸盒子里给我了。

我对余大哥说："听说山上有熊出没，有野猪拱庄稼地，你挖药得注意安全哦。"

"野猪是要去拱庄稼地，老熊最麻烦，去年我家的羊散养在最高的山上，一天上山看见一头羊的皮子都被抓掉了，全身都是血，肯定是老熊干的。去年因为管理疏忽，羊被老熊吃了30多头，以后还得多加看护。"

余大哥说起这件事的时候，脸上露出了痛心的表情，我分明感到了他内心的难过。

西山村不只有黄幺妹客栈，其他村民也因地制宜，纷纷建起了客栈，村民各有各的经营方式和管理理念，他们在新农村振兴发展的道路上依托国家很多有利的政策，靠自己勤劳的双手发家致富，渐渐都过上了前所未有的幸福生活。

3. 最真的守望

西山村户籍人口有510左右，居住在山上的人口目前最多占2/3，村庄变得越来越寂静。人口日益减少的因素有三个方面：一是年轻人在大学毕业后纷纷选择在外地就业，二是很多家庭经济条件改观之后选择在城市生活居住，三是人口本身呈负增长。留在这里的基本上是岁数较大的村民，他们的乡土情结更深厚，愿意守住故乡，守住这片对他们有养育之恩的土地。

临别时，我问黄幺妹："你今后最大的愿望是什么？"

她说："把客栈永远经营下去，好好在自家地里种庄稼，继续养羊、养鸡、喂猪，多攒点养老的钱，将来不给政府增添负担，也为两个娃娃减轻一些负担。"

多么朴实的话语，多么朴实的愿望。

夏日的西山村，静谧的黄幺妹客栈，在灿烂的阳光下显得更加明亮，更加美丽。

我们挥手作别，愿西山吉祥！

三、杨福志的新生活

上山容易下山难，说的就是我那天下西山村的经历。这里的"难"，不是指道路状况的复杂艰难，而是指特殊时期下山的车辆少，下山不容易。

西山村是在鸡鸣犬吠声中醒来的。

推开门，空蒙的山野仿佛有些宁静。站在黄幺妹客栈的院坝里，远山朦胧如画。大雾弥漫整个山野，远处的牧场、房舍连一点影子都瞧不见，就连黄幺妹客栈下方邻居家的屋墙也瞧不清楚，只有院坝里一字排开的花卉清晰可见，它们正在静静地开放。

快上午10点了，我们站在客栈门口望见浮云牧场门口有车驶过来，想拦截一辆车下山去通化乡。这辆车到了跟前，司机说坐满了，只好作罢，此后不见任何车辆经过。西山村书记开车过来办事，说送我下山，与乡里派上来的车在中途会合，再把我接下去。果然在路上遇到乡上的车了，到达通化乡时才11点过，于是我和乡上负责西山村精准扶贫工作5年的小伙子高波聊了聊他在西山村的扶贫对象。小伙子很实诚，我们聊得特别投入。

高波说他从第一天上班起就负责做西山村的帮扶工作，是通化乡政府的一名专职干扶贫工作的工作人员。高波很年轻，29岁的年龄，已经拥有8年的乡村工作经历，这是一段宝贵的、特别有意义的时光。从脱贫攻坚、精准扶贫工作，到今天的乡村振兴工作，高波做的都是一脉相承、意义重大的事。对于乡镇普通工作者来说，这或许只是一份平凡的工作，但是对于刚刚走出贫困窘地，在奔向小康生活道路上的村民来说，要如何迈开步子、找准发展方向却不是那么容易的事儿，仍然需要政府部门的出谋划策乃至大力扶持。

下面要讲述的也是西山村的故事。

杨福志是通化乡西山村的村民，今年52岁，是一名精神一级重度残疾患者，他的生活贫困交加，人也糊里糊涂。在精准脱贫之前，杨志富一个人生活在西山村拉弯组。苦命的他早年丧父，不堪生活重负的母亲改嫁了，兄弟又入赘外地，留下杨志富一个人艰难地活着。他一个人住在简易搭就的窝棚里，窝棚冬冷夏热，还常常灌进风沙，他的生活全靠政府发放的微薄低保金维持，有时左邻右舍也会给予一定帮衬，可那也只能是有限的资助，自理能力低下的杨福志就这样在政府和乡亲的帮助下过着孤独穷苦的日子。高波说，西山村交通比较闭塞，条件比较落后，村民的生活普遍困难。

尽管大家对杨福志给予了不少关心和帮助，但他依旧在贫困线上苦苦挣扎。孤苦伶仃且神志不清的杨福志像一株浮萍，自己都不知道要漂向何方。高波和乡上的干部们是看在眼里、急在心里，绞尽脑汁想要拉他一把。对于一个精神一级重度残疾的患者来说，正常的衣食住行和基本生活都成问题。西山村村委会干部杨树军、小组长王成军、第一书记李廷颖（四川省红十字会挂职干部）三人承担起了照顾杨富志生活的任务，大伙一边照看着可怜的杨福志，一边通过政府渠道想办法解决他的住房问题。

皇天不负有心人，这个机会终于来了。

2014年，理县被列为贫困县，36个贫困村中西山村的情况尤为突出，脱贫攻坚任务重。就在这一年，脱贫干部和村"两委"对杨福志居住的简易房屋进行了维修加固，还为他申请了低保提档提标。2016年，四川省红十字会、理县民政局、通化乡政府共同筹集资金4万余元，为杨福志修建了面积60余平方米，含寝室、厨房、卫生间的新住宅，又添置了锅碗瓢盆、桌椅床铺等基本生活用品，杨福志总算有了一个属于自己的家。在搬进新家的当天，看见屋子里来了那么多帮助过他的人，神志时而清醒、时而糊涂的杨福志仿佛正常人一样开心无比。也不知他在哪里找到一块黑木炭，在雪白的墙壁上写下了"感谢共产党"五个大字。看到墙上的字，大家被深深地震撼和感动了。此时此地、此情此景胜过千言万语，这是对脱贫工作最大的肯定，是对脱贫干部最高的奖励。

是啊，没有共产党的扶贫好政策，没有乡村振兴国家大计划的实施落实，杨富志能住上属于他的新房吗？

解决了杨福志的住房问题不等于他就没问题了，毕竟他是一个精神重度残疾人，在他的认知世界里，生活是一种沉重的负担，或者啥也不是，过一天算一天，活得下去、活不下去他自己都是稀里糊涂的。但是高波不糊涂，高波和乡政府得想办法让杨福志能去一个不缺吃、不缺穿、不缺人管理他的地方。机会是留给有准备的人的，这句话一点都不假。2021年3月，乡上给特殊病人杨福志申请到了一个天大的好机会，把他送到四川省复员退伍军人医院进行集中供养治疗。他在这里能得到专业的看护和治疗，衣食住行也得到了妥善解决，这种理想的帮扶方式可以一直延续到他寿终正寝的那一天。

至此，在墙壁上满怀深情地写下"感谢共产党"的特殊病人杨福志，终于有了最温馨、最圆满的归宿。

我问过高波，脱贫攻坚的伟大工程告一段落了，但是让高山上的村民脱贫不是终极目标，还要让我们的乡村在历史的洪流中发展壮大，人民真正能过上幸福生活，这样的新任务、新愿景对他和他的同事们来说会不会是更大的挑战呢？高波说："在西山村驻村8年，我有幸见证了西山村的发展，我和同事们一直用心、用情帮助乡亲走向幸福生活。我始终牢记上为政府分忧、下为百姓解愁的工作宗旨，把党和政府的关心和温暖送到困难群众的心坎上。脱贫摘帽不是终点，而是新生活、新奋斗的起点！'胜非其难也，持之者其难也。'为切实巩固拓展脱贫攻坚成果，并且让其与乡村振兴工作有效衔接，让脱贫基础更加稳固、成效更可持续，我不忘初心、牢记使命，我们将整装再出发，把党的惠民、利民政策落地落实，切实解决群众所急、所盼、所愿的事情，续写乡村振兴新篇章！"

确实，从黄幺妹开客栈的故事里，从杨福志得到圆满安置的故事里，我感受到了一种帮扶的力量，一种温暖的力量。

西山村还是高山上的西山村。

西山村又不是原来的西山村了。

2 / 红村日记

红村，绝对不是泛指的红色村庄。这里说的红村是指红原县龙日乡的两个村庄——格玛村和壤噶夺玛村。在红军翻雪山、过草地的那段艰苦岁月里，红军路过了红原大草原，就连县城的名字"红原"也是人民敬爱的周恩来总理命名的。红原，真的成了全国人民心中向往的美丽大草原。如今，在红原县内还设置了长征干部学院分院的教学采风点。红原也成了我心中的红色大草原，这里的村庄在我心中也是红色的。

第一日：出发和到达

晨曦初露，康城在梭磨河波涛的拍击声中醒来。早起，推开窗户，清新的空气迎面扑来，我仿佛嗅到了一缕青草的芳香，今天我要去大草原红原县检查"两不愁三保障"回头看大排查工作。

红原县安曲境内在铺柏油路，车辆分阶段限行，为了不堵车，我们6月25日上午10点半才从马尔康出发，我坐州委干休所所长温凉的车前往，因为我们俩都被分在第六组，加上组长林海，一行就我们三个人，检查地点在红原县龙日乡和龙日坝。因为我们三人是老熟人了，工作沟通起来很顺畅，大家也觉得组织上这样分配工作挺好的。

马尔康距离红原县城200多千米，车过刷经寺，就进入红原境内了。路过壤口的时候，俄木塘花海景区一片热闹景象，露营地上密密麻麻的帐篷整齐划一地分布在山谷间，观光车来来往往，俄木塘花海正是最美丽的时候了。

翻上海拔4000多米的查针梁子，放眼望去，周遭景致大气磅礴。远处终年积雪的山峦绵延起伏，近处的山川苍翠植被葳蕤，坡地上隐隐约约布满紫色、白色、黄色的小花。还没有到达真正的草原，这迷人的风光已让人心生欢喜。

到了龙日坝，就到达草原了。夏季的草原是一望无垠的绿色草海，就连低矮的群山也是苍翠美丽的。蔚蓝的天空中布满白云，让人浮想联翩，仿若置身梦中一般。在草原上奔驰的时候，会看见被誉为"高原之舟"的黑牦牛正悠闲自得地吃草，刚刚出生的小牦牛紧紧跟在阿妈的腿边，生怕丢了似的。我喜欢这温馨、绿意盎然的画面，喜欢这种生机勃勃的绿色。

下午3点到达红原县城家园酒店，检查组成员6点前都会陆续到达。在房间里安顿下来，同组的温凉和同车来的余老师约着出去逛街了，我在房间里翻翻资料，熟悉一下明天的工作流程，然后在手机上反复播放《我和草原有个约定》《陪你一起看草原》等喜欢的草原歌曲。

晚上7点通知所有工作组成员到三楼会议室开会，大家听取了这几天的工作安排部署，会后领取各种排查表册，各组对后头要开展的工作都做到了然于胸。红原的高海拔让夏季也是春天的感觉，房间里新安了供氧设备，按下按钮，丝丝氧气充盈在整个屋子里，在草原静谧的夜色里尽可安心入眠。

第二日：去龙日乡格玛村

昨夜草原下过一场雨，雨后空气特别清新，气温有点低。6点半都未见太阳的影子，也不见朝霞满天，有点小遗憾。

我们是由阿坝州纪委牵头的工作检查组，共有30多人，队伍成员来自各相关的州级单位，很多成员在这场持久的脱贫攻坚工作中都是若干次来红原了，我也是前两天才去红原县的达格龙村开展了"两联一进"的调查工作。我、温凉和林海被分在第六组，海哥是我们的组长，我是联络员，温凉是第一次参加此项工作。

早上8点半，检查组成员就陆陆续续奔赴各乡村。我们第六小组被分配去红原县龙日乡和龙日坝，具体地点是龙日乡格玛村、壤嘎夺玛村和龙日坝种畜场。因为安曲境内在修路，要交通管制，我们9点才能出发去往龙日乡。

到达龙日乡后，我们立马进入工作状态，先审核整个村的贫困户信息名单，然后按30%的比例随意抽查。我们将随意抽查36户人家，任务不轻松。本次从户"一收入"情况、户"两不愁"情况、户"三保障"情况、户"三有"情况、村"一低五有"、县"一低三有"等11个方面进行排查，工作任务相当烦琐，责任重大。

乡上派了一个双语（懂汉语和藏语）干部随我们走村入户，在排查问询过程中，有的藏民会说一点简单的汉语，有的完全不会汉语，需要翻译，这样就会多耽误一些时间。

我们到达格玛村三组旦巴让俄家里的时候，宽敞的院坝里青草茂密，防冻水龙头立在草坝里，轻轻向上一提，清亮亮的水哗哗流下来，在格玛村家家户户都通了自来水。旦巴让俄40岁出头，妻子和他年龄差不多，有3个在上小学、初中的孩子。他们一家人是易地扶贫搬迁户，2017年从远牧场回到格玛村，村上划了一块宅基地给他家修建房子，一家5口人自筹1万元资金，在乡政府和村上的共同帮助下，修建了一排建筑面积124平方米的新房，间间房屋装修得干净整洁，家具家电、日常用品样样齐全。宽大的屋子里只有旦巴让俄夫妻两人，孩子们都在学校里上学，家里有40多头牦牛在牧场上，一年生产的酥油奶渣也是一笔家庭收入。我一边喝着马茶，一边与两夫妻闲聊，当然也问了很多想了解的实际问题，他们也都是一五一十地回答着，最后问到有没有啥意见和建议时，旦巴让俄连连摆手，脸上露出了既开心又羞怯的笑容。

这是红原县龙日乡易地搬迁户典型的安置方式，老百姓过上了最安稳的生活。

第三日：去壤嘎夺玛村

今天我似乎醒得更早，5点半就睁开了眼睛，窗外一片朦胧，还是没有遇到看日出的好天气。四周安静极了，没有一丁点儿嘈杂声，窗外河流的水声似乎是一种听习惯了的乐音，而鸟儿过早的鸣唱也不让我觉得被打扰，6月红原有雨的早晨，过于凉爽了些。

龙日乡离县城60多千米，草原的路虽然蜿蜒但是很平坦，加上视野开阔，夏季的草原又是那么美，来去的路途一点也不觉得枯燥乏味。昨天在格玛村的抽查工作很顺利，今天我们抽查壤嘎夺玛村，我们单位有6户"结对子"的联系户在这个村庄，今天我将会对他们逐一问查，因为这次抽查有个硬性要求，抽查人员到了村上，必须对自己单位的联系户进行全覆盖抽查。我的联系户叫阿波，前几次慰问活动都是由单位领导一并代劳，我与阿波只在龙日乡篮球场上见过一面，之后再未见过，突然觉得内心有点愧疚。

乡上派了一个干部给我们当翻译，我们开始入户工作了。现在正是草原水草丰美的时候，好多牧民家里的人都到远牧场放牧去了，有时候我们的入户抽查会扑空，有的家里只留下了守家的老人，也可以勉强沟通问询。如果家里面确实一个人都没有，我们就打电话给户主问查，这也是不得已的调查方式之一。我去找了纳花，她是我们单位的一个联系户，但没找着，她陪家里人去成都看病了。

草原上的空气洁净清新，到处都充满阳光和青草的气味。一条水泥路从壤嘎夺玛村中间穿过，对这条路我并不陌生，因为已经来过几次了，前些年有时是参加联谊活动，有时是来看望帮扶贫困户，去年是和一些作家、摄影家组成"红色文艺小骑兵"团队来过壤嘎夺玛村，作家们还给村上图书室捐赠了个人出版的书籍。今天我们是去检查乡上之前进行建档贫困户"两不愁三保障"回头看大排查工作时是否属实，有没有遗漏、谎报、瞒报现象。在壤嘎夺玛村，牧民的家都是单家独院，院子周围都插了红柳枝围成的篱笆。红柳是草原上生命力最坚韧、最顽强的树，这些红柳枝条插在泥土里会慢慢生根，发出新的嫩芽，最后全部成活。壤嘎夺玛村还是我心目中小巧零散的村庄。今天走访的第一户是我以前去过的一个特殊家庭，户主是女主人香玛措，30多岁，长得很漂亮，家里只有4口人，全都是女人，一个是长期跟着她生活的98岁高龄的奶奶，还有2个正在读书上学的女儿，家里的劳动就靠香玛措了，可以想象她多么辛苦才把这个家勉强支撑下去。这是我第二次见到美丽而少语的香玛措了。她家的院子里开满了点地梅，还有几株虞美人和一小片开着花的蓝布裙，她的奶奶坐在转经筒边拉动仿佛永远也停不下来的牛皮经筒。香玛措家享受了低保补助，也有公益性岗位的补贴、草补和光伏补助，一家人在"两不愁三保障"的政策帮扶下基本生活还是没有问题的。去年她把家里的40多头牛全卖掉了，家里账面上又多了10多万元。我问她为啥要把牛全部卖掉，香玛措说老人需要照顾，孩子读书了也需要照顾，不能去远牧场放牧了。是啊，家家都有一本难念的经，再苦再难的日子都得过下去，只要太阳会出来，那每一天都是新的。

从香玛措家里出来，横穿马路去到哈青家，刚走进院子，见哈青挂着双拐出来招呼我们，和他同时出来的还有他的帮扶责任人——县工会的麦多吉，今天她正好也来看望哈青。哈青40多岁，不算老，家里有4口人，2个孩子在外地读书，一个在读大学，一个在读高中，生病腿残的哈青守家，有劳动力的妻子在远牧场放牧。这样的家庭境况，令我最心疼的是这个家的女主人。在我们藏区，女人永远是吃苦耐劳、任劳任怨的，即便家里有身强力壮的男人，很多活也是女人干的，何况哈青是个不能干重活的病人。我们在哈青家的客厅里看了看，还算宽敞明亮，家具虽然不多但都摆放整齐，窗帘很漂亮时尚。我们坐下来问了几个问题，与排查问卷表上的信息一致，他家里有固定的公益性工资收入，每月有550元钱，也享受了低保补助、集体经济分红等等。哈青说他没有意见，感谢大家对他家的帮助，临走时我受州文联王主席的委托把200元钱交到哈青手里，说了几句保重身体的话，准备离去时，又转身和麦多吉多聊了几句。这一聊，让我对哈青的这个帮扶人肃然起敬。原来麦多吉是红原县工会副主席，她除了竭尽全力帮扶哈青一家外，还曾经帮助13名孤儿解决过很多问题，在这些孤儿中还有患了艾滋病的可怜孩子。这么多年来，麦多吉一直关心艾滋病孤儿的医治和生活问题。因为我们还要去其他牧民家看看，加上麦多吉的微信后赶紧道别。路上我给麦多吉发信息说："空了咱俩再好好聊聊。"

红原县有个著名的风景区——俄木塘花海。壤嘎夺玛村就在花海的背后，转一个大弯就到了。在壤嘎夺玛村，草原宽阔，夏季芳草萋萋、牛羊成群、鲜花摇曳，零零散散的村庄只是草原的背景。草原原本寂静辽阔，因为这几十户人家的存在，让草原充满了无限生机和活力。

第四日：壤嘎夺玛村的次日

  草原的夏季是馈赠牧民最好的季节，草原上挖虫草、贝母的时候到了，好多牧区的学校还会因此放假几天，让学生们回到采挖名贵药材的大军中去。很多牧民家庭的相当一部分收入还得靠挖虫草、贝母来获得，这也是靠山吃山、靠水吃水的自然规律。

  6月快要结束的时候，草原上挖虫草的活接近尾声，很多牧民也就陆陆续续地回家了。但是夏季也是牦牛囤肉长膘的季节，牧民会把自家的牛群赶往一个又一个草场，舍不得回家休息。所以我们去走访的联系户经常会给我们吃闭门羹，乡上村上有时会提前电话联系好，让他们回家等待检查，但是常常会有种种原因使我们不容易面对面沟通交流。

  我们单位有6户"一对一"的联系户，我们走访了3户，问了几个问题，又通过电话联系上了不在家的次加，他在远牧场不方便回来，我们同样问了他一些问题，做好了记录。最后一位联系户是壤噶夺玛村的阿波，见到阿波的时候我有点意外，他个子不高，身材有些瘦小，黑红瘦削的脸上露出朴实的笑容，问一句答一句，像听话的小学生。阿波不像其他老人一样既不会写汉字也不会写藏文，当他在调查问卷上用藏文签下自己的名字时，我突然对他另眼相看，因为他是藏族老人里为数不多的会写藏文的人。

  阿木坎老人70多岁了，她的家在村子里算是最简陋的。老人本来长期孤身一人，后来养了个邻居的孩子，如今孩子在康定师范学院读大二了。我们到的时候她不在家，乡长带我们走进她家狭小的屋子里，估计是老人怕冷不喜开窗透气，一股发霉的浓郁气味迎面扑来。大家退出来在青草葱茏的坝子里等她，过了一会儿，只见老人拄着双拐，整个身子前倾，摇摇晃晃走进自家院子里，我们就地坐下开始了常规性的问询。老人不懂汉语，乡长和海哥就用藏语跟她沟通交流，然后再用汉语告诉我说的啥意思。在藏区，双语干部开展工作确实要容易得多。听阿木坎老人的帮扶人余哥讲，阿木坎年轻时因为种种因素一直没有结婚，10多年前快60岁的她和村子里一家孩子比较多的邻居开了个玩笑，邻居随口说要把一个女儿送给她抚养，当她的女儿，阿木坎第二天就找到那户人家的主人，请他们兑现承诺，那家人不好反悔就把一个女儿交给了她。从此，阿木坎含辛茹苦地把女儿抚养大并送进了大学的校门。如今，风烛残年的阿木坎老人享受到了低保补助、公益性岗位每个月550元的收入、退牧还草补助、光伏产业的分红款补助等，州上老干部局和乡上都有帮扶人随时关心帮助她，加上女儿的亲生父母一家人也经常伸出援助的双手，阿木坎老人的日子也就勉强过得下去。看着她年老体弱的身影，我仿佛看见一株枯瘦的老红柳树在风中摇曳着，透着一种无尽的凄凉。

第五日：龙日坝种畜场

美丽的红原大草原位于四川省境内，青藏高原东部边缘，川西北雪山草地，阿坝藏族羌族自治州的中部，地域辽阔，自然景观独特，资源丰富，素有高原"金银滩"之称。

红原县内有两个地方的草场平坦、辽阔。一个是日干桥草原，另一个是龙日坝草原。龙日坝位于红原县中部，与龙日乡、安曲镇、江茸乡接壤，平均海拔3600米。龙日坝草原1953年建有一个农场，叫龙日农场，1975年由四川省畜牧食品局主管，后来更名为四川省龙日种畜场。截至2017年10月30日，龙日种畜场管辖共有3个分场和1个场部，牧民共235户，总人口623人。其中，一分场75户210人，二分场54户141人，三分场84户233人，种畜场场部22户39人。2017年3月7日，红原县委、县政府正式牵头成立中共红原县龙日坝工作委员会（简称"龙日坝党工委"）和红原县人民政府龙日坝工作委员会（简称"龙日坝工委"），推进龙日坝种畜场改制工作。在辽阔的龙日坝草原上，所有的牛羊马匹都属于国家，属于集体，不像附近的龙日乡境内，牦牛都是牧民各家各户的私有财产。

我们"两不愁三保障"检查工作的最后一个点就是龙日坝。整个龙日坝境内有28户建档立卡户，我们将按照30%的比例进行随机抽查。6月29日一大早，我们从红原县城家园酒店出发，驱车前往龙日坝，正是草原的雨季，天空中下起了小雨，天空仿佛很低，整个草地湿漉漉的，虽是盛夏却令人感受到了内地初冬的寒意。因为下雨，安曲乡境内的铺路工作暂停，我们顺利到达龙日坝工委，先去办公室拿建档立卡户资料。我在表格上勾出10户人家准备核查，工委陪同检查的工作人员说里面有2户牧民在远牧场上，家里没人，还有1户牧民患了重病在外地医治，也无法到他家去调查。于是我又得重新另外找3户，在表格上我第一个补勾了彭琴这个名字，然后我们分成2个小组下去开展工作，我们第一个就去彭琴家。

彭琴是龙日农场职工的后代，40多岁，是2个孩子的母亲，她家就在草原公路的边上。她家的几间平房从外观上看跟附近牧民房舍差不多，没有啥不一样的地方。走进她家，一股很好闻的藏香味道迎面扑来，间间屋子收拾得干净整洁，一看，也是个能干的女主人。走村入户了不少人家，她家不算殷实，却给我留下了极好的印象。我们在客厅沙发上坐下来，看见一个20岁左右、略瘦、身材略高的男孩子站在电视机旁发呆，对我们的到来他无动于衷，也不跟客人打声招呼，然后漠然地坐在火炉边的凳子上，一幅无所事事的样子。

对照从龙日坝工委拿过来的排查表，我发现了一些数据有计算错误的问题。在家庭年平均月收入的空格栏上填的是3800元（2个月），意思是这个家庭成员1年只打工了2个月，一共收入3800元，那么她的年平均收入应该是3800除以12，约等于316元。对这些小错误核实清楚后我问了几个关于彭琴家里的问题。彭琴家里4口人，夫妻俩加2个孩子。不问不知道，一问才发现这个家庭的诸多不易。原来彭琴的大儿子患有脑瘫，怪不得进屋时看见那孩子有些异样，另一个孩子在县城读书。一会儿，彭琴的丈夫拄着拐杖进屋来了，这个黑红寡言的汉子认真听着我们和彭琴聊天，当彭琴说到丈夫因残疾不能干重活也挣不了钱的时候，她抑制不住内心的苦痛，声音一下子颤抖起来，眼泪从她瘦削的脸上流下来。我一下慌了起来，不知道怎样安慰她。原来她丈夫不是龙日坝人，是甘孜州那边的户口，这么多年来户口一直不能迁到龙日坝，原因是龙日坝种畜场冻结了婚嫁外来人口的入户政策。这个原本有4口人，其中2个残疾人，1个还在读书的孩子的家庭所有的生活开销、吃喝拉撒的责任负担都撂在这个瘦小的女人身上。龙日坝工委也给了这个家庭各种政策上的照顾，使2个孩子享受到最低生活保障，每人每月150元，彭琴享受大骨节病补助一个月150元，丈夫因为没有户口啥补助也没有，这成了彭琴的心病。我问彭琴有没有帮扶人，她说有，并且每年都要来关心他们。最后彭琴还提了一些希望组织上帮忙解决的困难。我们细致认真地做好工作笔记，以便回去后如实向上级汇报。

接下来的几户入户走访要顺利得多，对普遍的共性问题我们也做了翔实的记录。大多数草原牧民的生活都有了一定的变化，最基本的生活都没有问题，问题是怎样让原来的贫困户不返贫，或者说怎样让牧民的生活在奔赴小康的道路上更加充满阳光，这是一件长期的工作任务。

工作接近尾声，我在回城的车上编辑一天的汇报材料，处理完毕，心情却无法一下平静下来。香玛措忧郁的眼神、阿木坎老人佝偻孤独的身影、阿波羞涩又慈祥的面容在我脑海里一一浮现。

收拾好行李，收拾好心情，明天将回到几百千米外的康城（即马尔康），我决定到红原的街头走一走。夜色笼罩的红原县城安静祥和，街边小店传来藏族歌手粗犷雄浑而又深情的歌声，我仿佛聆听到红原雅克夏音乐节上各路文艺"大咖"在纵情放歌，八月的红原将又是一片欢腾的草原。

3 / 梨乡深处有人家

一、梨园深深

7月的梨乡瓜果飘香,风中都有一股淡淡的甜味。

我们到达咯尔乡金江村的时候正是正午,在通往梨园的小径旁,一张小木桌上摆放了几十个小号的纸酒杯,酒杯里盛了小半杯梨儿白酒,白酒是刘维建用自家老梨树上的金花梨酿制的,据说有52度,算是烈性白酒。刘维建笑容满面地站在桌子边,见一个人过来就递上一个小酒杯,能喝的、不能喝的都双手接过纸杯一饮而尽,大家有说有笑,叽叽喳喳的,异常热闹。刘维建的脸上露出了开心的笑容,这是今年他迎接的第一批远道而来的作家朋友们。这批客人是金川县委宣传部组织的"喜迎党的二十大,行笔梨乡看振兴"的采风作家队伍。30多人的采风团队到了刘维建的梨园,走在田野里细长的小道上,看到矮梨树上挂满了红红绿绿的果实,显得特别兴奋,赞不绝口。早熟的脆梨现在并没有成熟,个头也仅仅比鸡蛋大一点,馋得流口水的几个女作家站在梨树下久久不肯离去,刘维建仿佛看懂了她们的小心思,伸手摘了几个大的脆梨发给她们。大伙儿接过梨,在手里擦摩了几下就开啃了。本是青涩的果子,却被馋嘴的女人们吃出了熟甜的味道。

我去到刘维建小院的时候,刚到门口,就见他的二儿子站在木梯上给门前的葡萄套袋。葡萄藤被支架高高地支撑到空中,一串串密密麻麻的绿果子只有幺指拇(当地方言,即小手指)般大小,看得让人喜爱。一串串葡萄被白色的纸袋套着,像穿着一件件白衣衫,在风中摇曳。我见过苹果、橘子、梨和枇杷等水果套袋，葡萄套袋还是第一次见。我问刘维建为什么，他说金川太阳太大，套袋避免把葡萄晒坏。果农是很爱惜自己的果子的。

他家院子宽敞整洁，呈四方形，正门左侧、右侧和正前方各有一排屋子，主要用于堆放粮食杂物。正前方的一楼是他家的客厅，特别宽大，布置有绵软时尚的布艺沙发、大茶几等。主楼有三层楼高，每间屋子都比较宽大，布置得也简洁大方，家什农具摆放得比较整齐。刘维建知道我要去看他的梨园，早早地就在家里等我了。茶几上的大瓷盆里装满了他早上刚刚去地里采摘的大水蜜桃，红艳艳的桃子水滴未干，我们一人先吃一个再说。这是并不闷热的早上，隔壁人家正在办婚宴，有隐约的音乐声传进小院。

这里是金川县兴和家庭农场，其实就是刘维建个人的梨园。

俗话说穷则思变，早在2018年之前，刘维建也是咯尔乡金江村的一名普通农民，夫妻俩辛辛苦苦靠种地和自家的5亩梨园收入养大了3个儿子，日子过得清贫。2018年，刘维建在自己的村里租赁了15亩土地，在金川县农业局科技人员的关心帮助下开始种植新品种梨树。

"每亩土地租金多少呢？你租了多少年？"

"租金每亩是1200元，也不算便宜了。租了10年，如果做得起走，梨儿收入过得去，以后可以续租。"

"农民都是舍不得自己的土地的，他们怎么舍得把土地租给你呢？"

"我租的都是非贫困户的地。本身自家的日子比较好过，自己也不想种地了，家头娃娃长大参加了工作，不愿意让老年人种地的那种家庭，才愿意出租自家的土地。"

土地有了，该怎样去培植梨树呢？刘维建挖空心思绞尽脑汁地想啊想，想到自家2个儿子都在农业局上班，不如问问他们的意见。刘家老大在金川县农业局工作，老幺在若尔盖县农业局上班，他们很多时候与刘维建的想法都能达成一致，也十分乐意给父亲出谋划策。于是，刘维建决定从外地引进梨树新品种到自己的土地上安家落户。

一个人只要有进取心，不怕吃苦，想干的事就能办到，刘维建就是这样的人。

2017年，刘维建得到一个消息，全国雪梨研讨会将在河南郑州召开，他立马向金川县农业局申请去考察学习。刘维建得到了这次考察的机会，在郑州时，他看见当地的梨树种植量每亩地达到了110株到220株，而且收成还挺不错。回到家乡后，刘维建决定开始在自己的土地上尝试种植新品梨树。金川县农业局经作站站长罗林非常支持刘维建的大胆尝试，但是也跟他说没有百分之百的把握。

说干就干，2018年，刘维建在15亩租来的土地上开始种植黄金梨、脆冠梨和红香蜜梨。这些新品种梨树被嫁接到金川的土地上，有的适应金川的气候，有的不适应，有的是在老梨树上嫁接新品种，有的是在新梨树上嫁接适合生长的梨枝。

他告诉我，"多枝头高换"是一种新型的嫁接技术。

"什么时候嫁接最合适呢？"

"春夏秋冬都可以嫁接，一般来说雨水节前10天和雨水节后10天嫁接最好。"

"你的家庭农场新品种栽培梨树技术试验，如今都快5年了，取得的效果怎么样呢？"

"15亩地都种植了新品种，如今才成功了4亩，其余的11亩地几乎没有成功。原因是我们学习外省果农的模式，每亩地种植220株，太过密集了，后来我们取掉了差不多一半，每亩地种植110株，梨树挂果喜人，终于达到了令人满意的效果，而这个成功的实现整整用了2年。"

河南那边的果农每亩地可以种植220株梨树，挂果颇丰，成效不错，但是刘维建照样种植后却失败了，后来他和农业局技术人员认真思量分析，发现是因为金川县的气候条件与河南那边不一样，光照与土壤也不同，金川土壤较肥沃松软，而河南的土壤稍显板结，所以在金川每亩地种110株比较合适。

"这样来回试验，时间就耗进去了，新品种梨树这几年其实还没有赚到钱，甚至土地的租金都全部贴进去了。好在自家的5亩老梨树年年挂果，收获的金花梨销量还不错，市场上可以卖到5元一斤，5亩地年收入可以达到10多万元，收入还可以。"

"年年都稳产吗？"

"不是哦，梨树挂果分大小年，丰产那年算大年，第二年必然减产，算小年,大小年轮流转换,收入也就轮流增减,这都是很正常的自然规律。"

说到这里,我没有在刘维建的脸上看到那种沮丧的表情,却看到这个60岁男人身上的一种品质,那就是刚毅。

"谈谈你的红香蜜梨种植情况吧。"

"种下50棵红香蜜梨树后,我们坚持了3年,也挂果了,就是味道比较淡,不怎么甜,酸味比较重。这个味道价格是上不去的,赚不了多少钱,但这50棵树中仍有一棵树上结出了香甜的果实。"

这棵梨树像一粒火种,以星星之火可以燎原的气势在刘维建的果园里蔓延开来。

刘维建用那棵甜梨树的枝丫在其他红香蜜梨树上进行嫁接,他凭着老一辈果农传下来的嫁接经验,还有金川县农业局农技人员传授的经验技术,在自家梨园的嫁接工作已是轻车熟路了。4亩红香蜜梨嫁接成功,刘维建这几年默默辛苦的付出终于快有回报了,他心里压着的那块石头终于落地了。

"今年预计农庄果子的收入能达到多少?"

"2020年预计2亩梨园的收入可以达到2.4万元左右,金花梨今年是疏果期,结果较少,估计只有4000斤左右,比起去年的2万斤减产了许多。"

"你的上万斤的梨销售状况怎么样呢?"

"销售没有问题,但是在推销之初我做了大量的工作。"

"推销工作是怎么做的呢?"

"很简单,就是一个个单位、一个个部门地去赠送给大家品尝,然后留下联系方式。"

"这种推销方式奏效了吗?"

"效果非常好,我接到了许多预订电话,销售的门路打开了。后来我学会玩微信,在微信朋友圈也不停地推销自家的梨儿,效果非常好,梨儿的销售一点都不成问题。2021年,我还帮助左邻右舍销售了4万斤梨。"

"金川县农业局会派专业技术人员来进行技术指导吗?"

"会的,县农业局也会派人来帮助我们,主要是提供技术上的指导,比如梨树的病虫害防治、嫁接、修枝整形等。平日里管理梨树的过程中,有不懂的,我也会主动向县农业局的技术人员请教。"

"一棵梨树换了高枝，多久才能挂果呢？"

"今年换高枝，明年就可以挂果。"

"你的家庭农场走到今天，也算是在摸索着向前发展，在乡村振兴的路上也起到了一个带头作用。在这个辛苦的发展过程中，地方政府给予了你哪些扶持与帮助呢？"

"红香蜜梨树种是从云南省引进过来的，当时金川县政府出钱购买了50株梨树苗回来，免费送我种植。我的家庭农场附近的基础设施、道路、防雹网、气象监测仪器等都是政府出资安排的。"

2020年，西南科技大学对金川果农进行科技扶持，院长看了刘维建的农庄，参观了他每亩地种植110株梨树的矮化密植园后，问他是否去过新西兰。

刘维建老实回答没去过。

但是，刘维建的矮化密植园技术是新西兰广为推崇的。院长觉得刘维建的梨树种植已经走到了时代的前列。

梨园树下的土地也没有闲着，刘维建套种了黄豆，一亩地还可以收获黄豆300斤，1斤黄豆也能卖好几元呢，这也是一笔不错的收入。2020年，刘维建的梨树矮化密植园在金川县初具规模，收入也终于有了起色，他种植新品种梨树成功的故事也在金川县广为流传，他成了一位名人，一位种梨土专家。

每年春天，大渡河畔的梨乡到了最美丽绚烂的时候，万亩梨花在山野被一夜春风吹开雪白的花朵，形成非常壮观的自然景象。刘维建说金川本地梨树开花期与新品种梨树的开花期时间上有点不一样，本地梨树的花期有10天左右，花儿谢了之后新品种梨树才开花，新品种梨树的花期有15天左右。这样一来，金川大渡河畔梨花的观赏期就可达25天。每年的春天，梨乡梨花盛开的季节，来自省内外的游客络绎不绝，农家乐的生意特别火爆，乡村民宿接待客人量也随之暴增，梨乡老百姓的收入喜人。乡村振兴带来的好处切切实实落在了梨乡老百姓的头上。

"你今后最大的愿望是什么？"

"我今后最大的愿望就是把红香蜜梨发展起来，我想把5亩金花梨老品种换掉，全部种成红香蜜梨，因为红香蜜梨的种植试验快3年了，产量还不错，受气候影响不大，所以我还希望扩大种植面积。"

"你的红香蜜梨种植技术会无偿地传授给其他村民吗？"

"会的，希望金川县上多多少少再给我点政策上的倾斜扶持，因为我今天的优良培育种植技术也是辛辛苦苦摸索出来的。"

"你现在最大的愿望是什么？"

"办好我的雪梨加工厂，还想在明年把雪梨酒厂办起来，这个想法也想得到政府的扶持。"

刘维建的兴和家庭农庄如今在金川县已小有名气，金川县乡村振兴局也在逐步给予他一些政策上的扶持，相信刘维建和他的农庄会越来越好。

离开兴和家庭农庄时，刘维建给我装了几个又红又大的刚从地里桃树上摘下的水蜜桃，让我回家路上口渴时吃。我没有虚情假意地推辞，欣然装在背包里。我想待他的梨园丰收的时候，我会在网上购买两箱红香蜜梨和两箱金花雪梨，我也会把这些甜美的果子推荐给我天南地北的朋友们。

车沿大渡河驶向康城，在夏风里疾速穿行，回家的路似乎一路飘香。

二、周山村：向小康出发

周山是金川县集沐乡的小村子，这是一个藏在大山边的袖珍小山村。

周山村是大渡河喂养的小村庄，是一个嘉绒藏族聚居地。

我们穿过一座小桥就进入周山村了。村子背靠青山，面临奔腾的大渡河，被葱茏的大树包围着。那些青绿的树木，有青杨有白杨，有竹林有果树。村子里有400多株核桃树，好多都是老核桃树。核桃树高大密集的枝叶间挂满了鸡蛋黄般大小的果实，核桃果还未成熟，果实累累的样子很喜人。早就听说，金川县周山村的核桃品质优良，油多香甜，远近闻名，经济价值较高。村子里目前有133户486人，常住人口只有280多人。

周山村的支部书记叫罗尔伍，是一个传奇人物。刚刚50岁出头的罗书记告诉我，他的父亲就在周山村担任了几十年的村支部书记，如今村支部书记的责任重担落在了罗尔伍身上，这一担就已经担了好几年。罗书记家有5口人，他和父母、老婆、女儿，女儿已经长大成人在成都上班了。他家有3层楼，水电等基础设施齐全，室内装饰根本不是农村里的简单布置，从家具到装饰都跟城里人的布置毫无区别，光是大冰柜厨房里就有2台，大电视、布艺沙发应有尽有，完全是步入小康之家的农村家庭了。

乡上的高乡长和罗书记带领我们参观了周山村。这里说是一个小山村，其实又不是一个普通的小山村。这里曾经是绰斯甲土司官寨旧址，如今土司官寨荡然无存，只留下一座象征着权力的六角形石碉高高地耸立在村子最高处。

整个村子错落有致地布局在大渡河边，户户独院，又户户相连，村子里阡陌相通，进村路口的矮墙被做成了文化墙，上面有展现当地风土人情的彩画，有介绍当地的文字资料，比如绰斯甲土司官寨介绍、1957年纪事、1958年纪事、1959年纪事、额尔冬节介绍等等。游客到了村子里，首先就非常直观地对周山村有了一个初步的了解，对这个村庄的印象就加深了。周山村的村容村貌文艺气息浓郁，走在村子里有人在画中游的感觉。

村子的最高处一座石碉高高地耸立在天地间。这座六角形石碉高约38米，底周长约21米，顶周长9.9米，共13层，这就是绰斯甲土司官碉。在官碉的正前方，就是绰斯甲土司官寨遗址所在地。周山官寨被称为龙官寨，全称叫作周山南杰宗，意为胜利的六角城堡。据史料记载，周山土司官寨建于明代，占地面积大约8.9亩，约5933平方米。龙官寨距今已经有500多年的历史了。绰斯甲土司官寨不止一个，周山村的周山南杰宗官寨只是绰斯甲土司官寨之一。绰斯甲土司是个大土司，他管辖的范围地跨阿坝州的金川、壤塘和甘孜州的色达三个地区。绰斯甲土司实行头人制度，设置有11家大头人、18家二头人、28家小头人和寨首。时代变迁随着历史的进步终于来临，1956年1月，民主改革的政策落实了，绰斯甲最后一任土司纳坚赞卸任，退出历史的舞台。纳坚赞担任过阿坝州政协副主席，于1958年12月16日病故。

绰斯甲周山的龙官寨虽然已无法再现当年的雄伟英姿，但是官寨附近的经堂却保存下来了。罗尔伍书记的家就在离经堂10米远的地方。经堂是单独的一栋建筑，其实就是一间宽大的转经房。经堂外墙是灰白色的石墙，看不出500多年时光对石墙的侵蚀，而经堂门外的转经筒和木窗木门却显露出沧桑的色泽，彩色的门匾和门框已经完全褪色，只留下浅浅的红、黄、蓝三色。经堂大门的左侧墙上是巨幅壁画，颜色也褪得十分模糊。经堂内设有非常大的转经筒，6位上了年纪的藏族老阿妈正在转经，她们虔诚的身影令人印象特别深刻。经堂内的四壁全是壁画，颜色脱落严重，斑驳的色彩看上去更加朦胧。这间经堂同样经历了500多年的风风雨雨，能够保存到今天的模样已经非常不错了。

乡村振兴的春风吹遍全国大地，也吹到了周山村人民的心里。

周山村所在的集沐乡政府，在乡村振兴政策的感召下，竭尽全力为村民争取优惠政策，给老百姓出谋划策，帮他们寻找致富的路子。

高乡长是个年轻而富有激情的乡干部，我们在村子里转悠的时候他一直在给我介绍周山村的变化。

"乡村振兴如火如荼，你们集沐乡对周山村的振兴具体有哪些规划设想呢？"

"我们乡上目前正在加强周山村绰斯甲文化、风情文化旅游链和特色产品链这两个方面的对接工作。乡上还准备围绕绰斯甲土司官寨遗址、八角碉楼的保护，在人居环境综合整治一二三期项目建设基础上，利用后期扶持资金，打造绰斯甲文化展示厅、文化休闲广场等。以周山官寨、八角碉楼、嘉绒特色民房、展示厅为中心，下连双江口、金川电站库湖景观，上接卡拉足沟彩林雪山景观，引导群众发展民宿、客栈、藏家乐等，形成一条文化旅游链。"

听了高乡长的详细介绍，我觉得乡政府确实是在挖空心思振兴周山村，周山村的发展未来可期，村民的日子将更有盼头。

"你们准备怎样最大化地利用周山村的土地呢？"

"我们将在周山村流转土地200亩，用来集中建设大棚，种植特色蔬菜等产品，加大'净土阿坝'的产品链。"

罗书记也给我聊到了村子里的发展变化，我问他："精准脱贫后本地老百姓对乡村振兴的规划实施满不满意？"

"大家都比较满意，都觉得共产党的政策好。大家觉得村子里的道路干净整洁了，各家各户的房子也变得美观大方了。特别是双江口水电站修建以来，我们村上有近10名村民去双江口电站上班，解决了部分村民的家庭收入问题。金川电站修建时，我们村上有80多人去打工，收入也不错。周山村村民沾了电站的光，相当于电站给我们村解决了这么多人的就业问题，大家心里是非常感激政府的。"

"周山村的集体经济怎么样呢？"

"我们村的集体经济主要投在岷山农业有限公司这块，村民入股资金投入了30万元，目前还是有收益。2021年，村上的集体经济分红每户只有100多元，余下的大部分钱还不能分，留着以后发展。"

"你们村乡村振兴发展中有最勤劳、最值得大家学习的村民吗？"

"有，我们周山村村民泽克生家里的养猪小企业发展得不错，我把电话打过去，你们聊几句吧。"

电话那头，泽克生和我简单地聊了几分钟，他说："感谢党的好政策，我们农民养猪还能得到政府的扶持帮助，去年我家出栏100多头肥猪，今年估计也可以出栏80多头，今年养猪收入达到6万元没得问题。"

罗书记告诉我，泽克生家主要就是养猪，而且规模还不小，土地就几乎没有时间种了，但干一件事只要干好了就是成功。他女儿当老师了，家里一共3口人，现在泽克生夫妻俩就打算安心地养好猪。

村子里大多数村民还得靠在土地上种植换取经济收入。周山村村民喜欢种土豆，收成也非常好，就是销售有点困难。罗尔伍作为村支部书记，自告奋勇牵头收购当地村民的土豆，拉到成都去销售，解决了村民心头的一件难事，大家伙也挺感激罗书记的。

我笑着问高乡长："罗尔伍书记的社交沟通能力很不错，他做生意也挺牛的吧？"

高乡长说："你问对了，罗书记可不只是一个小小的村支部书记哦，他是最有头脑、最会做生意的人。他做了近20年的中药材生意，那些年他与都江堰中药采购站、四川省医药公司联合做生意，主要是把山里面的野生中药，诸如羌活、独活、大黄、秦艽、当归、党参等靠火车运到北京等地，虽说辛苦，一年收入还是相当不错的。"

我对罗书记说："你父亲是老村支部书记，现在这个担子又在你身上了，相信他也很认可你的实力，对吧？"

"我做生意最初是用小四轮车跑乡村货运，金川那时开发铝灰矿，我就拉矿石，后来又拉森工局的木材去都江堰观凤楼售销，积累了一定资本后才做的中药材生意。现在我啥生意都不做了，就待在村子里带领大家好好干。"

周山村的常住人口不足300人，年轻人大学毕业后大多数都选择在内地就业，或者考到阿坝州的其他县上工作，也有的年轻人不愿意待在村子里，选择外出务工挣钱，也有不少人选择在家门口的电站上班。总之，人人都希望日子越过越好。

时代的步伐正在稳步向前发展，周山村正阔步走在奔向小康的路上。

夕阳的余晖照遍山谷，车子载着我们离开周山村，驶向30里外的金川，身后的周山村被镀上了一片金光。

三、樱桃红遍甘牛社

甘牛社其实是安宁村的一个小组，最初只有6户人家。

站在甲尔莫山上极目四望，甘牛社全貌尽收眼底，大渡河对岸左方不远处，声名远扬的广法寺若隐若现。

这是大渡河边一个名副其实的水果飘香的小村子。说它水果飘香，是因为甘牛社是金川县著名的甜樱桃示范种植基地。

甘牛社的名字，一看就和牛有关。我们来到村子里，跟随村干部的脚步，细细打量着这个小村庄。

甘牛社的形状从甲尔莫山上看下来就像一头牛，这也许就是甘牛这个地名的由来吧。

甘牛小广场上有一座铜牛雕塑，雕塑底座上刻有"为民服务孺子牛"的字样。导游小伙子说："毛泽东在1942年延安文艺座谈会上讲道，鲁迅的两句诗'横眉冷对千夫指，俯首甘为孺子牛'应该成为我们的座右铭。他说，一切共产党员，一切革命家，一切革命的文艺工作者，都应该学鲁迅的榜样，做无产阶级和人民大众的牛，鞠躬尽瘁，死而后已。而我们甘牛的这个'甘'字，既代表甘牛的'甘'，也代表甘心情愿、甘于奉献的'甘'，现在我们走的这一段路就叫作初心路。"走过初心路，一大片茂密的竹林出现在我们眼前，一条小道从竹林中穿过，即便是炎热的夏季，竹叶里也是凉爽的，微风一吹，竹林沙沙作响，仿佛美妙的乐音传来。甘牛社的老百姓给这片竹林取了一个好听的名字叫初心竹林。

我们从甘牛小广场开始一路参观甘牛社，从低处往甲尔莫山上走，要经过三段路，初心路、艰辛路和创新路。这三段路路程都不算太长，每段路路边的风景都不同，走到最高处就是创新路。创新路是一段充满诗情画意的路。这段路的两旁种满了鲜花，每一棵树上都画有精美的3D树画，画里的动物都是金川境内生存的动物。水里生长的有石巴子、细甲鱼、水鸭子；天空中飞的有喜鹊、啄木鸟、金鸡等；地上跑的有松鼠、崖兔、黄鼠狼等等。这些小动物都是彩色绘画，被描绘得惟妙惟肖，可爱至极。走在这段路上，听水渠里的水哗哗流淌，赏沿途鸟语花香，让人十分舒心愉悦。

一个小小的乡村，把自己地盘上的路段取名为初心路、艰辛路和创新路，其中必定有它特别的含义，也可以看出老百姓最真实的心声。

这三段路汇聚起来就是乡村振兴路，而乡村振兴路也是需要创新的，同时也是一条充满艰辛的路。甘牛社老百姓走的是一条种满樱桃树的路，沿着这条路，老百姓正在阔步前行。

如今的甘牛社已经有所壮大，目前有农户72户208人。甘牛社有耕地180亩，以前村民们都是种玉米、土豆、苹果、花椒等，到了2002年，甘牛社57户农户决定种植经济价值比较高的果树——甜樱桃。于是，他们在安宁乡率先砍掉了自家地里的花椒树、核桃树、苹果树等传统经济林木，后来又放弃种植玉米、小麦等普通农作物，栽上了100亩的甜樱桃。樱桃树前两年没有挂果，大家继续在期待中细心打理；又过了两年，樱桃树挂果稀稀拉拉，有的甚至没有挂果，大家在等待中有些垂头丧气了；到了第五年，樱桃树枝叶茂盛，挂果却仍然零零星星。整整5年了，100亩土地只种了樱桃树，村民们也没有在樱桃树下的地里种植任何农作物，连一窝土豆也没有种。就这样全心全意培育了5年的甜樱桃树几乎颗粒无收，村民们怀疑甜樱桃的种植失败了，心里有想砍掉甜樱桃树，回到传统农业种植中去的念头。毕竟，农民是靠土地来养活自己的。

山重水复疑无路，柳暗花明又一村。

甘牛社村民在煎熬中等到了第六个年头。这年的春天，春风似乎格外温润香甜，樱桃树枝叶繁茂，枝丫叶片间挂满了青绿色的小小的果实，老百姓是看在眼里，喜在心里，美好的期待仿佛金色的阳光洒满心间。

2008年5月，是一个令人悲痛的春天（这一年发生了震惊中外的"5·12"汶川大地震），也是甘牛社村民期盼了6年的第一个硕果累累的春天。甘牛社100亩土地的樱桃树喜迎大丰收，又大又红的甜樱桃销售得很好，一上市就供不应求。与阿坝州其他樱桃种植地相比，金川甘牛社位于川西北高原的西南缘，地理纬度偏南，海拔只有1000多米，昼夜温差较大，日照时间长，甜樱桃的成熟期比阿坝州汶川、理县、茂县提前半个月左右。提早成熟的这半个月其实是非常宝贵的，先出来的水果都能抢先卖个好价钱。

在村子里穿行时，我问同行的一个县上女干部："甘牛社的100亩甜樱桃树，农民在种植上有什么不一样的地方吗？"

她说："甘牛社的甜樱桃之所以味道特别甜，个头也大，颜色鲜艳好看，是因为县上要求老百姓在种植管护甜樱桃树的过程中不准使用除草剂，不准喷洒农药，要让樱桃长成绿色无污染的水果，让客人买得放心，吃得安心。"

一种水果可以养活一个村庄，甘牛社的红樱桃基地挂果的时候，夏日大渡河畔的红绿田野本身也是一幅幅秀美的风景。这独有的乡村果园风光吸引了城里人纷纷来亲手采摘樱桃，享受一番回归田园、身心愉悦的美好体验。

10多年过去了，当初甘牛社村民的大胆尝试已经获得了成功，在乡村振兴的道路上，摸索着前进的甘牛社村民对甜樱桃的种植技术掌握得滚瓜烂熟，新品种、老品种都培育得很成功。至2022年，甘牛社的"拉宾斯""先锋樱桃""红灯"等6个品种都卖了个好价钱，每斤少则25元，多则38元，甘牛社老百姓的钱包都鼓起来了。

甘牛社只是金川县安宁乡安宁村一个小小的村民小组，甘牛社的集体经济通过发展红樱桃种植取得了非常不错的成绩。在金川县还有很多乡村社组的农旅结合发展都进行得有声有色，村民人居生活环境得到了很大的改善，这就是今天的村庄与过去的村庄不同的地方。

甘牛社在乡村振兴的路上因地制宜地找到了致富的路子，在国家政策的大力扶持下，甘牛社老百姓在致富路上一定会走得更快更好。

四、营盘山上的村庄

7月,梨乡的山野如翡翠一般。

山里面的夏天有些特别,热浪之下人偶尔会感受到一阵凉风拂过。

几年前,我去过营盘山,看过营盘山上满坡的杜鹃花和那些藏在大山深处的村庄。今天我们要去的勒乌镇新开宗村就在营盘山上,于我,算是故地重游。

去往营盘山的路有些蜿蜒,水泥路面却非常平整,与几年前相比,上山的路容易多了。转过一道又一道弯,突然道路两旁蓬勃盛开的白玫瑰撞入眼帘,多么赏心悦目的夏天啊!

汽车拉着我们到达了新开宗村,整个视野突然开阔,豁然开朗。云上田园,美丽云盘,前进中的新开宗村出现在了我们眼前。这是一个汉族、回族、藏族共同生活的聚居地,也是各民族智慧共存的地方,多元的民族文化会让一个村庄散发出不一样的民俗光辉。

村庄很小,房舍低矮整洁,层层叠叠的田地错落有致地布局在山间,四面群山苍翠欲滴,天空湛蓝高远,云朵翻飞,这的确是一个美丽的高山上的村庄,安安静静地生长在海拔3000米的地方。

云盘的美名远扬,起初是因为云盘山上一到春天便满坡绽放的杜鹃花。现在新开宗村的声名远播,是因为村子里靠莴笋种植成了金川县乡村振兴的重点示范基地。

新开宗村的支部书记叫马发勇,马书记对自己的村子充满了无限的期待。这位身强力壮的基层党支部书记是个退伍军人,不到40岁,有文化有头脑,是个见过世面的人,2021年他当选为新开宗村的支部书记。马书记已经把村子的基本概况和千亩错季蔬菜的种植情况都掌握得详细扎实,并且时刻与金川县上的各级领导,特别是乡村振兴局加强联系沟通,跟领导们一起对村子里经济发展的短板弱项加以分析思考,紧紧抓住乡村振兴政策的大好契机,整合人力、物力、财力,盘活了新开宗村的千亩土地资源,使莴笋的种植试验取得了很大的成功。

这里海拔3100米左右，虽然较高，但是日照时间长，昼夜温差大，非常适合种植高山蔬菜，产量也比较高。新开宗村乡村振兴路上最大的举措就是新开发种植的千亩错季蔬菜试验田基地。基地种植的青莴笋达到上千亩，一年可以种2季，今年的亩产量较高，可以达到1万斤，去年的亩产量只有7000斤。青莴笋的产出分大小年，大年是高产年，次年就稍有减产。新开宗村的蔬菜基地也种植玉米，蔬菜与玉米轮换种植，有利于农作物产量的提高。

如今新开宗村错季莴笋基地面积1000余亩，种植的品种为二青（青冠王）三青（种都青、一品青、抗病青），生长周期为90天左右，分为春秋两季种植。经过多年对种植经验的摸索总结，现在平均每亩产量能够达到2万斤左右，每斤平均销售价为1.2元左右，莴笋种植每亩每季投资成本含人工、种子、农膜、肥料等，约为3500元，根据市场情况，每亩年均纯收入1万多元。新开宗村的莴笋种植模式已在周边村镇大规模推广开来，西里寨种植了300亩，俄热乡种植了200余亩。

在环境整治方面，新开宗村完成污水处理40余处，房屋功能性改造200余户，投入资金274万元。

我们跟随马书记的脚步走在云盘的田埂上，地里的玉米长得又粗又壮，玉米棒子正在等待成熟，蔬菜也长得绿油油的，很是喜人。

"马书记，村子里除了大面积的莴笋种植，还发展有哪些产业呢？"

"我们村子里搞了多种产业，不仅仅是发展绿色蔬菜，我们还培育种植了20亩羊肚菌，那是城里人特别喜爱的食物。村子里还养殖了600多头肉牛，生猪养殖每年可以出栏1000多头。老百姓的收入明显比以前增多了，干劲儿也提高了。"

"你们村的土地有流转吗？有高山牧场吗？"

"有，我们新开宗村有200亩土地流转出去，被一家公司承包了。流转土地上种的大棚西红柿、西蓝花等非常成功，另外他们还种了40亩雪梨。这200亩流转出去的土地就是我们村的集体经济收入。另外，我们村在高山上的牧场面积也不小，但是牧场还没有流转出去，老百姓自己在牧牛。"

"2021年，新开宗村集体经济分红这方面怎么样呢？"

"新开宗村村民的集体经济就是土地流转后错季蔬菜种植带来的收入，

目前蔬菜的销售也比较顺利，老百姓每人的集体经济分红大约有55元，集体经济收入都打在村里的银行账户上实行统一管理，大部分经济收入先保留着，只有少部分分到了村民头上。去年我们新开宗村人均收入达到了1.7万元。"

马发勇书记回答这个问题的时候，从他的语气里我可以听出自豪或自信的感觉。我想，新开宗村村民往后的日子还会更好更甜蜜。

习近平总书记说过，推动乡村全面振兴，关键靠人。

靠人，不能单单靠别人，主要还是靠自己。

勒乌乡在人才引进和留下人才这方面是下了功夫的，一个乡村各方面的人才越多，对这个村的发展肯定就越有利。新开宗村也很注重留下人才，想方设法把有才华的本土青年留下，把村子里的大学毕业生招回来留在家门口就业，回乡建设自己的家乡。目前，新开宗村在乡村振兴的路上走得稳当、走得扎实。

下山的路似乎更快一些，山道两旁的白玫瑰依然让我心生欢喜，而我更期待明年的春天，再去云盘山上，看那满坡在风中摇曳的绚烂的杜鹃花。

那是一个让人沉醉的地方！

五、马奈：多元化的乡村振兴模式

7月走在金川的乡村路上，真能使人感受到火一样的夏天。

这次随采风队伍走进马尔邦实地考察，我是满怀期待的。

2019年底，马尔邦乡与马奈乡合并为马奈镇。马奈镇位于金川县的南部，镇南部与甘孜州丹巴县接壤，面积210平方千米，辖4个行政村19个村民小组，有746户2590人。这里是藏、羌、回、汉多个民族的聚居地，也是神秘的东女文化核心区。马奈人民生活完全脱贫后，在党和政府的关怀下，又开启了乡村振兴模式的新篇章。

八角塘村村民靠种植甜樱桃作为主打产业，每年甜樱桃的收入让村民喜笑颜开。独足沟村靠圈养生猪发家致富，村上的义全养殖合作社每年生猪出栏量达到1600余头，是金川县规模最大的智能养猪场。马奈村的乌梅加工厂、雪梨加工厂已经建成开工，水果加工将成为马奈村的主打产业。

1. 马奈的文化名片

马奈，这个名字很早就留在我的记忆里了，因为马奈拥有独特的旅游景观文化，马奈的锅庄舞蹈我早有耳闻，也因为马奈姑娘的秀美和她们美艳绝伦的藏族服饰。

马奈镇被评为全省第六批民族团结进步示范镇。

马奈镇是阿坝州非遗特色小镇。

马奈村是阿坝州非遗村寨。

马奈镇有好看的地方，也有好耍的地方。好看是因为马奈镇境内有国家森林公园嘎达山、天下第一石佛东巴石佛、中国碉王、龙龟瀑布、东女王城遗址、悬空古庙等美景。

马奈被文化部授予"中国民间艺术之乡"。

马奈锅庄被国务院纳入国家级非物质文化遗产名录，被誉为古东女国宫廷舞蹈、嘉绒锅庄的精髓、中国圈舞活化石，是绽放在阿坝雪域高原上耀眼的艺术瑰宝。马奈镇成立了锅庄文化协会，现有省级锅庄传承人2人、州级锅庄传承人5人、县级锅庄传承人9人。为了传承历史悠久的民间文化，不让古老的民间文化断代，马奈镇开设了讲授自己本土文化的乡土教材课——"娃娃锅庄"，每周三将会在马奈中心校开课，授课教师是马奈锅庄传承人或县上组织的"红色文艺轻骑兵"，学校每天的课间操也是跳马奈锅庄。孩子们从小就在学校学习跳家乡的锅庄舞，马奈锅庄由此得以绵延传承。

2. 高碉下的八角塘村

走在八角塘村子的小道上，村子里浓浓的"文艺范儿"风貌深深吸引了我。在道路旁的民居外墙上，是一些彩绘风景画，其中一面墙上画有一双美丽的翅膀，人站在翅膀中间感觉像要飞起来了，特别有创意。这里已经成为大家喜欢的网红打卡点。

这里也是红军走过的地方。

八角塘村的路边上立有一块红军碑——马尔邦红军碑，碑高148厘米，厚

20厘米。碑文是镌刻在石板上的，因为时间久了字迹有些模糊，依稀能辨别出文字："加入苏维埃西北联邦政府，番、回、汉穷人联合起来打帝国主义。"

金川素有"千碉之国"的美称，马尔邦八角塘的关碉是最高的。

八角塘村拥有目前世界上最高的碉楼，古碉高51.2米，宽约30米，顶宽3米，迄今已经有300多年的历史了，为原大金川土司莎罗奔的小官寨碉，被称为"中国碉王"。这就是著名的马尔邦关碉，也是嘉绒地区建筑史上的一颗明珠。

这座高高的石碉巍然屹立在高山之巅、大渡河河谷之上，直直插向蔚蓝的天空。石碉是嘉绒藏族地区特有的建筑形式，以就地取材的石头垒砌成高耸的"石柱"，高碉独特的构造、石头材料、从下到上由宽到窄的空间布局，无不展现着当地地理环境对其的影响，使其建筑形式和风格充满着一种古朴粗犷又神奇的美感。

我们到达马奈镇时正是阳光炽热的午后，大伙儿在八角塘村下面的观景亭稍作休息，一眼望去，对面的国家森林公园嘎达山郁郁葱葱，明亮得有些耀眼。大家都在极目远眺嘎达山，同伴们叫我细看山间突兀的大石头，我说像一只蹲着的猴子，他们说不是猴石，是石佛像。

我在亭子边的宣传板上认认真真打量石佛像的照片，果然如此。原来，在嘎达山的山岭间，长有世界上第一高的自生石佛，当地人叫它"东巴石佛"。石佛高达240米，如擎天之柱屹立在山野间，平视酷似一尊巨大的菩萨，其五官清晰，面部轮廓逼真，身上的袈裟褶皱以及出袖右手的肌肉线条都能辨析，整个佛像体积是乐山大佛的3倍，堪称天下第一石佛。

一个乡有一个乡的乡村发展模式。

马奈镇的发展模式具有"一核多元"的特点。

马奈镇大力发展甜樱桃、花椒、魔芋、核桃等特色种植业，外加生猪养殖、农家乐、民宿等，把农旅、文旅结合起来，多元素全方位拓宽群众致富增收渠道。

八角塘村村民靠种植甜樱桃作为主打产业。我们在八角塘村的山寨里穿行，田间地头葱茏的樱桃树特别多，虽然已经过了吃樱桃的时节，但是这满田繁茂的樱桃树在风中摇曳，仿佛在告诉我们它们刚过完一个丰收年。

八角塘村是金川县乡村振兴路上走得比较好的一个村。2021年1月，八角塘村入选2020年四川省卫生村名单；2022年1月，八角塘村被评为2021年度四川省乡村振兴示范村。

因为八角塘村风光秀丽，民风淳朴，外地来游玩的客人络绎不绝，村子里农家乐的生意也就不错。加之周末城里人喜欢拖家带口出来玩，八角塘村村民也就尽心接待客人，把餐饮休闲事业搞得风生水起，收入一年比一年高，日子过得一天比一天甜。

在这里，看八角塘村翠绿的樱桃园，看红军纪念碑的红色文化，看"中国碉王"的威武，听核桃树下老百姓聊家长里短……

乡村振兴一直在路上，我们也一直在路上。

3. 他化作一道彩虹挂在天空

他化作一道彩虹飘走了。

他就是马尔邦乡（今马奈镇）曾经的党委书记罗从兵。

2022年5月16日，时任四川省阿坝州金川县交通运输局党组书记、局长的罗从兵在率队检查"四好农村路"建设工作中时，突发急病，经抢救无效因公殉职，年仅39岁，他奋斗的身姿永远定格在乡村振兴的路途中……

马尔邦人民听说罗书记倒在了检查工作的路上，永远地离开了他们，都唏嘘不已，悲伤难过得眼泪直流。大家都清楚地知道罗书记当年为村民的集体经济发展真是绞尽脑汁，操碎了心。

2019年底，马尔邦乡与马奈乡合并为马奈镇，罗从兵任马奈镇党委书记，从此与马奈老百姓结下了不解之缘。他始终心系马奈镇的经济发展，脚踏实地为马奈百姓办实事，解决大家各种"愁难急盼"的事情，在马奈百姓心中留下了良好的口碑。

2020年5月19日凌晨，马奈群众自发来到金川县城，站在街道两旁，眼含热泪送他们心中的罗书记最后一程。自发来送行的还包括金川县各行各业的干部职工。据当地群众讲，如此规模的追悼会在这个小县城是第一次。

金川县马奈镇马奈村支部书记张国珍说："我们都很悲伤，这么好的一个领导……"

金川县马奈镇组织委员严红萍说:"刚听到他走的消息时,我们都不相信,然后大家都去县里了,想送他最后一程。"

金川县马奈镇政府工作人员夏拉夺基说:"这是我们人生当中最遗憾的事情之一,因为大家失去了一个好哥哥,也失去了一个好领导。"

近几年,国家乡村振兴政策逐步落实,在罗书记的大力争取下,在各有关方面的帮扶下,马奈镇(含合并前的马尔邦乡、马奈乡)争取到资金近9000万元,实施了一批路、水、电等基础设施及旅游配套设施项目;大力推行"返还扶贫""股权量化""飞地扶贫"等扶贫模式,增强了贫困群众"造血"能力;独足沟村、白纳溪村等以产业基金入股农业企业,走上了发展集体经济的道路。

马奈人民今天过上了如此美好的新生活,怎么能忘记曾经与他们一起奋斗过的罗书记呢?

罗书记在乡村振兴路上的故事永远留在了马奈群众的心里,他的离去成了大家心中永远的痛。

马奈人民正努力走在发展致富的路上,他们的樱桃园、核桃林、梨树林会越来越苍翠茂盛。

雨过天晴,一道彩虹挂在天空,大家宁愿相信年轻的罗书记并没有离开,他只是化作一道彩虹飘走了,待到明年樱桃红时,那道彩虹又会飞回来挂在马奈的上空。

4 / 小金的两个村寨

马尔康去小金县最便捷的一条路，就是从卓克基进沟沿纳足河上行，几千米后就开始翻越梦笔山，从梦笔山上蜿蜒下到两河口，就是小金县境内了。两河口设有两河口红军会议遗址，这个地方是阿坝州马尔康红军长征干部学院的现场教学点。小金是红军翻雪山过草地经过的地方。此行我的目的地是小金县沃日乡木栏村和四姑娘山镇双碉村，过了两河还有70千米的车程就到木栏了。梦笔山海拔4114米，山顶上有终年不化的积雪，是一座绵延秀丽的雪山。马尔康到小金的距离，于我而言就是翻越一座山的距离。

一、腾飞的木栏村

小金县位于四川省西北部，阿坝藏族羌族自治州南端，东邻汶川县，西毗甘孜州丹巴县，南连雅安市宝兴县，北接阿坝州州府马尔康市。全县面积5571平方千米，辖美兴、四姑娘山、达维、沃日、两河口、八角、宅垄7个镇，县城美兴镇距四川省会成都286千米。从木栏村的各种荣誉光环可以看出，它堪称"星"级村落。

先看看近10年来木栏村获得过哪些殊荣。

木栏村2013年被评为阿坝州级"民族团结进步模范村",2014年被评为阿坝州级"先进基层组织",2016年被评为阿坝州级"村民自治模范村",2017年被中央精神文明建设指导委员会评为"全国文明村镇",2018年被评为阿坝州级"民族团结进步示范村",2019年被国家林业和草原局评为"国家森林乡村",2020年被四川省委、省政府评为"乡村振兴战略工作示范村"。

1. 村主任带我看木栏

去任何一个村庄,我第一个想见的人就是村主任。

木栏村村主任叫龙华贵,刚到猛固桥,村主任说他在县上办事,事办完就立马过来与我会合。

天空飘了一阵雨,一会儿雨停了,村主任也到了。村主任先绕道开车带我去沃日镇里转了转,沃日土司官寨的地址就在这里,桥尾处就是沃日土司的高碉,村主任说高碉估计有361年的历史了。我们准备穿过沃日镇去木栏村,镇子里有村民在做酒碗(当地方言,指摆宴席),这是防控新冠疫情以来村子里少有的人口云聚的热闹景象。

小金县沃日镇有个木栏村,在当地非常有名气。木栏村位于小金县东部,距小金县县城18千米,距四姑娘山风景区35千米,国道350线横贯该村,全村面积30平方千米。全村辖5个村民小组,农户446户1572人。在阿坝州地域,从人口看木栏村不算是一个小山村。这里的村民以藏、汉为主,其中藏族占总人口的61%,是典型的嘉绒藏族聚居地。

这是一个被苹果树包围的村庄,就连村民的房前屋后都见缝插针地种满了苹果树。正是7月,苹果才鸡蛋般大小,我伸手摘了一个下来咬了一口,没有成熟苹果的甘甜,却有一股浓郁的酸中带甜的果酸味,这正是小时候吃过的苹果的味道。龙华贵在担任村主任之前担任了19年民兵连连长,2016年当选为村支部书记,5年后一肩挑担任木栏村村主任兼村支部书记。村子里人口没有急剧减少,是因为大学生毕业后回乡就业的大有人在,人口出生率与死亡率基本持平。

木栏村的经济条件一直处于比较稳定的状态,许多年轻人也不愿意出远门务工。木栏村依山傍水,苹果树繁多,加之气候条件比较好,阳光充足,昼夜温差大,水果糖分比较高,木栏村的苹果在小金县乃至全省都非常有名气。

也许是因为刚刚下过一场雨，空气湿润，之前燥热的感觉全无，微风吹过，居然有一股凉意。

　　我们沿着蜿蜒的小道往村史馆方向前行，村道左边的石墙上装饰着非常有"文艺范儿"的宣传栏，苹果形版面上写满了对小金苹果的简介、发展、品种、地域保护、产地环境、健康养生等文案，游客只要进入苹果园，对木栏村的苹果就有一个直观细致的了解，会留下深刻的印象。

　　村主任说木栏村一共有5个小组，一组、二组、四组在河谷地带，三组和五组在高半山上。

　　"高半山上的村民与河谷地坝的村民相比，收入状况有悬殊吗？"

　　"有是有一点。高半山上的村民种的苹果树没有那么多，苹果的收入要少一些，但是他们可以种植中药材，比如当归、大黄、党参等，中药材的收入也可以补贴家用。除此之外，他们也种植蔬菜，都是高半山适合种植的土豆、豌豆、胡豆等。"

　　三组、五组的村民靠自己勤劳的双手，自食其力发展高半山的中药材种植，加上苹果的收入，每年人均也能挣到1.7万元，早已脱掉了贫穷的帽子，踏步走在更富裕康健的道路上。

　　我们走在木栏村的苹果园里，村主任对自己的村民和果园的情况都是了然于胸的。

　　我问他木栏村的土地流转情况。

　　他说："全村有400亩土地流转出去了，这400亩土地租给了冰丰酒业公司，租金是每亩土地每年1000元到1800元不等，直接打到每户土地流转百姓的账户上。这笔收入还是不错的。"

　　"木栏村的集体经济怎么样呢？"

　　"我们村的集体经济包括共享农庄的30亩土地，其中4.8亩土地是属于全村的集体经济，每年有5.76万元的租金收入。其余25亩是属于10户村民的，木栏文化旅游责任公司每年以12000元保底的标准给这10户村民支付佣金。2021年的村集体经济分红还没有进行，记得2019年的人均分红是40多元。村民觉得积累下来留着也好。"

　　木栏村目前有1300亩果园，每亩种植苹果树50株左右，大约有6万株苹果树。其中老品种苹果树占70%，是金冠品种；新苹果树占30%，是红富士品种。早在2003年，小金县老品种苹果树已经老化，受新品种苹果的冲击，金冠苹果虽然品质也不算差，口感也好，就是不耐储存，价格也上不去。小金县在木栏村和官寨村更新换代老果园200亩，提质增效低产园1200亩，并邀请专家到村上给果农授课，传授苹果的栽培技术，还派果农到其他省份实地考察学习，提升果农的苹果种植专业知识。

"木栏村的共享农庄小有名气，这是什么时候建立的呢？"

"2019年1月，苹果共享农庄项目启动，4月底，木栏村村集体、10户农户在土地及地面附着物托管协议、入股保底协议上摁下红手印，入股农户将获得每年1.2万元每亩的保底收益。共享农庄最初是小金县国投公司投资建立的，木栏村集体入股20%，小金国投入股80%，委托途远集团运营。农庄的民宿都通过网络预订，这几天受疫情的影响，预订的客人少了，平日里共享农庄的生意还是挺不错的。"

千万个青绿的苹果在我眼前跳跃，那是多么可爱的小精灵啊！想想木栏村村民自家果园的收入，自家农家乐的收入，他们已经完全是走在奔小康的路上了。

在木栏村，果园里的人家有的开起了农家乐，农家乐不单单只是提供餐饮，还包括住宿。村子里农家乐主人的孩子考上大学后，大多数都在外地工作了，他们没有选择回家乡，但是这些年轻人并没有忘记家乡和家乡的父老乡亲，他们依然牵挂着自己的故乡。好多农家乐的名字都是孩子帮父母取的，民宿的布局也非常温馨现代，比如"蜉蝣小舍""傍山别居"等。对木栏村的老农来说，孩子虽然没有回来，但是孩子的心回来了，他们的智慧也回来了。

我们刚好转到"蜉蝣小舍"农家乐门口，村主任指着一棵繁茂的梨树对我说："这是木栏村的网红树，叫'民族团结进步树'。这棵树上嫁接了四个品种的梨，有蜂蜜梨、鸡腿梨、金川梨和麻梨。"梨树枝繁叶茂，挂满了颜色各异的沉甸甸的果实，真是一个梨园大家庭啊！

村主任还跟我提到村子里一个叫陈浩的年轻人。

陈浩，网名叫"川西冒险王"，也是木栏村人，是一个90后小伙子。陈浩家有5亩苹果园，大约300棵苹果树。陈浩喜欢拍短视频，搞直播带货，和很多家公司签约进行直播宣传，目前拥有57万粉丝，算是一个地地道道的网络红人。

我们聊天的时候，感觉这小伙子还很低调。我问他："你都回到村子里了，将来有什么打算？"

他说："我准备把主要精力都放在木栏村，继续做好直播，给家乡的苹果代言，搞好直播带货，重点宣传木栏村。看将来的发展走势，条件成熟了也想搞民宿。"

如果陈浩回乡搞直播为家乡木栏村宣传，其网上的数十万粉丝也会跟着陈浩的重心转移而转移，这对木栏村的振兴发展是大有益处的。

2. 歌唱吧，雪山脚下木栏村

一个村庄年轻人越多，或者有文化、有思想的人越多，乡村振兴的路子就走得越顺畅。

28岁的马连杰是小金县木栏村人，父亲是村子里的会计。大学毕业后，马连杰在绵阳当音乐老师，他喜欢摄影，喜欢拍短视频。在自媒体非常发达的今天，人人都是网络推手，人人都是创作者。今年暑假，马老师拍了28位身穿藏装的美丽姑娘的故事，以短视频的方式宣传家乡，讲述木栏村的变迁。

叶一剑老师是途远集团共享农庄的副总裁，也是途远乡村振兴研究院的院长，还做过很多年记者。叶老师跟马老师一拍即合，决定联袂搞一个名为"歌唱吧，雪山脚下木栏村"的活动，预计在8月底之前做40个短视频，歌唱演员就是木栏村村民，以此方式宣传木栏村村民的精神面貌。

这个创意来自于有一天叶老师在村子里散步时，遇见一个70多岁的老太太，聊着聊着老太太主动要求唱了一首山歌。老太太虽然嗓音不及年轻人清新响亮，却唱得极其认真投入，而且唱了一首又一首，接连唱了三首歌。木栏村的这位老人年轻时一定是一位能歌善舞的人才，现在她仍可以做到看见什么便唱什么。老太太跟叶老师讲，村子里会唱歌会跳舞的人很多，她都不算啥。这真是印证了那句话："我们藏族人会说话就会唱歌，会走路就会跳舞。"

村主任、叶老师和我就在苹果园中畅聊木栏村的明天。

突然，远处传来阵阵欢笑声、歌声，我知道，雪山下的木栏村的歌声会越唱越响亮。

3. 我在雪山脚下有棵苹果树

任何一个乡村在振兴经济的路上都得想方设法寻找一些新路子、新模式，木栏村也不例外。

木栏村与途远集团合作的新模式已经快3年了，现在木栏村的民宿、餐厅、果园和书屋都按照既定的目标在良性推进。

"认养一棵苹果树，守护一种神圣美"是由途远集团、阿坝州小金县沃日镇木栏村和成都市新津区总商会联合发起的"我在雪山脚下有棵苹果树"新型互联网助农活动，2022年7月11日在木栏村正式启动。

我问村主任和叶老师："认养一棵苹果树，怎么个认养法？"

叶老师说："认养一棵木栏村的苹果树费用是399元一年。苹果成熟后，果农会回馈给认养人50斤金冠苹果或者30斤红富士苹果，包邮到家。每一棵苹果树都有专属果农负责打理，拒绝农药和化肥，一年365天精心呵护，并为认养人提供专属社群互动，让其能及时了解果树生长情况，并获得图片和视频展示。此项活动依托木栏村和小金县独特的资源禀赋，为越来越多的具有公益之心、文化内涵、探索精神、乡村情结和生活情趣的高素质人群提供了一种新的消费可能和美好生活体验。'我在雪山脚下有棵苹果树'的果树认养活动，将缩短种植者和消费者之间的距离，让农民获得更多利益，预期实现木栏村'三个一'的目标，即实现一万棵果树的认养目标、帮助每户果农每年实现一万元的收入、最终实现木栏村村集体每年增收一百万元，助力木栏村建设百万小康村，带动农民增收，实现共同富裕。"

在途远网络平台上，我认识了几位木栏村的果农代言人，他们是宋良飞、李永茂、王龙海、张益春、龙华贵、陈加羽、张满贵、朱学斌、雷林刚、张吉彬、宋良均。其中雷林刚的代言是："我们只为消费者养护好天然、绿色、环保、不施任何化学肥料、不削皮即可食用的优质苹果。"

我和雷林刚互加了微信，知道了他所经历的曲折人生。途远集团网络平台2022年7月25日刊发了一篇雷林刚的自述文章——《我将用良心守护好每一棵苹果树》，他的故事深深地震撼了我。

雷林刚的老家在木栏村，他平日里有空就回家打理自家的果园。今年快50

岁的他经历过人生的许多磨难。

2000年，他的哥哥患上了尿毒症，为了不连累嫂子，哥哥与还没有怀上孩子的嫂子离了婚。2009年9月，哥哥双肾坏死，永远离开了亲人。

天有不测风云，2020年7月，雷林刚的小儿子在无意中被检查出患了胰腺癌，经过各种努力治疗，最终仍离开了人世。小儿子的离世差点让雷林刚崩溃到几乎自弃。

经过无数次的阵痛之后，雷林刚思来想去，揣测了很多孩子生病的原因，他觉得其中一个重要原因一定与食品有关，人们的很多食物都被农药、化肥污染过，严重影响了人的身体健康。所以，他在种植苹果的时候，秉承的理念就是"天然的才是最好的"，他的苹果树坚决不用化肥、农药，他把良心放在了第一位。

正如叶一剑老师所说，所谓雪山脚下木栏村的故事，说到底就是每一个村民的故事，而每一个村民的故事，说到底就是每一个村民及其家庭和家族在时代和历史的风吹雨打中跌宕起伏的命运——每一个人都是一种命运体现，每一个人都是一种生活经历，每一个人都是一种价值主张。

其实在木栏村，很多果农的想法都跟雷林刚一样，都想给顾客奉献优质的绿色苹果。他们是这样想的，也是这样做的。最终，雪山脚下的木栏村靠品质上乘的良心苹果走出了大山，走出了乡村振兴路上铿锵有力的步伐。

二、多彩的双碉村

1. 认识双碉村

双碉村是金色的，到了油菜花盛开的时候，一块一块的田地里像天空打翻了黄色油彩，处处是美丽迷人的金黄。那时，蔚蓝的天空之下满山翠绿，目所能及之处皆是美景。双碉村，藏名嘛呢寨，位于小金县四姑娘山镇，面积664平方千米，海拔3400米。双碉村有126户414人，是一个名副其实的高海拔高半山藏族村落。

四姑娘山镇离双碉村只有几千米的路程，杨桃带我们上山的时候正是7月中旬一个阳光明媚的下午。上山的道路蜿蜒曲折，我们到达的时候双碉村的支部书记杨正荣已经在院坝边等我们了。院坝是杨桃家的，杨桃是四管局的一名职工，双碉村是他的老家。他家院坝位于双碉村高半山上，站在坝子边俯瞰山下，就会觉得村子很高，村民的房舍错落有致地布局在山间，周遭都是葱茏的田地，油菜花刚刚谢幕，还有一点浅浅的黄。村子并不平坦，就像长在斜斜的山坡上，离天空近，离山下的河流远。

杨书记是土生土长的双碉村人，50岁左右，当了14年民兵连连长，2021年才当选为双碉村的支部书记。他家里有2位80岁左右的老人，他的老婆带着孙孙，家里有3亩地，靠种地的收入以及捡拾野山菌等，日子也过得去，属于普通的山里人家。

我问村书记："双碉村名字的来历就是因为村子里有两座碉楼吗？"

书记说："不是哦，村子里起码有七八座碉楼，以前双碉村叫红旗村，现在的名字是后来改的。"

长在高半山的村子都是美丽的，也是宁静的。

我特别喜欢山上那些大片大片的青冈林。山上的野菌子多，青冈林里有珍稀的松茸和青冈菌。

我们正在坝子里闲聊，两位妇女背着背篼刚下山回来，手里还抱着青冈树枝柴火，刚到路口大伙儿都在问："捡到菌子没有？"其中一个妇女答道："只捡到一朵松茸。"说完就笑开了。我走过去，她俩把背篼放下，其中一人从塑料袋里掏出一团用南瓜叶包得里三层外三层的包裹，再一层一层剥开，一朵三两左右的大松茸出现在我们面前，这是她今天最大的收获。旁边一位厨师模样的师傅也好奇地围过来看。我连忙拿过来细看，闻了闻，一股奇异的鲜香扑面而来，看完又放在地上拍了照。师傅连忙拿起来瞧，一不小心那朵松茸从他手中脱落掉在地上了。师傅慌忙捡起来一看，还好没摔坏，他笑着说："摔烂了得赔100元呢。"我问他现在小金松茸多少钱一斤，师傅说估计400元吧。其实，在小金，松茸的品质普遍上乘，价格昂贵，据说最贵的每斤要上千元。

我问书记："双碉村的树林里野菌子多，什么松茸呀，青冈菌呀，杉木菌呀等，村民捡菌子卖也算一笔收入吧？"

书记说："是的，另外双碉村村民还有一项不错的收入就是为游客牵马。我们村的村民好多家庭把自家的马匹训练好了，在海子沟马帮队为游客服务，用马匹把游客驮上山，再送下去，收取劳务费，这也是村民家不错的收入。"

乡村振兴的春风也吹到了双碉村，双碉村拥有离四姑娘山镇和四姑娘山风景区近的优越条件，随着旅游业的蓬勃兴起，眼光超前的村民也开始办起了农家乐，接待游客的吃住，增加了家庭的收入。目前，双碉村已经开设了4户农家乐，一年四季都可以接待客人。到了旅游旺季，全村人家家户户都会腾出人手和房间接客。双碉村真正实现了农旅结合，吃上了旅游饭。无论是马帮队，还是农家乐，收入都是不错的，虽然这两方面的经营都很辛苦，但是却可以给老百姓带来好收益，比只种地强。

双碉村的集体经济方面，杨书记说村上有产业扶持资金，投资给了一家农产品公司，每年可以收入34600元。另外村上还有1座三村电站，是以前三个村子合伙修建的。目前电站租给私人在经营，算是资金入股，每年也有2万多元的分红。双碉村2021年的分红还不错，人均达到170元。

2. 村民吃上旅游饭

小金四姑娘山不仅风光秀丽，景色迷人，更吸引人的是户外攀登者对攀越四姑娘山的征服梦想。而很多热爱户外运动的人，或者登山运动的痴迷者，无论初级攀登者，还是高级攀登者，都会首选四川省阿坝州小金县的四姑娘山作为攀登对象。

在双碉村，杨桃的弟弟杨玮开了家踏寻户外运动俱乐部，杨玮本人就是一位有名的登山向导。

踏寻户外运动俱乐部成立于2016年，至今已经有6年的时间了，刚开始成立时俱乐部只有6人，办公室设在成都，现在规模变大了，已是成都踏寻户外运动有限公司。

我问杨书记："杨玮家就是踏寻户外俱乐部接待站，嘛呢寨高山协作队的据点，这说明双碉村高山协作队伍里从事向导的人员不少哦，对吧？"

杨书记笑了笑，算是肯定了我。

双碉村的藏名叫嘛呢寨，这个寨子里的男人长年生活在四姑娘山，对四姑娘山的地形地貌、气候特征了如指掌，同时因为一直在山里面放牧、劳作，养成了强健的体魄，又能吃苦耐劳，经过培训后很多都可以成为户外攀登爱好者的高山协作员，也就是向导。有的高山协作员经过正规严格的高山攀登知识考试后，取得了导游资格，拿到了导游证。在双碉村，当高山协作员的村民也不算少，这项工作虽然辛苦，也有一定的风险，但是收入颇丰。

双碉村村民家庭收入的巨大变化，真的是印证了老百姓说的那句话："靠山吃山，靠水吃水。"其实，我觉得更多的靠自己的勤劳努力。杨玮告诉我："在四姑娘山镇，目前本地注册的有34家户外俱乐部，规模相当不错，在全省甚至全国也是首屈一指的，这是我们四姑娘山的骄傲，也是阿坝州的骄傲，更是四川省的骄傲。"

在杨玮家宽敞的阳光房会客厅里，挂有许多户外俱乐部的名牌。在杨玮的成都踏寻户外俱乐部接待站，挂有12家合作户外队的牌子，有重庆大学长安汽车自驾队、2021大冬训四姑娘观雪团、J.C户外俱乐部、南京理工大学登山协会圆梦三峰登山队、山途户外俱乐部、天津山野巅峰户外、天津翱翔户外运动俱乐部、风迹户外等等。杨玮说起户外俱乐部的事如数家珍，他皮肤黝黑，身强体壮，一看就是长期从事体力劳作的汉子。杨玮告诉我，现在他们踏寻户外运动俱乐部有7人考了证，是持证的专业高山向导。其余的队员虽然攀登山峰经验丰富，身体和体能也都过关，但是没有拿到证，只能充当高山协作员。目前俱乐部长期在山上的后勤人员有16人，客人多的时候可以外请高山协作员，外请多少人根据客人数量来定，踏寻户外俱乐部最多曾聘请过高山协作员40人。

有人说玩户外运动的攀登者都是有钱人，此话也不是毫无道理。因为一个喜欢攀登的人征服一座山、征服自己的精神高度的前提是要有良好的经济基础作为支撑。杨玮告诉我："每个登山客人，我们俱乐部要给他配置3个协作向导，客人的常备装置，如马匹、衣物、食品、水、氧气、酒精、绷带、止泻药、创可贴等等都是我们准备并带上山。如果攀登三峰的话，一般是5天一个行程，费用是每个人1.8万元。"

"玩这种高山极限运动的客人，哪个省份最多呢？"

"北京、上海、广东的客人占大多数，重庆那边的也比较多，重庆人喜欢组团来登峰，他们一来就是二三十人。许多组团来的登山客人，对于登山还一无所知，有的客人连最起码的必需装备（比如冲锋衣、冲锋裤、手套、头灯、鞋套、登山鞋、登山杖等）都没有准备好就来了，这就给我们的工作增加了难度，所以我们还要组织他们开会，向他们普及基本的登山知识，教他们准备装备等。"

高山向导也好，高山协作员也罢，干的都是消耗体力的辛苦活儿。双碉村村民挣的钱也是辛苦钱，每一分都来之不易。

我问杨玮："这些年来你带了那么多客人登山，遇到过哪些难以忘怀的事呢？"

"遇到的事儿肯定不少，有些都记不清了。2018年8月，一个来自上海的18岁小伙子，到四姑娘山攀三峰，我负责带他登山。傍晚到达山峰下的营地后，小伙子出现了严重的高山反应，脸色苍白，胸闷气短，呼吸都出现了困难。我立马调集其他协作人员上山一起把小伙子送下山，又马不停蹄地把他送到成都，直到他父亲在成都接到他，我们才放了心。小伙子的父亲也是一名登山爱好者，本想让孩子出来锻炼锻炼，见见世面，没想到儿子出现了高反状况。他们一家人对我们的负责态度大加赞赏。"

踏寻户外俱乐部的业内工作作风过硬，口碑比较好，工作业绩也就相当不错。2022年6月，杨玮接到一个向导活儿，一个外省的客人不知道从哪里打听到踏寻户外俱乐部，把自己8岁的儿子和10岁的女儿带到俱乐部，让杨玮和协作队员带两个娃攀登大峰。杨玮他们尽心尽力、周到专业地对待小客人，最后带着他们顺利登顶，孩子们特别高兴，终于实现了攀登四姑娘山的愿望。

在双碉村，当高山协作员的村民不在少数，因为这份辛苦的职业也使不少村民增加了收入，甚至收入还颇丰。四姑娘山旅游的蓬勃发展，让双碉村村民吃上了旅游饭，这就是老百姓常说的："靠山吃山，靠水吃水。"

我们正聊得起劲，杨玮的高山协作伙伴们回来吃饭了，我一看时间快下午2点了，估计他们也是才忙完。协作员们匆匆吃了饭就过来和我聊天。

杨国明今年51岁，袁国强59岁，由于他们长期从事向导协作工作，锻炼有方，尽管年纪不算年轻，却也是身材健硕，他俩在双碉村当了10多年的高山协作员。2022年7月18日，他俩带一对从广东来的母子攀登二峰，母亲40多岁，儿子12岁。杨国明把母子俩带到海拔4200米的营地时，两人都有一点高反现象，休息时吃了红景天后症状又缓和了些。第二天凌晨3点钟，杨国明和队友带着母子俩开始攀爬四姑娘山二峰，爬到海拔4800米的碎石坡时，母子俩都有点走不动了,儿子说头疼,还出现轻微呕吐症状。杨国明、袁国强为了保证登山客人的安全,当机立断把母子俩送下山。下到海拔低的地方,两人的高反症状就退了。

在双碉村,像杨国明、袁国强这样从事高山协作工作的村民还有很多,他们都是勤劳朴实的山里人。因为家乡旅游的开发,他们找到了一份属于自己的也很自豪的工作,收获了比从事生产劳动多几倍的收入,吃上了旅游饭,吃好了旅游饭,走在了奔小康的路上。

近年来,小金县四姑娘山风景名胜区正在着力打造户外AAAAA级风景区,从都江堰到四姑娘山的轨道小火车有望于2025年通车,到时来四姑娘山的游客人数更会增加,四姑娘山地区34家户外俱乐部的所有向导和高山协作员也会迎来新的机遇与挑战,服务于双碉村踏寻俱乐部的高山协作员们也会迎来更多挣钱的机会。

相信他们的明天会更好。

5 / 松岗，阔步前行的山里人

松岗镇位于阿坝藏族羌族自治州马尔康市西部，317国道境内，是通往金川、丹巴和色达的交通要道，辖松岗村、蒲尔玛村、直波村、哈飘村、丹波村、洛威村和莫斯都村7个行政村，行政区域面积248.7平方千米。松岗镇境内最高海拔2700米，总人口2200人左右，以藏族为主，是藏羌汉多民族聚居地。松岗境内的柯盘天街、胡底广场、哈飘的养獐场和莫斯都的岩画都非常有名。松岗镇的村民世世代代居住在大山里，靠自己勤劳的双手过着广种薄收却日益向好的日子。在国家乡村振兴政策的扶持帮助下，松岗镇的百姓正阔步走在奔康大道上。

一、洛威的村庄

洛威村是一个袖珍的村庄，全村有87户284人。

夏天到了，洛威村到了最美丽的时候。"洛威"在藏语中是"花园藏寨"的意思。在洛威村，老百姓种了6000多株月季花和数万株向日葵。

那绿茵茵的田野里、寨前寨后都见缝插针般种满了向日葵。此时，田野里朵朵向阳开的葵花在风中摇曳，洛威村的夏天变成金色的了。

顺着莫足河去洛威村，草坪上和公路边停满了大大小小各式车辆。草坪上搭着很多帐篷，到处都是欢乐的人群，有野餐的、带孩子出来玩的、忙着拍照的、录制抖音视频的，非常热闹。

听一位朋友说，据州旅游局统计，这几天马尔康境内有18万游客。此时成都等地正是炽热得天天犹如蒸桑拿的夏天，来马尔康避暑算是选对了地方。马尔康被称为嘉绒人的故乡、圣洁的避暑天堂，这里的夏天被高原上的风吹得非常凉爽宜人。

我去洛威村的路上，镇上的杨镇长一路陪同，他告诉我："'洛威'藏语里的意思就是'花园藏寨'，现在我们看到的向日葵田园，是今年第一回种植的。洛威村今年的乡村振兴模式里就有这项'种植向日葵，打造最美乡村'。"我们到达洛威村的时候，在路边见到了洛威村支部书记泽郎东周，他正和工人们在村上新建的餐饮休闲屋里干活。泽郎东周看起来很年轻，一问才知道这小伙子刚刚29岁，已经当了2年村支部书记了。

我们在露营地坐下来，核桃林投下好看的阴影，阳光穿过核桃树洒下点点斑驳的光影，山里面的夏天真凉爽，坐在露天里也没有燥热的感觉。泽郎东周跟我聊起了村子里今年的变化。

民非谷不食，谷非地不生。

"你们村的土地多吗？村里向日葵开得这么好，第一次种植了多少亩向日葵，这算不算是迈出了打造观光田园的第一步呢？"

"我们村只有390亩土地，今年开始种植向日葵，一共种了270亩。种的向日葵分经济型和观赏型，90亩经济型向日葵主要分布在一组，经济型向日葵是以葵花籽为主要收益，算是我们村里的集体经济。二组种植的是观赏型向日葵，它是用于打造田园观光农业的一种植物。"

"如今葵花开得很漂亮，花期长吗？"

"比较长，大概要开3个月。"

"怎么想到种向日葵的？"

"有两个原因。一是种经济型向日葵还是有收入，集体经济的收入；二是打造美丽乡村的需要，也是为明年阿坝州州庆做准备。"

洛威村的集体经济项目不单单是这90亩的经济型向日葵，村子里还搞了一个"河谷民宿"，是崇州援建的。目前民宿转包给一家绵阳的公司在经营，一次性给村上6万元的土地租金。同时，民宿承包老板跟村上签了5年的合同，村上按每天营业额20%的比例分红，这也是村上集体经济的收入。目前由河边一栋三层楼的藏式石头楼房改造而成的民宿刚装修完毕。室内装饰时尚现代，完全是按照星级宾馆的标准设计装修的。民宿里面设有4个房间，间间都布置得洁净温馨。在山清水秀的洛威村，住在河谷民宿里，白天看大地花开，夜晚听清风低吟，所有的烦恼都会消失在山谷的风里。

今年的夏天非常炎热，山谷里的洛威村是清凉的，这里山林青翠，天空湛蓝，田野风景秀美，一派宁静祥和。泽郎东周对我说："今年是第一次开始种植向日葵，松岗镇就只有我们洛威村种上了，现在刚好盛开，来看向日葵的游客很多。村上农家乐的生意很好，民宿生意也不错，帐篷酒店也建立起来了，自驾游露营地也弄好了。就目前游客量来说，村子里将来的发展前景很不错。"

"帐篷酒店目前是啥情况呢？"

"目前刚刚起步，只建好10座，算是引领带动嘛，后头看行情办事。"泽郎东周说。

泽郎东周年轻，头脑灵活，工作有干劲儿，在目前的农村就是需要这样年轻有为的新生力量。

洛威村赶上了国家乡村振兴的好政策，每年都会得到市州级乡村振兴扶持资金。如今的洛威村，村集体经济搞得有声有色。泽郎东周告诉我，村子现在的发展目标是打造一个美丽富强的旅游村庄。洛威村藏在大山里，拥有山清水秀、空气洁净的原生态环境，是大城市人心之向往的地方。那么，在这样良好的环境里养殖出来的藏香猪、栽种出来的红辣椒、产出的农家鸡蛋等等都是品质上乘的原生态绿色食品。

绵阳市和洛威村合股成立了一个"绵阳四川康牛农牧科技有限公司"，四川省乡村振兴局拨款60万元作为扶持资金，阿坝州乡村振兴局拨款20万元作为扶持资金。公司推出的藏香猪腊肉、酱肉、熏肉、美味辣椒酱、野山菌等农副山珍产品深受消费者喜爱，简直供不应求。这些绿色产品有固定的消费渠道，全都是销售给上海等大城市的客户，因为那些捷足先登的客户都是公司的会员。换句话说，这个绿色产品销售公司实行的是会员制，只有成为他们的会员，才能享受到如此高品质的产品。

谈到村子里的发展，泽郎东周仿佛有说不完的话。最后我问他："你最大的愿望是什么？"

泽郎东周说："最大的愿望就是让村子走出一条顺溜的发展路子，不能只靠政府，这样即便将来没有政府的扶持经费了，我们自己也能把村集体经济发展得很好，老百姓也能尝到集体经济分红的甜头。"

我喜欢自强自立的年轻人。

网络自媒体时代的传播十分迅速。在很多朋友的抖音上、朋友圈里关于洛威村向日葵盛开的优美视频画面被广为传播。在今年，小小的洛威村就成了马尔康市的又一个网红打卡点。

如今，越来越多的外地人来到洛威村，为了看景，也为了享受夏日山谷里的清凉。

二、哈飘村的明天会更好

1. 透明的哈飘村

松岗的哈飘村有93户318人。哈飘村不是纯粹的藏族村落，村里有藏、羌、回、汉4个民族，藏族占一半左右，汉族来自都江堰、江油、松潘、绵阳、德阳、安岳、彭州等地。村中人员结构复杂，是因为多年前一些来马尔康做生意的汉族选择留在村子里，并与当地人结婚安家定居下来，也有部分人是20世纪60年代初期逃荒到此留下来的，还有部分人是森工局经营所和养獐场的职工。这个小小的村子云集了省内各地的外乡人，大家共同努力，经过几十年的勤奋建设，从无到有，从穷到富，使哈飘村成为今天的民族团结进步村。

走进哈飘村活动中心坝子里的时候，忽闻儿童的嬉戏打闹声。

随行的乡上工作人员说，哈飘村有一所幼儿园，就在上面的二楼。话音未落，一个精瘦阳光的青年男士从二楼上下来了，有人喊他蒋书记。

他就是哈飘村的村支部书记蒋海宝，是个38岁的年轻人。蒋书记从部队退伍回到家乡，26岁就当了哈飘村的支部书记，如今已经过去了12个年头，在基层10多年的工作经历中，他酸甜苦辣都尝过了。

院坝正在平整修建，一栋崭新的村支部活动室正在装修。蒋书记带着我们去了幼儿园旁边他的临时办公室。

我问了蒋书记哈飘村土地流转和村集体经济的分红情况。

蒋书记说："村上有600多亩土地，政府征用后只剩下280亩了。土地流转出去之后，一亩地一年可以收租金1200元。村集体经济有6亩地，主要种植的是大棚蔬菜，有番茄、青莴笋、莲花白、辣椒、土豆等。青莴笋、莲花白产量特别高，由西南交通大学帮忙对接销售出去，哈飘村的养獐场需求量也很大。我们还引进了龙安驾校，把12亩土地租给驾校，年租7.5万元，这也算是集体经济的收入。2020年村上人均（318人）分红234元，2021年人均分红98元（要求只能发50%）。目前村集体经济款还有20多万元，村上想建一个民宿酒店，旺季搞旅游接待，淡季就搞培训中心，现在是这个想法。"

"村子里已经没有多少土地了，剩余人员平时都干什么呢？"

"土地流转后，劳动力解放出来了，年轻人就外出打工挣钱，老年人就守家。村上土地流转给公司后，村民也可以到公司去打工挣钱。我们村上的土地流转出去的价值还是大，州农科所和省农科院用来搞试验田，种植油菜和玉米，效果非常好。"

离开前我们去看了哈飘村的幼儿园。这个村级幼儿园2016年就建好了，规模很小，第一年只招了6个孩子，第二年招了13个孩子，那时幼儿园的老师都是由村干部担任。2018年幼儿园招了2个幼儿教师。幼儿园目前有1间教室、1间午休房、2间教师寝室，硬件设施方面有1个厨房，也有电子琴、电视、微波炉等，麻雀虽小，五脏还是俱全的。我想，村级幼儿园大抵就是这个样子，从无到有，这已经是一个很大的进步。

下一站是哈飘村的养獐场，这是我一直想去的地方。

2. 哈飘村的养獐场

第一次听说哈飘村是几年前，一个文友告诉我马尔康居然有一个养獐场。我问在哪里，文友说哈飘村呀。那时我就知道马尔康松岗镇有一个哈飘村，心想有空了一定得去看看这种可以长出名贵麝香的小动物到底长啥样。

哈飘村很小，小到开车的话一分钟就可以驶出村子了。哈飘村也很大，因为这里有全国乃至全世界规模最大的单体人工养麝种源基地。马尔康松岗镇哈哈飘村养獐场建立于1958年，是全国第一个养獐实验场，由中国药材公司、四川省中药材公司投资建成，至今已经有64年的养殖历史了。

养獐场位于松岗镇哈飘村莫足河边的一块台地上，我们到达哈飘村养獐场的时候是一个凉爽的上午。刚到养獐场大门，就看见一座獐子的雕塑立在大门口，一男一女两位老人在门口剁青草，估计是在准备喂养獐子的饲料。

贾场长已经站在坝子里等我们了。院中几间低矮的平房一字排开，正中一间就是贾场长的办公室。我们去到他的办公室，听他介绍场里的事。

贾场长已经是养獐场第八任场长了。

1963年王大忠来到养獐场后，才有了研究所。目前哈飘村养獐场规模较大，占地100亩，有几十个圈屋，每个圈屋圈养8—80头獐子。目前养獐场有650多头獐子。

如今养獐场扩大到了其他地方，小金县有一个，松岗村有一个，直波村有一个。养獐场在编人员有7人，临聘人员有13人。临聘人员都是哈飘村的村民。我问贾场长："没有聘外村人或者外乡人来养獐场工作，算是为了解决哈飘村人的就业问题吧？"贾场长点头算是回答。

圈养獐子的圈屋在养獐场的高处地带，獐子都被关在透风透气的屋子里，每天有饲养员投食和打扫卫生。獐子怕生人，胆子很小，所以我没有近距离看，只远远看了几眼，怕打扰那些可爱的家伙们。

马尔康的海拔3000米左右，而獐子就适合生活在海拔3000米至3500米的地方。獐子对外几乎没有啥抵抗力，天性胆小怕人，天敌是熊、狼和狗等动物。随着气候环境等诸多因素的影响，现在獐子的种群呈剧烈下降的趋势，这是一个让养獐人担忧的现象。其实全世界的生物种群都在急剧减少，所以养殖好、保护好獐子是养獐场的重大任务。

我问贾场长："目前养獐场新生的小獐子多吗？"

"獐子妈妈一年只能孕育一胎，一胎孕育两头，去年繁殖的新生獐子有200头左右，但是存活下来的只有160头左右。"

"怎么存活率那么低？"

"一是母体自身体质较差，二是细菌或病毒感染，所以1/5的小獐子就没有活下来。"

养獐子的目的是为了取其身上名贵的"麝香"。麝香是一种稀缺、珍贵的中药材,为雄麝香囊腺的分泌物。麝香的用途非常广泛。据权威部门统计,国内有近300种药物的配制离不开麝香,许多世界名牌香水在制作时也把麝香作为一种必不可少的原料。经过60余年的研究试验,哈飘村养獐场在人工养麝的诸多领域都取得了突破性的进展。

现在哈飘村养獐场一年能收获2—4公斤麝香。饲养几百头獐子,投入的人力物力也不少,获取的麝香才几公斤,可见这种药物的珍贵。《本草纲目》记载,4种名贵动物药材分别是熊掌、鹿茸、麝香和牛黄。这稀少的麝香会被销售到国家大型药企,比如北京同仁堂、南京同仁堂等。

"在饲养獐子的技术方面有专家负责指导吗?你们有这么多年的养殖历史,取得过哪些成果呢?"

贾场长说:"我们的'人工养麝和活体取香'技术获得国家科技发明奖二等奖,'家养林麝寄生虫病调查研究'获四川省科技进步奖二等奖。马尔康养獐场建立后,为开展研究合作,在政府的支持下又建立了金凤山养麝场、都江堰养麝场。马尔康养獐场和金凤山养麝场在研究和生产上取得了显著成绩,在驯化、饲养试验、繁殖配种、疾病防治、活体取香等各方面开展了大量的基础研究工作并取得了持续不断的进步,并与四川大学、西南民族大学、成都科技大学、四川农业大学、荣昌畜牧兽医学院、中国人民大学、西南医科大学、成都大学等合作开展饲养、结构与组织胚胎、二次泌香等实验研究。"

獐子是濒危动物,也是国家一类保护动物。哈飘村养獐场依托政府,由马尔康市科技局牵头,政府投入3500万元资金将在哈飘村建立马尔康林麝主题公园和马尔康林麝博物馆。目前所有有关方面的设计论证、征地工作都已经完成,2022年7月已经开始动工。

可以乐观地预计,马尔康林麝主题公园建成后,哈飘村养獐场的规模将会增大,游客来马尔康旅游又多了一个可以参观的地方。哈飘村村民因为旅游带来的收益将会大大增加。

这个山谷里的小小村庄,因为乡村振兴和国家政策的扶持,早已经走出贫穷,正在稳步向前发展。

小小的哈飘村,明天将会更美好。

三、松岗村：柯盘天街旅游是主打名片

马尔康，藏语的意思是"火苗旺盛的地方"，也被称为"避暑的天堂""嘉绒锅庄的故乡"。最近几年来，来马尔康游玩避暑的游客越来越多。来了马尔康，不去柯盘天街看看，等于没来马尔康。而柯盘天街就是松岗村村民以前居住的老房子，现在每一栋藏式石头房子里都被精心修缮，打造成了非常漂亮的民宿，还建了"阿来书屋"。柯盘天街是马尔康市主打的一张旅游名片。

1. 柯盘天街

松岗村有124户441人，常住人口多一些，有500多人。前些年外出打工的人数有所增加，后来柯盘天街开放营业后，部分大学生毕业后又回村就业了，目前已经有10多个大学生回乡了。有的大学生一边在村上务工，一边也在准备报考当地的公务员或事业单位公开招聘的职位。总之，年轻人就业的路子多了。

2006年之前，整个村的村民都居住在柯盘天街的老街上。2006年开始，村民从老街陆陆续续搬迁下山到宽阔的平地上定居。2006年就有32户人家搬迁下山。如今，新建的松岗民居依托山沿底部稳稳地、整齐地分布在宽阔的平地上，一幢幢石头小楼房一字排开，多为三层建筑的藏式小洋楼，一栋一栋单家独院的格局，典型的石头房木头窗，楼层之间皆是以小小的陡陡的木楼梯相通连。室内全是木制的壁柜壁橱，摆满了银制或铜制的壶碗碟盘，很是规范整洁，独具韵味，奶茶的浓香随时都会从农家小院里飘出来。这都是地震后新建的藏族村寨的样子。

走进松岗村的街道，可感受到整个村子布局得整齐紧凑，文化墙别具特色，一幅幅栩栩如生的壁画跃然墙上，壁画内容都与当地的民风民俗有关，游客一进村子，就会对当地的文化有个初步的印象。

想要认识松岗茶马时期的藏寨，找寻过去古寨的影子，感受岁月深处嘉绒寨子的另一番风味，就去松岗梁子上的天街走走逛逛，绝对会有意想不到的秘

密让你惊喜，让你沉醉。天街以前不叫"天街"，它是松岗土司官寨的遗址。从山脚往上望，建在松岗梁子上的官寨的整个背景都是天空，或许正是因为如此，后来的旅游开发者们放弃了官寨这个沉稳的名字而改叫这里为"天街"。松岗土司官寨为四土官寨之一，建在高高的松岗梁子上，两座石头砌成的高碉威风凛凛地站在山之脊梁，与隔着梭磨河对面山上的直波碉群遥遥相望，构成一幅绝美的风景。

柯盘天街并不大，一杆烟的工夫就可以穿越古寨，但是这个古朴沧桑的寨子有着独具特色的建筑。整个寨子的房屋沿着窄窄的山脊两侧筑石而建，山体两侧的石头房子修建得错落有致，青灰色的小石块是建筑主料，没用一颗铁钉，完全是由当地的石块泥土垒建而成（绝对没有现代化的钢筋水泥作为支撑），可见这样完美的建筑凝聚了多少当地藏族人民的智慧与心血啊！天街上的寨子大多为两至三层结构，跟现在新修的藏式建筑风格一致。寨子中间有一条长长的青石板小道，随着寨房的错落而左弯右曲，相得益彰。

据史料记载，马尔康松岗土司的历史可以追溯到唐代，最初的官寨建在盘果梁子上，大约是宋元之际迁至现址，经过扩修形成新老两座官寨，后来苍旺扎尔甲（1720年—1752年执政）模仿西藏布达拉宫的样式，大兴土木，把两座官寨连接起来，亦称"第二布达拉宫"。1936年左右，官寨被焚毁，书中记叙火烧了大约半个月，余火又持续了3个月，这座四土地区最雄伟的建筑从此香消玉殒。

我们走到松岗梁子下的时候，云淡天高，清风徐徐，心情格外惬意。从山脚下仰望石砌的寨子，天街小巧玲珑的石头房子犹如婴儿一般乖乖地依偎在高碉旁，酣睡在山梁上，仿若海市蜃楼般突兀地卧在天地之间，远远望去，若隐若现。通往天街的路有两条，一条是沿后山蜿蜒狭窄的乡村公路一路攀升到达，另一条是山脊正面的近道，要沿石梯逐级而上才能走到，比较辛苦。当然，气喘吁吁的爬山过程对我来说本身就是一种历练，一件与自然山水亲近的充满快乐的事。

松岗，藏语称"绒杠"，意思是山梁上的官寨。柯盘天街位于马尔康松岗镇海拔2600多米的山脊上，是典型的嘉绒藏区房屋建筑风格。其特点是就地取用当地丰富的青灰色块状石头，垒石建房，多为两至三层结构，坚固精美。

大家看到的这些寨房布局酷似西藏拉萨的布达拉宫，所以又有"第二布达拉宫""小布达拉宫"之称。近年来，这里吸引了许多州内外慕名而来的客人，随着马尔康市精品旅游线路的打造与开放，柯盘天街已经成为嘉绒藏区小有名气的旅游胜地。

柯盘天街由土司官寨遗址、2座官邸碉、37幢嘉绒民居和1座川主寺庙组成。

柯盘天街上的官寨，是历代松岗土司的官邸，是"十八土"的第一座官寨。松岗土司管辖的地区范围比较广，最初的松岗土司官寨建在蒲尔玛沟内盘果山梁上。官寨土司名叫盘热，又名柯盘，是此地历史上第一代土司。盘热从634年起执政49年，执政期间颁布了两部法典，一部叫《尼称》，一部叫《芒登称仑》，类似于今天的《刑法》和《民法》。

从唐贞观八年（634）开始，盘热土司的官寨在险峻的盘果山上巍然矗立了600多年。直到南宋宝祐二年（1254），第四代土司把官寨搬迁到了现在的松岗梁子上。据说搬迁官寨时，人们在两道山梁间排起长龙一样的队伍，将旧官寨除碉楼以外的石头，用手一块一块传送到建新官寨的地方，历时数月，终于建立起新的寨子。第十六代土司苍旺扎尔甲执政期间，仿照西藏布达拉宫的样式，大兴土木，把两边的碉楼连接起来，建成一座雄伟的官寨，自称"第二布达拉宫"。官寨修得坚实牢靠，墙体厚达1米以上，设有土司卧室3处，另外还有高级客房、梭磨土司的寝室，还设有萨迦、宁玛、觉囊、格鲁、本波等教派的经堂。

松岗共有25代土司。第一代土司叫盘热（柯盘），第24代土司叫三郎彭措。三郎彭措从1926年执政到1928年便去世了，之后松岗15年无土司，其间诸多大事由各大头人共同商议解决。最后一代土司（第25代）叫恩波南木尔甲，汉名叫苏希圣，是阿坝州黑水头人苏永和的儿子，作为上门女婿于1943年承袭了松岗土司职位，执政7年。

柯盘天街的一侧有条流水潺潺的沟，叫七里沟，从七里沟往里走是马尔康脚木足乡沙市村，那里有马尔康的梅花鹿养殖基地。

● 柯盘天街上唯一的川主寺庙

在我们阿坝藏区，包括马尔康嘉绒地区，很多人都信奉藏传佛教，几乎村村都建有大大小小的庙宇。柯盘天街上唯一一座寺庙是道教庙宇，名叫川主庙，里面供奉着治水英雄李冰、药王孙思邈、酿酒鼻祖杜康的塑像，另外还供奉有马王菩萨、镇江菩萨、文财神、武财神的塑像。

由于当时许多内地客商、能工巧匠等的后代在松岗与当地人通婚后在天街安家生活，而内地人大多数信仰道教，因此在松岗山梁上修建了一座川主庙，里面供奉的是与四川、贵州、云南、湖北、陕西等许多地方的川主庙一样的道教川主菩萨。川主庙右边的小房间是信奉藏传佛教人的诵经堂。佛教诵经堂与川主庙并存，这也是民族融合、民族团结的见证。

关于川主庙的文献资料很少有记载，为此我们专门采访了生活在天街的75岁老人蒋明亮，从他的回忆叙述中得知柯盘天街的川主庙在清代道光、嘉庆和民国时期香火都比较旺盛，规模也比较大，后来川主庙遭遇了1935年的那场火灾。现在我们看到的川主庙是村民自行修复后的样子，与鼎盛时期的模样有较大区别，规模也变小了。几十年来，老人责无旁贷地带领村民担负起维护庙宇的责任。每年农历六月二十四是川主菩萨的生日，村民们会上山朝拜并聚在一起吃顿团圆饭。年年大年初一去川主庙朝拜上香火的客人特别多，平日里这里也是香火不断。

● 迷人的鸟巢

去了柯盘天街，一定得去鸟巢网红打卡点，体会高山之上蓝天之下不一样的美好心情。

鸟巢是指一对建在天街一栋民宿屋顶上的酷似鸟儿巢穴的人造景观，主要利用当地高山上干枯的柳条编制而成。鸟巢被安放在有五级台阶的石头凳子上，可供数位客人坐在巢穴内合影。从左边看过去，蓝天之下莫斯都沟美丽的风景被框在鸟巢内，别有一番韵致；从右边看过去，柯盘天街官寨遗址上两座官碉刚好被框入鸟巢内，像一幅装了边框的画，美丽极了。自从鸟巢景观开放以来，络绎不绝的客人纷纷来此拍照留念，并通过网络广为传播，产生了广泛积极的影响，使这里成了网红景点。

● 醉人的小酒馆

成都的小酒馆因为赵雷的一首《成都》变得极度红火，而柯盘天街的小酒馆一定也会给你留下难忘的印象。

小酒馆是一幢藏式休闲酒吧（两层结构），可以提供品种繁多的国内外酒，同时提供各种咖啡，另外还有KTV包间2间、家庭影院1间（带会议功能）、小型会议室1间。

大凡小酒馆都是富有情调的，有情调的小酒馆最能吸引顾客。柯盘天街小酒馆的墙壁上挂着浮雕图画，别有一番韵味。图画上雕刻的是妙音天女，"妙音天女"一词来自梵文，也被译作"妙音佛母""声音佛母"，又被称为音乐之神，在藏传佛教中是赐予各种智慧及文艺天分的本尊。

小酒馆室内的布局带有浓郁的藏式韵味。从木制的桌椅到吧台的马鞍凳都很有特色，坐在马鞍凳上喝一杯伏特加，有没有一种骑在马上喝酒的豪爽感觉呢？

酒馆里酒类品种繁多，价位高中低档均有。价格偏高的有马爹利、VOSP人头马等，中等价位的有151朗姆酒、哥顿、伏特加、龙舌兰等，也有黑啤酒、纯生、雪花、青岛等等。在二楼上喝酒又是另一种感受，另外这里还设有雅间，以满足不同客人的需求。

在不热不冷的夜，去小酒馆喝一杯，疲惫就烟消云散了。

● 想与时光虚度

在天街温暖舒心、艺术氛围浓厚的茶坊里坐下来，无论是与宾客好友小聚，与心仪的人喝一杯咖啡，还是独自一人去放松心情，这方茶舍都能带给你满心欢喜。

这里有特色藏茶高档茶坊4间，面积大约300平方米；娱乐室2幢，包含7个单间；室外休闲饮茶区2处，面积大约200平方米。

在这里，我们可以亲眼看看熬制马茶的过程，然后坐下来喝一碗滚烫的马茶休息休息。马茶10元一杯，可以无限续杯，是不是很便宜呢？也可以品一杯特色藏茶，或者来一杯白开水。

二楼的包间茶坊可以喝工夫茶，茶桌茶凳都非常有"文艺范儿"。特别是茶室的四壁上全部是用竹篾的马茶包堆砌而成，凳椅是一根整圆木制作而成，敦实耐看，很有艺术特色。二楼除了包间，还有宽敞的大厅茶坊和屋顶露天茶坊。去露天茶坊，光是看见屋顶四周盛开的鲜花就让人快乐无比。在这里一边喝茶一边仰望蓝天，四周群山苍翠，让人赏心悦目，疲惫劳累的身心一下子就放松下来了。

在茶饮里虚度一段时光，其实是一种悠闲的生活状态。

● 非遗文化遗存

柯盘天街设有嘉绒藏戏脸谱展览馆。嘉绒藏戏是以嘉绒地区特有的民间故事、神话传说为基础，反映人民生产、生活及重要事件而编创的具有地方特色的剧目。它历史悠久，技艺独特，风格别致，具有浓厚的嘉绒地方特色。

嘉绒藏戏主要分布在历史上的嘉绒十八土司区域，即今阿坝州的马尔康、金川、小金、壤塘、红原、黑水、理县、汶川，甘孜州的丹巴、康定，雅安地区的宝兴等嘉绒藏族居住区。嘉绒藏戏的主要剧目有《吉祥颂》《郭董特青》《阿里阿太》《学府白色帐篷》《泽让兰支》《东方商人》《猎人与猩猩》《虎口余生》《降妖除魔》《幸福手中》等。

嘉绒藏戏的主要戏班有金川县的祁青、绰斯甲戏班；马尔康市的党坝、松岗、卓克基、梭磨戏班；小金县的夺列戏班；宝兴县的穆坪戏班；丹巴县的巴底、丹东戏班等。由于历史原因，大多数嘉绒地区的藏戏已失传，现在人们所能见到的是尕南戏班演出的嘉绒藏戏。因此，人们称尕南藏戏是嘉绒藏戏的活化石，是嘉绒藏戏优秀文化的珍品，也是整个青藏高原藏民族戏剧文化的一个重要组成部分，是藏民族非常重要的文化遗产。到了柯盘天街，去藏戏脸谱展览馆看看，也不枉此行。

● 高档民宿的遇见

柯盘天街旅游景区的核心经济亮点就是当地打造建立的高端民宿。这些民宿都布局在一幢一幢别墅式的石头碉房里。目前客房总共有52间，其中单间35间、标间17间，有床位69张，最多能同时入住100余人。其中，豪华观景单间5

间，豪华单间2间，特色观景房8间，家庭套房2间，特色房间6间，普通单间17间，普通标间9间，特价房3间，可以满足不同客人的需求。

"开门见财"是一栋很隐蔽的独栋小木屋，依山壁而建，是建立在松岗梁子龙脊上的很有创意也很僻静的一间民宿。一棵低矮粗壮的核桃树陪伴着它，核桃树上正挂满圆圆的果实。小木屋三面墙壁加地板都是木质的，一面墙壁是由当地石块垒砌而成。房中有宽大的木床，木床与双门衣柜以及地板都是很朴素的色调，整个房间大小适中。一幅小小的精致的画挂在石墙边，玻璃窗外全是绵延的群山。出门是宽阔的观景台，站在观景台上会有瞬间被一片绿海相拥的感觉。俯瞰观景台下面开满月季花的坡地，苹果树、核桃树长在其中。七里沟溪水流淌的声音不绝于耳，鸟儿也在欢唱。对面群山正中的山峰像一块金元宝，当地人叫它元宝山，走出房门，放眼望去，山峰如一个巨大的金元宝扑面而来，象征着财源滚滚而至，这就是这间小巧的民宿"开门见财"名字的由来。

这间民宿的布局跟其他民宿布局基本一样，房间里铺的都是木地板，房中有带扶手的精致大木床，卫生间整洁温馨。不一样的是独立房间的室外有一个单独的平台，这个屋顶平台上设有正在喷水的小池塘，池塘里有假山，有小鱼儿，池底是蓝色的，清澈见底的水流不停地流淌。站在美丽的平台上，能看见湛蓝的天空、青翠绵延的群山，还有错落有致的柯盘天街石碉房，甚至还能看见直波村后面山谷深处的丹波村。住在这栋别墅里，你的空间是私密的，任何人都不能打扰你的宁静，打扰你独拥一方山水的豪情。

柯盘天街上的每一间民宿都有着浓浓人情味儿，充满温馨与浪漫的韵味。

"巴拉科"民宿一共有三层，最底层是堆放杂物的储物间，第二层是标间，第三层是单间。这栋别墅里是家庭套房，很特别的感觉。我们先看了看第二层的房间，这间屋子的房间布置跟水景房大同小异，房间的硬件设施非常到位，光线也不错，关键是出了这个房间，通过走廊可去到露天阳台，阳台比较宽大，设有茶几茶椅，可以品茶聊天，空间私密。阳台的视野开阔，可以清晰地欣赏到对面的群山风光，漂亮的松岗小镇、哗哗西流的梭磨河、松岗的大地都尽收眼底。

从小木梯上到顶楼，房间布局差不多，可是卫生间的布局就别有一番风韵了。墙壁两面都是透明落地玻璃，屋顶也是透明玻璃。宽大的卫生间内，纯白色的窗帘或朦胧垂落，或束缚成结，窗外四周都是空旷的山野。洁白的浴缸临窗，真想把自己丢在浴缸里泡个牛奶浴或者鲜花浴，躺着不动，仰视头顶星空，静一静，数一数天上的星星，或者干脆不数，聆听夜晚山寨的清风吹过。真想在一个安静的夜晚，在这里安静地思考，安静地入睡，享受大自然的馈赠。

柯盘天街的民宿走的是高端路线，可能有朋友会问，那普通游客来了不愿意住高端民宿怎么办？我来回答大家，在柯盘天街山下就是松岗小镇和直波村，在镇里、村里有很多农家乐，这些环境优美、价格适中的农家乐小客栈，也是普通游客首选的住宿地。

世界那么大，都想去看看。来了，就好好地享受美好时光吧。

● 唯美食不可辜负

民以食为天。去柯盘天街游玩，一定要品尝一下当地美食，这绝对是一件美滋滋的事儿。

天街餐饮目前分中餐和藏餐两个品种，现在又逐步推出了西餐和自助烧烤。中餐厨房操作间60平方米，藏餐凉菜操作间20平方米。其中藏餐厅有2个，其余为中餐厅。中餐厅大小包间不等，有特色观光小包间1个，有容纳50人的大厅1间。整个餐厅可同时提供120—150人的用餐服务。

中餐菜品有家常小炒、清汤冷水鱼、石锅鸡、松茸炖鸡、清烧羊肚菌、清烧鹅蛋菌、飘香豆腐以及各种嘉绒地区的野菜。藏餐菜品有藏式火锅、手抓肉、凉拌香猪腿、凉拌油辣菇、青冈菌炒腊肉、酥油核桃饼、酸菜面块、酥油茶、血肠、人参果、烘土豆、酸奶等。

天街餐厅的藏式火锅被称为"美食一绝"，分大火锅和精品小火锅。火锅都是特制的，菜品有山珍野菜和生态绿色牛羊猪肉。手抓牛肉是将正宗牦牛肉煮至七成熟，切块，蘸五香辣椒面吃，鲜香无比。酥油核桃饼由面粉、糌粑、核桃和酥油做成，又脆又香，是广受客人喜爱的食品。

俗话说一方水土养一方人，而一方美食则能吸引更多的人。

● 风景这边独好

站在这里,似乎空山更空旷。

天街上专门建有一个观景台。观景台路口处的青石板上隐隐约约有一个围棋棋谱的图案。这是曾经嘉绒藏区上层人物玩的游戏,叫藏棋,从西藏传过来的,如今已经被列入阿坝州体育运动项目,还会举行藏棋比赛。在西藏,自古以来就流行着一种类似围棋的棋类游戏,称"藏棋"。藏棋在古代大多在藏族统治阶级中流行,如今西藏还有人下这种棋。另外,藏棋在与中国接壤的尼泊尔、锡金、不丹等国也有流传。观景台上四周盛开的五颜六色的鲜花本身也是一道风景。站在这里看依山而建的柯盘天街,真有"小布达拉宫"的气势。

被鲜花簇拥的观景台是俯瞰松岗小镇的最佳地点。站在观景点远眺松岗小镇全景,梭磨河蜿蜒流过,小镇的美丽尽收眼底。而与官寨隔梭磨河相望的,是著名的直波村。直波的两座八角古碉,与松岗村的四角碉一起,被称为松岗直波群碉,是全国重点文物保护单位。

沿观景台往下走,满坡植物葳蕤,柏树、核桃树、樱花树、花椒树散布其中。小路右边的密林里月季、玫瑰正在盛开,那一丛丛粉色、红色的花朵使人拥有美好的心情。灌木丛也特别茂盛,走在其中闻花香、听鸟鸣,令人心情舒畅,游天街的疲惫仿佛一扫而光。

下山的路边有许多与众不同的石头。在藏族地区,通常在路口、山岩有很多刻着图案的石头,当地人叫作玛尼石,是传承了千百年的石刻艺术。在当地老百姓心中,石头是有生命的,他们崇尚石头、美化石头,坚信只要坚持不懈地镌刻,这些有灵性的石头就会保佑他们风调雨顺,把佛经刻印在石头上,佛法就会同大自然一样永存。石刻上大多数雕刻着六字真言、慧眼、神像和各种吉祥图案,承载着老百姓的信仰。这些玛尼石寄托着他们的希望、感情。

路边还有用砖块堆砌而成的圆形物,叫雨水收集井。村民在雨水充沛的季节可以利用这些井储存雨水备用。

柯盘天街以前是松岗村的老寨子,如今脱胎换骨成了一个美丽的景区。

2. 松岗村的集体经济

我问松岗村支部书记赵春秀："村民易地搬迁下来，有没有享受国家政策性补助？"

"国家补助了的，搬迁户每户补助了1.4万元，其余的建房款自筹。2008年之前修这么一栋楼房大概需要20多万元，2008年之后修楼房就要贵一些了，原因是成本更高了，人工费、材料费增加了。"

也就是说，松岗村村民2000年后全部响应国家政策易地搬迁下来，都拥有了一个稳定而温馨的家。2000年，国家实行退耕还林和天然林保护政策，松岗村原来山上的土地全部退耕还林了，山上没有地种，村民整体搬迁下山是合理合情的明智选择。人类的生存要适应自然，更要保护大自然。

松岗村全村户口簿上的人口是441人，其中60岁以上的老年人就有115个，这个村子的人口老龄化比较严重。这也是农村目前的真实现象，青壮年劳动力外出务工的越来越多，很多老年人成了村庄最后的守望者。

农旅结合也是乡村的发展方向，松岗村村民也紧紧抓住了机会，吃上了旅游饭。

随着柯盘天街的旅游开发，周末和节假日来游玩的客人越来越多了。去柯盘天街游玩的第一站是美丽的松岗村。

我问赵书记："松岗村村民的经济来源是什么？"

"一是开农家乐，我们村干部带头开农家乐，鼓励大家靠自己的勤劳和诚信吃饭。二是开民宿，旅游开发了，游客多了，开民宿的收入也很不错的。三是每个村民几乎都获得了国家的政策性补贴，比如失地农民城镇低保补贴，80元到315元不等，还有公益性岗位补贴、林补草补等。四是村子里搞了集体经济，这方面我们做得非常好。"

我听了赵书记详细的介绍，觉得国家的扶持政策真是太好了，但这么多的各种补贴，会不会养懒人呢？

赵书记说，也有不想干活的懒人，靠政府的扶持混日子，不思进取，但是这只是极少数，绝大多村民都是勤劳善良的百姓。

一个村的集体经济盘活得好不好，直接影响到大伙的收入。松岗村充分利用丰富的旅游资源，把集体经济搞得风生水起，很具有代表性。

赵书记说："最初村集体经济资金只有3万元，现在都累积到100多万元了。但是集体经济的钱不能全都分下去，要看远一点，留有余地。我们每一个基层干部不但要想法充实钱袋子，还要合情合理地使用好钱袋子，把钱用在刀刃上。"

"你们村的土地流转情况怎么样？集体经济项目有哪些呢？"

"之前我们把柯盘天街土地卖出去得了300多万元，分给每户村民5000元，作为建房补助，还剩余100多万元作为集体经济款留存下来。现在我们村的集体经济来源有两个方面。一是我们村搞了一个乡村客栈，建这个客栈的时候，政府拨款50多万元资助我们，精准扶贫乡村振兴的过程中我们享受到了国家的优惠政策，感谢政府，感谢党。我们是把以前的党群活动中心改造出来搞的客栈，有10个房间，村上自己经营。2022年我们又把客栈租出去了，每年收取5.1万元的租金。二是2020年政府给我们村拨款100多万元搞集体经济项目，我们又搞了一个乡村客栈，有8个房间，目前租给一个公司在经营，我们村每年收取10万元的租金。"

火车跑得快，全靠车头带。赵春秀书记是个女强人，又肯动脑子，她还带领大家搞了一个"红白喜事"劳务组。附近村民要办红白喜事时，这个小组就承包下来，购物烹饪摆筵席一条龙服务，赚取劳务费。光是2021年，劳务组就为村上挣了3万多元。挣的钱取之于民，也就用之于民，2021年重阳节，村上给每位老年人准备了一份礼物，花去1万多元。

村集体经济的分红就是老百姓的福利。2020年村里每户分红500多元，2021年每户分了600多元。村集体经济的账户上余额还多，不能全都分了，还得留着备用。

听了赵书记一席话，我觉得松岗村是比较幸福的新农村了。松岗的旅游开发最近几年搞得比较顺溜，除了柯盘天街，还有松岗的胡底英雄广场、直波的碉群、游客中心自驾营地等。应该说松岗村民宿客栈生意的兴起，还是和当地旅游业的发展有关，村民在家门口吃上了旅游饭，这也是农旅结合最普遍的例子。

旅游业的兴起像一缕温暖的阳光照进了松岗村人民的幸福生活。

3. 文化是一个村庄的灵魂

人间至德忠和孝，世间大美信和诚。家和万事兴，孝道是根本。

在松岗村，孝善和俭这些优良的传统美德被良好地继承和发扬，所以村子里民风淳朴，邻里之间互相关心、互相帮助，完全是一个其乐融融的大家庭。

我们走在松岗村的小巷里，巷道干净平整，碉楼门口总能看见一些老人的身影，他们坐在家门口也能和邻居唠嗑。

● 乐观的蔡古兰老人

我们走到一户人家的门口坐下来休息，这时候赵书记说蔡古兰老人就住在村那头，可以和她聊聊。

夏风微微地吹，蔡阿姨笑盈盈地过来了。看不出来蔡阿姨已是70岁的老人了，岁月在她身上刻下了很厚的风霜，她身材瘦小，但是精神矍铄，脸上总是露出乐观的笑容。这是一个有故事的老人，17年前，她丈夫丢下一大家子撒手人寰，蔡古兰接过家庭的重担，周到细心地服侍脾气很大的婆婆几十年，料理婆婆的日常，如今婆婆都94岁了，身体依然硬朗，这期间蔡阿姨还得帮着女儿带3个小孩子，这也是一件辛苦的事。除了这些，蔡阿姨平日里还要种菜种地、养鸡养猪、洗衣做饭，把一系列日常家务安排得井井有条。蔡阿姨90多岁的婆婆已经出现眼花耳背的年老衰弱体相，有时候动不动就冲着她发脾气，蔡阿姨像哄小孩一样疼爱着照顾着老人，丈夫走得早，养老送终的任务只有蔡阿姨扛起了。日子再苦再累，蔡阿姨从未有一句怨言。大伙看在眼里，心里也牵挂着这位善良的孝德满满的老人，乡上和县上的志愿者常会带点小礼物去看望蔡阿姨和婆婆，和她们拉拉家常，给蔡阿姨的小孙孙带几件新衣服。爱，在村子里传递……

我问蔡阿姨："你和婆婆都是岁数那么大的老人了，平时儿子女儿也会给钱让你们两个老的花吧？"

"我们不会花年轻人的钱，当然儿女们都很孝顺，经常买东西回来。我闲不下来，还种了很多蔬菜，每年卖菜挣的钱就是家里的零用钱，节约点也基本够花了。农村头除了吃饭穿衣，也没啥开销，有个三病两痛的时候，就在村卫生院捡点药吃，也花不了几个钱。"

蔡阿姨如此淡定地和我聊着她的日常，在貌似平淡无奇、风轻云淡的闲聊中，我还是隐约有一种莫名的担忧，毕竟蔡阿姨和她94岁的婆婆都是真正意义上的老人了，随着时间后移，身体会越来越虚弱，等蔡阿姨没法再下地劳动的时候，家庭的负担和困窘就越发明显。当然儿女们会尽该尽的孝道和义务，今天蔡阿姨那么辛勤地为家操劳，也是在为儿女、为社会减轻负担。

蔡阿姨的女儿女婿都在外地打工挣钱，留在松岗村家里的只有两位年过古稀的老人和几个正在上学的小孩。农村里的空巢老人和留守儿童目前的生存现象是一个现实的问题。一阵风吹乱了蔡阿姨两鬓灰白的发丝，看着老人爬满皱纹的额头，我心里涌起一股淡淡的忧伤。

在农村，像蔡阿姨这样吃苦耐劳为儿女着想的老人还有很多，这也是我们中华民族的传统美德，无论活在什么样的环境里，人人都靠自己勤劳的双手努力生活着。

蔡古兰，一个普通的农家妇女，一个平凡的农家媳妇，她以满满的孝心感染着周边的群众，把中华民族的传统美德发扬光大，她值得人们颂扬与尊重。

● **外乡来的种菜人**

坐落在山麓的松岗村真是小巧而美丽。

梭磨河静静地从村边蜿蜒流过，柯盘天街如山脊上的街市般吸引着远道而来的客人。如今，柯盘天街已经是马尔康市AAAA级景区了。一个村庄能否获得良好发展还得看是否真正做到了农旅结合。在乡村振兴发展路上，松岗村里因地制宜建了一些高档的民宿，将土地流转出去承包给公司或个人，的确也是一条致富的路子。

在松岗村与蔡古兰老人唠嗑的时候，一辆拖拉机"突突突突"着从我们旁边慢腾腾地开过。赵书记马上对我说："开拖拉机那个人叫安开红，在我们村承包土地种菜，是个非常不错的种菜能手。"

"小安，停一下，有点事儿找你。"

听到赵书记的呼喊，安开红把拖拉机停在路边后走了过来。安老师看起来不到50岁的年纪，常年下地干活使他的皮肤显出黝黑又健康的颜色。

安老师说，他不是马尔康本地人，2004年来到松岗村承包了近20亩土地，主要种植辣椒和西红柿。他在松岗村种植蔬菜已经18年了，这18年来他与松岗的土地相依为命，种着种着把自己也种成了本地人。安开红笑着说，马尔康松岗村已经是他的第二故乡了。

18年不长也不短，很多人的人生最多也就5个18年。安开红在松岗村安下了家，养大了儿子，一大家人都生活在马尔康。

"听说你是马尔康市有名的种植能手，平日里你会给本市各村传经送宝吗？"

"会的。我是市农业局特聘的农业技术员，春耕时会抽空去乡下给有需要的村民讲课，主要讲蔬菜的种植技术、预防病虫害等方面的内容，也去过外县讲课，比如阿坝县。"

我们聊到农忙季节时蔬菜收割、装车、外运等方面的问题时，安开红说农忙季节会请当地村民帮忙，一天付工钱140元，劳动力问题解决了，老百姓也能有劳动收入，这是两全其美的事。

我说平日里有时在市场上买的本地蔬菜，有些也是松岗村地里种出来的吧？安开红说，马尔康乡下好多蔬菜会被老百姓拉到城头去卖，他地里的蔬菜有些也拉到外地去卖了。

安开红算是一个地道的农民、一个有技术有爱心的农民，还是一个有觉悟的农民党员，被市上评为党员示范户。我问他将来的打算，安开红说他要继续种植好这20亩菜地，多学点农业技术方面的知识，日子会一天比一天更好的。

天色向晚，安开红开着拖拉机消失在小巷的尽头。

● 阿来书屋

文化是一个村庄的灵魂。

柯盘天街上的"阿来书屋"绝对是一张文化名片。

阿来书屋位于柯盘天街街心向阳的一栋石头房子里，这栋房子的地理位置优越，开门见山，站在房子的院坝里整个松岗小镇全貌和旖旎风光尽收眼底。顺着门前的羊肠小道下山，走十分钟就可以到达松岗镇。

小屋分上、下两层，一楼的书架上摆满了阿来这些年来出版的各类书籍，包括早些年出版的《大地的阶梯》《尘埃落定》《月光下的银匠》《行刑人尔依》《天火》和近些年出版的《格萨尔王》《瞻对》《蘑菇圈》《云中记》《以文记流年》等。阿来书屋收集了作家阿来出版的所有书籍，每天对外开放，游客和当地村民进去都可免费阅读。

二楼的书架上也摆满了阿来出版的各类书籍。屋子的中间安放着一张长条形的巨大的书桌和两条长板凳，供读书者休憩。我曾在这里参加过几次读书会和文学沙龙活动，觉得特别有意思。

阿来是马尔康走出去的世界级的知名作家，来他的家乡旅游时去书屋里坐坐，喝一杯茶，或者翻翻那些散着墨香的书籍，也是一件开心幸福的事儿。

阿来书屋位于松岗村的柯盘天街，松岗村也因此多了一张文化名片，这张名片赋予了一个村庄不一样的文化气质。

那天天气特别好，金色的阳光洒满山冈，柯盘天街上，游客三三两两在老街的巷子里穿行，有音乐从楼上的茶室里飘出来，我站在阿来书屋的门前，对面青山苍翠，天地间一片宁静祥和。

四．直波村：阳光下的碉楼人家

1. 松权书记带我看直波村

松岗的早晨被阳光照得透亮，河流、山川、碉楼都是清花亮色的样子。

一大早，松权书记就在直波村对面的自驾游营地等候了。直波村目前有42户479人，分户多，常住人口只有300人左右，以老年人居多。

直波村最近几年正处于乡村振兴发展中，村集体经济主要以发展风光农业，农旅结合的模式为主。

松岗的直波村以直插云端的古碉而远近闻名。

拾级而上，缓缓走向直波村。我们仿佛还能嗅到一丝直波古城的气息：直波村有一段用夯土筑成的残墙，是始建于唐朝的直波古城遗址。据说当时的围墙高达数十丈，有正门和小门之分。正门与南八角碉相并，小门与北八角碉相望，当年城内房屋相连，居民众多，商贾云集，一派繁荣。

直波村是由68户居民组成的聚落。直波民居与八角古碉和古城遗址自然和谐地布局在山野间，整个自然村寨错落有致，以何文寺为中心依次布局。所有的房屋均坐西向东，门户向着太阳升起的方向。在土司时代，直波民居是境内朝圣、行商者小憩的驿站。在直波村大黑金刚石旁边有一株笔直的名叫"色尔冬"的神树，据传为唐代大德高僧直波冬尔单所种。"色尔冬"附近，还有直波冬尔单修道作法时留下的"圣迹"。

直波碉楼是嘉绒藏区的代表性建筑之一，是碉建筑中的上乘之作，具有较高的研究价值，1989年被列为阿坝州第一批文物保护单位，1991年被公布为四川省文物保护单位，2001年7月被国务院公布为第五批全国重点文物保护单位。碉楼历经数次大地震依然屹立不倒，充分体现了其精湛的建筑技艺。

直波碉群建造于清乾隆年间，共有碉楼4座，其中八角碉2座、四角碉2座。2座八角碉伫立于梭磨河东岸河谷缓坡地带的直波村内，俗称直波碉。2座四角碉高耸于西岸松岗村的卧龙山梁上，为松岗土司官寨建筑，故俗称官寨碉，是土司权力与地位的象征。官寨碉按山势和所处位置可分为南碉和北碉，二碉南北相距43米，均为9层，表现了"王者居其九"的寓意。

去直波村寨子的南碉广场，近距离仰视南碉，它威仪的英姿、神秘沧桑的气势让人无比震撼。

直波南碉位于河谷一级平地上，平面外呈八角形，内呈圆形，整体由下往上逐渐内收成锥体，占地面积37.6平方米。碉楼通高43米，共13层，碉楼内各楼层以小圆木铺垫，其上用木柴密集平铺，以一层枝丫一层黄泥的方式逐层锤打坚实，夯打坚实后厚尺许，按势有倾斜度，每层楼间以木梯通上下。其底层为全封闭式，二层设出入门，三四层以上设藏式斗窗，供采光、瞭望、射击之用，碉顶以双层叠涩收边，顶外沿凸出碉身0.1米左右。现在我们看到南碉雄健的身姿时，常常惊叹于古直波村村民的勤劳与智慧。古时的碉楼主要用于军事防御，今天已经变成旅游景观。直波南碉是中国最高的八角碉楼，如今已倾斜2.3米，被称为中国版的"比萨斜塔"，已被列为全国重点文物保护单位。

与南碉遥遥相对的另一座雄伟的高碉是北碉。

北碉位于河谷二级台地上，建筑形制同于南碉，占地面积45.7平方米，碉楼通高33.5米，共11层，已被列为全国重点文物保护单位。直波村因有南碉与北碉,与对面柯盘天街上的高碉遥相呼应,形成了松岗碉群景观。

在阿坝少数民族地区,几乎每一个乡、每一个村都建有寺庙。直波村的小寺庙叫何文寺,也叫罗吾楞寺。整个寺庙坐东北向西南,为单体顺坡建筑,占地面积102平方米,石木结构,双层平顶式屋顶,横梁平托。罗吾楞意为"讲经的宝地",可翻译为"珍宝寺",是莲花生大师25位弟子之一的毗卢遮那大师于8世纪来到松岗弘扬佛法时修建的,距今已有1000多年的历史,属宁玛派寺庙,是原嘉绒地区历史最久、规模最大的两座寺庙之一。

走在直波村的寨子里,阳光似乎格外温暖明亮,碉楼、树木都披上了一层金光。大黑金刚石就位于何文寺旁边。何文寺分老庙和新庙,它们合二为一。相传1000多年前,毗卢庶那大师到直波地区弘扬佛法,离开前将一些教法、佛像、法药埋藏在瀑流、山岩、虚空,让有缘、有成就者开启传播,故称"伏藏"。伏藏属宁玛派,相传都是莲花生大师和他弟子的化身。传说有一位伏藏大师曾经在色仲山上修行佛法,最后得到大师伏藏的神魂石和神魂木,它们都具有驱邪保平安的作用。

跟随松权书记的脚步,直波村在我心里越发清晰了。

2. 阳光下的碉楼人家

一条神圣的梭磨河,灵魂中流淌
锅庄是慈悲的欢唱,眼睛里闪烁着月亮
静静的马尔康,吉祥中欢唱
一条奔腾的梭磨河,追赶着时尚
美酒为吉祥斟满,拐弯处就是那太阳
静静的马尔康,神秘中欢唱
马尔康,火苗旺盛的地方
马尔康,纯洁祥瑞的地方
我的马尔康,离太阳最近的地方

——《我的马尔康》歌词

这是我最近很喜欢唱的一首歌,最初在网上听到歌手阿东唱这首歌的时候一下子就喜欢上了。那天我们几个文友在松岗"碉楼人家"农家乐聚会时,大家又声情并茂地合唱了这首歌,把老板娘哈姆头的热情点燃了,也跟着大家伙开心欢唱起来。

"碉楼人家"是松岗镇直波村一家响当当的农家乐。农家乐的女主人叫哈姆头,是当地一位精明能干的藏族农家妇女,也是当地乡村振兴中涌现出来的优秀的妇女代表。

这是一个被风吹过的夏天,哈姆头家种在碉楼前的核桃林在风中摇曳着好看的身影,星星点点的阳光穿透核桃林落在她家的院坝里,凉风吹过,没有一点闷热的感觉。几张桌子上已经泡好了几杯清茶,喝茶的客人正在享受这高原的清凉和寨子里特有的宁静。

我也点了一杯茶,和哈姆头在核桃树下悠闲地聊着。

厨房那边高压锅里哧哧地冒着热气,一股牛肉的浓香味飘在空气中,看来今天早有来避暑的游客点餐了,伙计们正在给客人备餐。

哈姆头是松岗镇直波村一名普通的农家妇女,不到40岁,人还算年轻,有一对争气的双胞胎儿子,两人目前都在成都读大学一年级。她家因为最早开办藏家乐而成了村子里率先奔小康的人家。哈姆头长得漂亮,人又精明能干,说她普通其实也不普通。

哈姆头和她的丈夫都是勤快人,"碉楼人家"藏家乐是在夫妻二人的共同努力下建造起来的。2016年夫妻二人看着家乡旅游业渐渐兴起,越来越多的游客进村参观游玩,很多避暑的客人在乡下找不到经济实惠的住处,于是夫妻俩说干就干,拿出家里的全部积蓄,又向银行贷款装修布置,投入了60万元搞藏家乐。60万元在当时也不算是一笔小数目,夫妻俩上有老下有小,心里多多少少还是有些忐忑。

不管是开办农家乐还是藏家乐,物美价廉的农家饭都是最重要的一项指标。藏家乐的特色精致菜品当然是其招牌,哈姆头夫妇的藏家乐也有自己的招牌菜。

哈姆头的藏家乐的土火锅因为味道鲜美、货真价实、价格适中而受到客人的青睐,特别是铜制土火锅里面的当地牛肉、腊肉、木耳、野山菌、核桃花、土豆等食材，经过熬煮烹饪出来简直就是舌尖上的美味，可以毫不夸张地说，回头客去"碉楼人家"玩都会点土火锅一饱口福。至于其他的酥油茶、酥油馍馍、凉拌野菜等同样都是美味佳肴。

"土火锅的收费标准是多少呢？食材都是当地的吗？"

"我们的菜谱是明码实价，游客和当地人一个价。土火锅大锅200元，小锅100元。食材基本上都是我们当地山里面的，蔬菜是我们自家种的。家里还有五分自留地，种了白菜、黄瓜、白瓜、土豆、卷心菜、莴笋、瓢儿白等蔬菜。我们自家种地从来不打农药、不施化肥，都是使用的农家肥，就是你们说的绿色蔬菜。"

我听了真心赞许哈姆头的经营理念，做生意不要想一口气吃个胖子，要做到细水长流。

"碉楼人家"到今天经营了快8年，规模不算大，却也是餐饮住宿、休闲娱乐一条龙服务的模式，目前拥有6间客房18个床位、宽敞的棋牌休闲区、土特产营销专柜等。

那天我专门看了看土特产专柜，货架上摆放着袋装的干菌子，有青冈菌、鹅蛋菌，还有价格不菲的松茸。菌子种类不算多，却都是山里面上等的野山菌。哈姆头家里的土特产不仅仅是菌类，还包括蜂蜜、佛珠和手链，更有珍稀的价格昂贵的虫草和藏红花。这些土特产都卖得不错，特别是佛珠的销量特别好，她家的佛珠价格从100多元到500多元不等，游客很喜欢。哈姆头家的土特产货柜就是一架普通的三层木柜，也没见货物层层堆积，就几个品种零星地摆放在柜台里。我带着疑惑的口气询问了她土特产的盈利情况。哈姆头说这两年因为新冠疫情的影响，销售土特产只有几千元的收入，过去几年还是挺不错的，一年能收入3万元左右，这已经是相当不错的副业收入了。在松岗镇，一户普通的农户如果光靠种地养牛和种植经济林（核桃树和苹果树），收入超过3万元都是不容易的。在直波村，像哈姆头这样有头脑又占了天时地利优越条件的农户不多，所以在乡村振兴的前进路上，像她一样的部分村民先冲在了前头。

真正让"碉楼人家"赚钱的不是销售土特产的收入，而是民宿和餐饮。

我问哈姆头她家民宿的收费标准是怎样的，她说要分旅游旺季和淡季来看。旺季是一个人200元一天，包括住宿和三顿饭；淡季是一个人100—120元一天，还是包括住宿和三顿饭。

特别值得一提的是，随着"碉楼人家"藏家乐声名鹊起，加上它的地理位置优越，这里也成为村民们常常聚会的地方。坐在门后核桃树下的院坝里喝茶，对面蓝天下的柯盘天街、直插云霄的高碉、梭磨河边宽阔翠绿的田野尽收眼底，很是养眼。后来，中国农业银行马尔康支行还在哈姆头"碉楼人家"门口挂牌"金穗惠农通服务点"，方便老百姓取钱。从其他银行取助农款一天只能取2000元，而从农行取款则不受限制。建设银行也在这里设置了"社区（乡村）国库惠民服务平台"，还是为了方便百姓。村民在服务点每取一笔款，哈姆头就能得到1元钱的手续费。

如今哈姆头夫妇已经赚得盆满钵满，当初投入进去的60万元早已经收了回来，印证了那句话："在农村只要找对路子，靠自己勤劳的双手就能脱贫致富奔小康。"

快要分手道别了，我对哈姆头说："祝你的藏家乐生意永葆青春。"哈姆头笑着说："还是要感谢政府的好政策，感谢我们松岗旅游景区的开发。"

在家门口吃上旅游饭，在家门口实现奔小康的农民中，哈姆头算是很具有代表性的一位。

太阳下山了，余晖照着对面的柯盘天街，明亮又美丽。我们离开哈姆头的"碉楼人家"，沿梭磨河向不远处的康城行驶。

6 / 一只飞翔的"鸟"

> 四川省阿坝州马尔康市龙尔甲乡干木鸟村有63户人家，230多人，是一个位于高半山上名副其实的袖珍村落。藏在大山里的村庄是贫穷落寞的，在国家精准扶贫和乡村振兴政策的实施下，村民不完全依靠政府的"等靠要"扶持，而是自强自立发展集体经济，在村里领头人的带领下走出了一条乡村振兴、共同致富的路子。本文主人公黎安明村支书就是在这个时代背景下涌现出来的典型代表人物，他的事迹虽然普普通通，但他却是山区乡村里响当当的致富带头人，是村民们心目中的标杆。

干木鸟不是鸟，是四川省阿坝州马尔康市一个村庄的名字。

在马尔康市龙尔甲乡，有尕渣、尕脚、石木榴、木尔渣、蒙岩、干木鸟、二茶7个自然村落。全乡行政区域面积354平方千米，人口不足2000人，是典型的地广人稀的高山峡谷地区。位于大山腹地深处的龙尔甲乡在20世纪80年代也是相当热闹的，那是计划经济年代，那时龙尔甲森林工业局的伐木工人可达上万人。随着国家转产改制，以及封山育林的天然林保护工程的实施，伐木工人退出了历史的舞台，纷纷解散到省内各地，山里的乡村越发空寂了。

去马尔康的乡村走走看看，在一个时期里成了我最热衷的行程，也是我觉得很有意义的事情。

我第一次听到干木鸟村这个地名的时候，脑海中闪现的是各种在山间田野里起起落落自由飞翔的鸟儿形象。自然界真有一种珍稀鸟类叫木鸟，其生活在南太平洋和大洋洲周边的岛屿上，据说这种鸟儿意志坚强、性格孤僻，长得像木头，所以人们叫它木鸟。在龙尔甲乡的干木鸟村，住着一位50多岁的老支书，叫黎安明，他也是一位吃苦耐劳、坚强不屈的传奇人物。我这次下乡就是为了去看看这个藏在大山深处刚刚脱贫的村庄，去和老支书聊聊家常，听听脱贫攻坚路上老书记与村民们艰难创业的故事。

山里的阳光格外明媚，正是草木葱翠、田野丰饶的季节。5月山里的空气微凉，一切都是绿意盎然、生机勃勃的样子。我们早上就从县城出发驶向龙尔甲乡，路过本真乡英波洛村的时候，远远看去山脚下田野里一片殷红，那是田野里的芍药花如期开了。沿梭磨河到达白湾乡的时候汽车右拐进入另一条峡谷道路蜿蜒前行，这时候我看见河水清澈了许多，同行的伙伴告诉我这条河叫足木脚河。梭磨河与足木脚河汇合后的河段叫大渡河。我们沿着足木脚河逆流而上，道路时好时坏，越往龙尔甲方向走，车子似乎越颠簸得厉害。政府正在对公路进行维修，预计后年这条行车难的公路会变成柏油路。

车行很久才看见一个小小的村落出现在我们眼前，村落一晃而过的身影是模糊的，它们静静地长在河谷的路边或者高半山的台地上，落寞又美丽。

车过蒙岩村后抄小路上山，蜿蜒的水泥路两旁溪流欢唱，树木青葱翠绿，村庄羞羞答答进入我的视野。山区人烟稀少，也无任何工矿业的开采痕迹，天地间一尘不染，蓝天下的青山在阳光的照射下绿得发亮，很是养眼养心。数十分钟后就到达位于半山腰的干木鸟村了。这个海拔3000多米的村子比我想象的还要小，63户人家的房舍错落有致地布局在山腰的台地上，一条窄窄的过村公路从村子里穿过。村子里最高处还建有一座小小的寺庙，村支部书记黎安明的家就在寺庙的正对面，只隔着一条公路的距离。我今天要采访的黎安明村支书也是马尔康市的一名政协委员，关于他的故事我听过一些，虽未见过其人，但是也并不觉得陌生。

龙尔甲乡上几位会藏汉双语的年轻人陪同我们一起到达干木鸟村子，他们陪同我们上山一方面是为了下村了解民情，另一方面也是为了使我们沟通更方便，其实我知道老支书黎安明是完全懂汉语的。我们走进一栋藏区常见的二层小楼房院坝里，最先迎接我们的是一只白色的卷毛小狗，对陌生人的到来它本能地吼了几声，见主人热情招呼客人坐下来之后，它就乖顺下来。一位个子不高、肤色黑红健康、身板结实的藏族汉子出现在我面前，他忙里忙外，端茶倒水。同行的鄢主任告诉我，他就是村支书黎安明，他先后当了8年会计、3年村主任、3年监督委员会主任和13年村支部书记。也就是说，黎安明从村会计到村支书，在村里面干了27年为村民服务的基层工作。

我没有急着采访他，而是先在院坝四周看了看。坝子边的木箱里葱葱长得老高，几棵小白菜见缝插针地长在泥土里，海棠花开得红艳艳的，几株多肉植物长在破旧的瓷盆里。看来这家女主人还是挺热爱生活的，把一个远在高山的家中小院侍弄得生机勃勃，充满暖意。站在院坝里，对面是青翠绵延的群山，近处平缓的土地上村民的小楼房挨家挨户地紧紧靠在一起，这是藏区村庄普通的布局。这些村庄，于我并不陌生。

主人将小方桌从屋子里挪出来安放在坝子里，上午的阳光照得整个院子明亮又干净。我们围坐在小桌边，开始聊起来。

干木鸟村只有63户人家，共计230多个村民，是一个名副其实的袖珍村落。这原本是高半山上一个僻远贫穷的小山村，后来在马尔康市政协和市里面其他部门的各级领导、职工的关心帮助下，担任了9年老支书的黎安明带领村民搞起多种经营，种植中药材，圈养藏香猪，慢慢实现脱贫，生活有了新的起色。

我们一行人进村的时候，没有看见多少人。原来大多数学龄孩子都进县城读书去了，年轻人不喜欢待在村子里务农，认为种地实在没有啥收入，也就陆陆续续到外地打工去了，真正住在村子里的人并不多，几乎都是上了一定岁数的老年人。黎安明家里4口人，住在家里的也只有他和老伴，女儿带着孙儿到成都打工去了，孙儿也在成都读书。从另一个侧面说，黎安明老两口都算是空巢老人了，尽管岁数不算太大。

一、种植中草药的梦想破灭

这就是山区大多数村庄的现状：农民在自家的土地里刨出的粮食蔬菜只能勉强糊口，体弱病残的人估计连糊口都有点问题。国家实行精准扶贫政策后，层层分配国家干部到村到户，甚至是"一对一"地帮助贫困户想方设法地找致富的门路。加之国家实行了农村最低生活保障政策，特困户、困难户有了基本生活保障，但是依旧在贫困线上挣扎。面对这种状况，村支书黎安明看在眼里，急在心头，决心带领大伙找寻一条脱贫路。

2014年4月的一个夜晚，黎安明和村子里另外2户村民围拢在他家的坝子里商量种植药材的事。说干就干，3家人凑了2万元，在村子里租了12亩地准备种植铁棒锤、独活、羌活、五甲片和秦艽等中药材。当时一亩土地租金300元，大家觉得还是不贵，划算，应该可以赚钱。

黎安明去阿坝州小金县药农家里购买铁棒锤秧苗，当时的价格是25元一斤，他还在那里住了几天，学了一些种植药材的技术。回到干木鸟村后，3家人忙活着开始种植，松土、下种、浇水、打药，白天侍弄土地，晚上也放不下心。一年后，这些药材基本长得像模像样了，长着长着他却发现地里的药苗少了些，原来被山里面众多的"地滚子"（田鼠）偷吃糟蹋了，大伙又忙着对付田鼠，很是辛苦。快要获得收成了，大伙的心里又燃起一股希望，信心倍增。该收获了，挖药、晾晒、背下山进城销售，一算账，总共卖了12000元钱，除去种子费、租地费等成本，还不算劳务费，倒亏了1万多元。2年的辛苦付出不但白干，还倒贴钱，大伙儿的心都凉了。黎安明觉得愧对其他两家人，也觉得对不起自己的付出，心里难过了好一阵子。怎么办呢？生活得继续，再苦再累再难也不能放弃，村里还有那么多人等着一路往前奔呢。

二、养殖藏香猪，摘掉贫穷帽子

俗话说，在哪里跌倒就在哪里爬起来。黎安明是这样想的，也是这样做的。这个个头并不高的藏族汉子骨子里有一股韧劲儿。自从当上了马尔康市的政协委员后，他觉得自己肩上的担子更重了。

2015年4月，不服输的黎安明动员村里的6户群众再次联盟干事儿。这次是听说国家有新政策鼓励农民规模化养猪，政府可以适当补贴部分资金和无息贷款。这6户群众先向政府贷款50万元，又自筹了部分资金，成立起干木鸟"绿康藏香猪养殖农民专业合作社"。养猪需要地盘，他们租了村上10亩地修建养猪场。前期准备工作烦琐劳累，从动工修建一直到年底养猪场才竣工。第二年4月份，大伙买了30多头母猪开始精心喂养，一年下来猪出栏后核算，除去成本，还有盈利，比种地划算多了。6户群众都尝到了甜头，连续2年继续不断地投入，慢慢地养猪场规模变大了。

这6户人家带头养殖藏香猪已经初见成效，可是村子里还有那么多村民咋办？他们的日子过得还是紧巴巴的，黎安明觉得应该把大伙的条件改善改善，让日子有点奔头。2017年，马尔康市的扶贫攻坚工作更加深入细致地在各个贫穷乡村开展，马尔康市里面很多牵头单位都对干木鸟村村民的帮扶脱贫下足了功夫，银行部门设立了小额无息贷款的优惠政策，特别是马尔康市政协也充分调动乡上和村上的政协委员竭尽全力参与到"我为扶贫攻坚做件事"的活动中来。黎安明更是觉得国家政策来了，该为村民做件真正看得见利益的事了。于是，他决定发展村里的集体经济项目。有了这种想法之后，黎安明主动向龙尔甲乡党委、乡政府汇报了自己的想法，乡党委、乡政府特别重视干木鸟村的经济发展问题，组织召开专题会议。在村集体经济发展项目研讨会上，黎安明大胆提出了"村民以产业扶持资金入股专业合作社参与分红，依托现有藏香猪养殖农业专业合作发展村集体经济"的想法，大家通过讨论觉得风险不是很大，可行性强。随后，黎安明逐一和村民讲解分析，说出了近期和远期的打算，广大村民非常感动于村支书的良苦用心，也非常认可这种集体经济模式，都愿意入股搞藏香猪的养殖产业。

说干就干，创业的路上有大伙同行，黎安明觉得浑身有使不完的劲儿。藏香猪养殖场准备建立在离村子不远的台地上，背靠青山，面对大块大块的土地，视野开阔，道路也方便。村民们一起修建的藏香猪养殖场5000多平方米，场内各功能区齐备，有种猪房、产仔房、仔猪房、育肥房、隔离房、饲料房、化粪池、冻库等区域。藏香猪养殖场建好了，喂养的藏香猪数量也增加了许多。目前，养殖场每年的藏香猪繁育量可达70多头，肥猪出栏150多头，现在养殖场里有藏香猪410头，规模不算小了。

"第一年（2017年）除去人工、饲料等本钱外，收获咋样呢？"

"第一年养猪还算行，2017年实现集体经济盈利，村上人均分红86元，还剩余积累了9000元，大家都觉得还不错。"

"千木鸟村的集体经济路子算是找对了，那2018年的收益情况咋样呢？"我继续追问。

"2018年，通过大家的努力，养殖场的效益进步了一点，村上老百姓的分红收入比头年多了一些。但是我们2018年还有很多藏香猪腊肉滞留在库房里，断断续续地销售，短时间是卖不完的，后来我还找了网络红人直播带货销售，效果也没有多理想。那年的腊肉如果全部卖完的话就有更多钱入账了。"

"你们藏香猪肉的价格还是比较合理的，是啥原因令销售那么困难呢？"

"主要是那年遇到非洲猪瘟的事儿，猪肉拉不出去，只能在马尔康本地销售，市场需求量决定了卖不出去多少，所以大伙很着急。还有一个原因就是本地销售价格上不去，猪肉卖得很便宜。"说到这个话题的时候，我分明看见老支书脸上有一股淡淡的忧伤。

正午的阳光照在老支书黎安明黑红的脸上，他的话匣子也打开了，在养殖藏香猪的过程中那些酸甜苦辣的往事仿佛一下子涌上了他的心头。在成全自己的同时，黎书记也尽自己的努力帮助村子里的特殊困难家庭脱贫。

村民们看见村支书带领着5家人养猪赚钱，大伙儿的心也痒痒起来，谁不想过好日子呢？村子里很多人家也开始养牛、养羊和养猪了。村民们以前也养牲畜，但是数量都比较少。黎安明也就自告奋勇当起师傅来，在养殖藏香猪方面他已经算是一个行家了。养殖藏香猪的过程其实很辛苦，得解决猪饲料的提供问题、猪生病的问题、猪长大该出栏时如何销售的问题等等，养猪的村民遇到啥问题都找村支书，黎安明也都尽力帮忙解决。所以，大伙买饲料、买兽药、找销路都可以搭黎安明的"顺风车"，村支书一并帮他们安排了，他们几乎不用操心。黎书记说："村民喂猪都要买玉米，养殖规模小的村民去买玉米，因为买的量不大，价格不但贵也不好运输。我去买玉米一买就是数万斤，价格一斤要便宜几角钱，划算点，我就帮他们一并买了拉回来。"

千木鸟村村民格布特是黎安明帮扶过的一个贫困户。格布特家的日子真是过得很艰难，他近40岁，2个孩子还未成年，老父亲已经80多岁了，眼睛看不见了，还身患严重的大骨节病，手脚都完全扭曲变形了，是个残疾人，根本无法干活，母亲常年患病，看病还得花钱。一家人虽然享受到了政府的低保帮助，但仍是杯水车薪。2015年，格布特一家人均收入还不到千元，可见其日子过得有多紧巴。黎安明看在眼里，急在心里，想方设法帮格布特找致富门路。黎安明对格布特说："政府有新的帮扶政策了，可以无息贷款，再说养羊的成本比较低，你就养羊赚钱吧。"通过黎安明的多方努力，格布特在扶贫政策的帮扶下先养了40头羊。第一年下来，格布特一家有了卖羊得来的收入，生活有了起色，顺利脱了贫，摘掉了贫穷的帽子，一家人别提有多高兴了。如今，格布特家的羊已经增加到70多头了，而且往后还会逐年增加，目前他成了干木鸟村的养殖大户。看见村民的日子一天比一天过得好，黎安明也松了一口气。

如果说帮助自己村的村民脱贫是一个村支书天经地义该干的事儿，如果说为基层村民鼓与呼是一个市政协委员该尽的工作职责，那么黎安明帮助外乡外村贫困户脱贫就是一种大爱和一名老共产党员的奉献情怀了。

龙尔甲乡尕脚村村民泽郎家是村里的贫困户，看见干木鸟村的藏香猪养殖成功了，村民赚到钱了，也想学着养殖藏香猪。泽郎很年轻，才20岁，他找到黎安明谈了自己的想法并希望得到帮助。黎书记满口答应下来，从自己的养殖场给泽郎家提供了50头仔猪，送了几袋玉米面，他还亲自去泽郎家的养猪场，花了2天的时间免费给他们传授养殖藏香猪的技术和宝贵的经验，特别是猪生病了怎么治疗和一些预防措施，他都毫无保留地传授给他们。虽然泽郎家不是自己村的贫困户，但是能给附近的老百姓带去发家致富的路子，看见更多的贫困户摆脱贫穷的命运，黎安明感到这也是一种奉献，也会让自己得到更多的快乐。

我又问了黎安明最后一个问题："你现在遇到的最大的困难是什么？"

"猪肉价格最好的时候是2020年，2021年价格大跌，但是我还是要继续把养猪场办下去。现在的猪肉都是零散销售和朋友们在网上帮我销售，我最希望的就是有一个固定的买家，大型固定买家的需求量太大，我供应不起，有小型的固定买家就可以了，这样我就不愁销路了。2019年底养猪场清场后，2020年3月我又个人购买了16头藏香猪种开始发展，现在存栏量达到100多头。我们村上靠养殖业发展经济还是比较合适，年轻人基本上都出去打工了，上了点年纪的人就只能留下来守家，种点土地，搞点小型养殖业。养藏香猪是我们目前比较熟悉的副业，也能带来一定的经济收入。我现在最想把我们村藏香猪的牌子打出去，更好地带动大家一起干。"

村庄还是那个小小的村庄，村民的日子却过得越来越好。对于这个藏在大山深处的小村庄来说，乡村振兴的步子虽然是缓慢的，但也是一步一步脚踏实地地在向好的方向前进。这需要政府的扶持，需要技术人员的科学指导与出谋划策，更需要村民自己的不屈信念和勤劳的付出。如今的干木鸟村村民有了合作社这个产业主心骨，村里养的藏香猪数量达到上千头，奶牛、山羊养殖也达到了一定的规模；种植中药材技术提高后，村民们又种植了100多亩地的中药材；通村的公路也修好了，一切都变了样，原来的13户贫困户也都全部脱贫。

黎安明时刻不忘自己是一名市政协委员，他积极响应参与"我为扶贫攻坚做件事"活动，用自己的实际行动践行了一名老共产党员为人民服务的宗旨，充分发挥了基层党员的先锋模范作用，深受百姓尊敬。近年来，他多次被上级党委政府评为优秀共产党员、优秀村干部和致富带头人。

春风吹过这个秀美的村庄，我仿佛又看见了金色的田野里麦浪翻滚的丰收景象。

干木鸟这个位于高半山的普普通通的贫穷村庄，因为村支书带领大家搞藏香猪养殖，正在发生由贫穷转向富裕的蜕变。绿水青山簇拥的干木鸟村真像一只展翅高飞的鸟儿，越飞越高，越飞越远，它将飞向富裕温暖的明天！

7 / 高山上的引路人

> 一个民族、一个国家是不是强大,就是看它的老百姓有没有文化,没有文化就会永远贫穷落后。今天政府在搞精准扶贫,我觉得扶贫不完全是给钱送物,真正的扶贫是从文化角度去扶贫。
>
> ——泽旺塔

一

四川省阿坝州马尔康市位于川西北高原上的嘉绒藏区,也是阿坝州州府所在地。这里居住着藏、羌、回、汉等各族人民,是一个民族自治地区。这里的山区峡谷生态环境保护极好,自然风光旖旎、民风淳朴,但是经济发展相对落后。在扶贫攻坚路上,马尔康市政协委员们想方设法全方位帮助贫困户脱贫,使他们过上阳光灿烂的日子。僧人泽旺塔就是其中的一位,他是马尔康市昌列寺的民主管理委员会主任(老百姓称其为"大管家"),也是马尔康市的一名政协委员。这些年来,泽旺塔以一名普通政协委员的身份在自己特殊的岗位上尽职尽责地参政议政,积极主动参加政协会议活动、撰写提案,反映百姓最需解决的问题,认认真真地做基层老百姓的"传声筒",忠心耿耿地做党的惠民政策的"扬声器",满怀热情、大公无私地默默帮助贫困家庭孩子的学习和成长。

我和政协委员泽旺塔见过几次面，每一次都看见他在昌列寺山上忙碌的身影。作为昌列寺的大管家，泽旺塔在佛教知识方面很高的造诣，有时候他在工地上忙碌，更多的时候他在给远道而来的客人做讲解。平日里他会深入农牧民家中宣传国家的方针政策，并结合宗教活动为他们开展思想道德教育。在马尔康藏区，大多数农牧民信仰藏传佛教，在宗教活动中开展一个政协委员的工作是行之有效的。

那天的天气特别好，我们到达昌列寺的时候泽旺塔正在大殿二楼上给几个人安排事情。见我们到来，他一边安排我们喝奶茶，一边慌忙下楼去陪市里面来工作的人员检查验收。作为一个寺庙管委会主任，他的工作是琐碎的，也是很辛苦的。

他父母的家就在昌列寺山下的俄尔雅村，父母都是80岁的老人了。平日里没有法会活动或者清闲下来的时候，他会回到村子里看看两位老人，帮忙做点家务，也会跟村子里的人拉拉家常，从中了解一下大家有没有啥困难，政协开会的时候好如实地向上反映情况。

年复一年，日复一日，乡村还是乡村，可是也在历史的进程中慢慢变了样，山区农村的生活发生了很多变化，都朝着好的方向发展，只有少数因病致贫或发生重大变故的家庭还在贫困线上挣扎。这些年来，作为市政协委员的泽旺塔一直把扶贫事业当成一件大事来做，不仅仅把扶贫工作当成是积德行善、扶贫济困的善举，更清楚地知道自己作为一名政协委员在扶贫事业中的责任和义务。泽旺塔积极响应马尔康党委和政府的扶贫政策号召，热情主动地团结和带领昌列寺民管会及僧人大众投身到马尔康市脱贫攻坚的行动中。他率先垂范，起好模范带头作用，在市政协号召的"我为扶贫攻坚做件事"的活动中，利用开展佛事活动的时机义务充当"精准扶贫"政策的宣讲员。他用藏语和汉语深入浅出地给大家讲解国家的扶贫政策：不要把扶贫政策狭隘地理解为给贫困户拨钱送物，这会让懒人更懒；要靠自己的双手、靠劳动挣钱；那种"等靠要"的懒惰思想只会让人失去生产劳动带来的乐趣和价值。他鼓励大家要自力更生，虚心学习致富能手的经验教训，靠科学、靠聪明的头脑、靠勤劳的双手脱贫，更重要的是靠知识去脱贫。

马尔康市英波洛村就坐落在昌列山下，依山傍水的村子里一幢幢石头碉楼小巧美丽。一到夏天，芍药花开得姹紫嫣红，非常美丽。身体残疾的洛扎和他的阿爸阿妈住在村子里，因为腿脚不便，洛扎无法进城打工挣钱，靠种几亩土地过日子，由于阿妈也是体弱多病，家里还有一个小孩在读书，他们家是村子里比较困难的家庭。泽旺塔知道后，亲自去洛扎家里走访，询问他家里目前最需要解决的困难和问题。泽旺塔看在眼里，记在心里，自己出钱找来木匠、工匠，买来木板、地板等材料，帮洛扎家装修出一间舒适温暖的卧室。得知老人特别渴望有一间祈祷念经的经堂，泽旺塔又出钱找人帮他家装修了一间经堂。洛扎一家人非常感谢泽旺塔无私的帮助，对他更加尊敬。

英波洛村还有几户家庭条件比较困难的人家，泽旺塔就安排这几家的年轻人去昌列寺打工挣钱，因为这些年来寺庙一直在扩大修建，需要用工。空闲之余他又请师傅教这些年轻人开挖掘机、装载机和汽车。教会年轻人立足社会的一项技能比起送钱给物要有用得多，这是泽旺塔坚持的理念。

二

泽旺塔10多岁就进入寺庙生活学习，如今30多年过去了，他自己的修行也达到了一定的水准，也亲眼见证了昌列寺兴盛繁荣的过程，他把昌列寺管理得井井有条。每一年昌列寺的法会都会吸引很多来自内地或者沿海经济发达地区的信众，当他们看到这里的乡村有些人家生活十分贫困，也想进行一些帮助，泽旺塔就会主动牵线搭桥，将家庭负担特别重的人家专门罗列出来，寻求好心人的帮助。

泽旺塔后来在昌列寺成立了"昌列寺利世慈善基金会"，采取"零成本运作""一对一"的长期助学模式和"扶智""扶志"相结合的扶贫模式，开展针对贫困家庭学生的助学活动。泽旺塔倡导"一家人"式资助，也就是让慈善人士与被捐助对象像家人、亲人一样相处互动，不只是简单地资助，而是用心灵去彼此沟通。一个孩子如果得到了"一家人"式扶持，那么爱心人士就得像家人一样持续关注孩子的学习，倾注更多的爱心，直到孩子大学毕业找到工作，扶持任务才算完成。所谓"零成本"助学，是指利世慈善基金会的基金都来自社会各界爱心人士的无偿捐赠。慈善基金会无固定的工作人员，组织的助学活动产生的所有费用，都由义工、志愿者自行承担，资助者"一对一"捐助给学生的助学款会全部交到贫困学生手中，这是一项相当透明的充满爱心的阳光雨露工程，是马尔康地区穷困家庭孩子的福气。

让世界充满爱，爱是雨露，爱是春风，爱是阳光。泽旺塔和他的慈善基金会组织成员对贫困学生的无私付出感动了更多的爱心人士，更多人参与到"一家人"资助活动中来。只要人人都献出一点爱，世界将变成美好的人间。目前，马尔康广大农村地区前前后后有1000多个孩子得到了助学帮扶，已经有200多个孩子顺利从大学毕业并走上了工作岗位，还有800多个孩子在校读书。泽旺塔坚信"知识才能改变命运"的真理，他希望马尔康乡下的孩子个个都能上大学，个个都有能力找到工作，这样才能改变他们家庭的贫穷面貌，他们家里才会真正地富裕起来。

有一句话在当地深入人心："穷不读书，穷根不断；富不读书，富不长久。"这是泽旺塔经常给村民说的话。泽旺塔一直用心关注孩子们的上学问题，只要发现有孩子因贫辍学，他就会想方设法尽一切努力帮助解决。

几年前的一天，泽旺塔去马尔康嘉绒大酒店办事，看见一个眉清目秀的藏族年轻女子在忙活，看样子应该是上学的年纪，一打听才知道这个小姑娘叫齐美初，家住脚木足乡孔龙村，因为家里贫穷她就把读书的机会让给了妹妹，自己则出来打工挣钱供妹妹上学。泽旺塔知道后心里很不是滋味，他决定资助齐美初的妹妹读书。妹妹叫容真初，此后的几年里，泽旺塔每年给容真初3000元助学资金，前后资助了上万元。容真初也不负众望，经过自己的努力，一路读完大学，如今在壤塘县工作，她的人生开启了另一种幸福模式。姐妹俩对泽旺塔的帮助充满了无限的感激，也一直和恩人保持着联系。

三

在采访泽旺塔的时候我问了他收入来源的问题，他很真诚地告诉我他的收入来自两个方面，一是担任昌列寺管委会主任，有政府发放的工资；二是举办佛事活动时会获得一点劳务费。泽旺塔的收入不多，日常生活开支很是节俭，节余下来的钱大多数都用来帮助他人了。泽旺塔几十年来一直住在寺院里，专心研修佛学，读了大量关于佛学方面的书籍。他虽住在高山，但心胸并不狭窄，思想也不保守。读书使他明智，他还通过电脑、电视、手机等媒介了解国家的发展变化和世界的纷繁万象，去市里面开会学习让他明白作为一个政协委员的责任与使命。这些年来，他全身心投入到关注贫困家庭孩子的教育事业上，默默资助了好几个孩子完成学业并走上工作岗位。他觉得自己的付出是有回报的，也觉得自己是快乐的。

"高山上的引路人"，这是政协委员泽旺塔的真实写照。他不单单引领着山区孩子们在求学路上稳步前行，还引领众多民众团结一致，热爱自己的家乡，热爱自己的祖国。在藏区维护稳定团结方面，泽旺塔苦口婆心地向群众宣讲国家的政策法规，宣讲精准扶贫工程给老百姓带来的实惠，做出了自己最大的贡献。

植物会开出色彩各异的花，在我们心中高原格桑花是最美丽的。每个人的生活轨迹也都是不一样的，泽旺塔在自己的人生舞台上展示了自己的风采，传递着正能量的火炬，奉献着炽热爱心。他只是政协委员中的僧人代表之一，还有更多的人默默走在扶贫攻坚的长征路上。因为有他们，山区的面貌会越来越好，山区的明天会越来越好！

8 / 在核尔桠山上

——马尔康市沙尔宗核尔桠村纪实

核尔桠村在四川省阿坝藏族羌族自治州马尔康市沙尔宗乡境内的高山上。沙尔宗乡离县城76千米，平均海拔2760米，总面积357平方千米，含6个村，18个村民小组，71个自然村寨，530户2160人，全乡常住人口1530人左右，是个地广人稀的乡镇。乡辖6个行政村，包括沙尔宗村、哈休村、尼市口村、从恩村、米亚足村、核尔桠村。

沙尔宗乡现有耕地4486亩，退耕还林2143亩，林地6.9万亩，草场22.4万亩。境内自然资源、人文资源十分丰富，有哈休遗址、克沙民居、茶堡文化和峡谷风光等优势资源。

每个人的一生都是有故事的，能把自己的故事或者别人的故事讲出来，这是一种能耐。为了听故事，这一年，我一直走在乡村的路上。马尔康沙尔宗乡哈休村和从恩村的山山岭岭、村村寨寨都留下了我的足迹。后来我为这些村庄写过《故乡在山上》《空山里的芬芳》等文章，它们的美丽与故事被传播得更远更广，越来越多的专家、学者开始关注从恩村的克萨民居，哈休村哈休文明神秘的面纱也被轻轻撩开。对高原村庄的热爱驱使我永远走在寻访的旅途上，这一站，我将去拜访沙尔宗乡核尔桠村的石旦真老人，想去聆听村子里那些久远的故事。

山里的7月是清凉洁净、青葱翠绿的。天刚蒙蒙亮，空气仿佛被昨夜的雨洗得格外清新。我们早上6点从马尔康城区出发，开车的司机是家在哈休村的小青年若丹，若丹知道又要去他家乡自然十分高兴。

这次去核尔桠村是与市委宣传部的阿筠一路同行，核尔桠村子里有几户人家是她要帮扶的贫困户。每一个季度或者每一个月，她都会下村去贫困户家里，有时送油送物，更多的时候是想方设法给贫困户找摆脱贫穷的路子。石旦真家不是她要帮扶的贫困户，但是有文化、有阅历的石旦真是村子里德高望重的老人，是村子里的传奇人物，而且很会讲故事。年初的时候，女作家阿筠在沙尔宗乡上听过石旦真老人讲故事，回家后写下万余字的散文《石旦真叔叔和他的小鸟》。这次我正是受她的邀请去石旦真老人的村子。

一、初到核尔桠

我们到达沙尔宗乡的地盘后从另一条沟开往核尔桠村，核尔桠村距乡政府只有几千米路程。这个21户人家的小村子零零散散地分布在山坡上，每一户人家都单独立院，院子周围都堆满了码得整整齐齐的柴垛，柴垛之外是各家的自留地。

石旦真老人的老房子坐落在核尔桠村的高半山上，这里是嘉绒藏族聚居地，海拔在2700米以上。这里山高水长，森林覆盖率特别高，树木以云杉、冷杉、落叶松居多，山林里每到夏季雨水充沛的季节，野山菌和木耳就会长出来，菌子里最昂贵的是羊肚菌，还有不计其数的青冈菌、黄丝菌、杨柳菌、油辣菇、灰灰菌、猴头菌等等。山里面耕地少，土地也只能出产青稞和玉米等高半山粮食作物，蔬菜以土豆、胡豆、豌豆和莲花白为主。家畜以牛羊为主，也有少量的猪和鸡。靠山吃山，靠水吃水，这里的人们基本上都过着自给自足的农耕生活。时光对于山里面的人来说是缓漫的，同时也是清新亮丽的。

我们从山脚下沿盘山的机耕道上山，山路弯曲狭窄，汽车像一个醉汉般左右摇晃颠簸在山路上。我不敢看路边悬崖外的景致有多美，只敢看前方翠绿的山峰和山峰上宁静幽蓝的天空。我们一直攀爬到快要看见山巅的树林了，才发现地势开阔起来。一大块一大块的土地出现在我们面前，地里青稞早已归仓，留下一茬一茬的麦秆立在地里。山脊平地处矗立着几座石头房子，这些石头房子都是藏区普通的碉楼房。三层格局的土灰色寨楼映入眼帘，从低处仰视，它们仿佛紧紧地挨着天空。石旦真老人家的房子在村子的最低处,单家独户地坐落在田地里。

机耕道并未通到他家门口,我们在离他家最近的宽阔地边停下来走小路过去。因为电话沟通过,石旦真家人知道我们要去,所以我们刚走了几步,远远地就看见一个中年女人出现在垭口处,阿筠说那是石旦真老人的女儿甲珍,她们见过面的。大家彼此招呼寒暄了几句,甲珍帮着提东西,阿筠每一次下乡都会准备水果、面肉等食物,她是个心细的人。我们走在窄窄的田埂上,四周空旷辽阔,放眼望去翠绿的群山特别美丽。

一会儿就到石旦真家门口了,一道低矮的木门半掩着,木门边生长着蓬勃葳蕤的大丽花,艳丽硕大的花朵令人赏心悦目。花丛边种了几株藿香,藿香附近有几棵葱和小白菜。

走过小木门直接就到二楼的晾台上了,晾台比较宽阔,院坝里高高的晾架上挂满了今年收割的胡豆秆,像一堵墙。秆上挂着饱满的未脱壳的胡豆。二楼露天的阁楼晾架上则挂满了豌豆秆,秆上也吊着粒粒饱满的豌豆。二楼的阳台上堆满了土豆和几件农具。我们没有急着进屋子,站在院子里远眺,对面的群山一览无余,山似乎也变得矮小起来,树木葱茏,青冈林特别耀眼。对面山腰处虽然是茂密的森林,但是那酷似动物图案的神奇景象还是引起了我们的注意。我们凝神观看,几乎达成一致地认为那是一只狼的正面头像:鼻子凸出,两只眼睛炯炯有神。我们拍了几张照片,放大拉近细看,越看越像。甲珍说传说那是一个妖怪变的,可她说的妖怪在我眼里怎么像一匹狼呢?

我们走进二楼的过道,光线有些暗,左转入客厅,窗户外射进来的阳光让屋子一下子亮开来。屋子正中的铁皮炉子里还冒着忽明忽暗的火焰,炉子上熬马茶的茶壶冒着热气,屋内壁柜炊具应有尽有。没有看见石旦真老人,他的老妻一个人在屋里。甲珍边招呼安顿我们,边说阿爸还在睡觉休息,估计马上就要起床了。我们上三楼看了看,一间屋子的地上晾着厚厚的青稞,估计还未晾干吧。另一间屋子是储物间,腊肉、酥油、菌子、粮袋等堆得满满的。三楼的过道上光线不怎么好,两边堆着高高的青稞柴垛,整齐得像刀切割成的一样。刚好一束阳光透过门缝打过来,明暗对比很适合拍摄人像照片,有意境,也有一种朴实的诗意。我们在三楼的过道上拿着手机比画了好一阵，也得到了几张满意的照片。

我们下到二楼的客厅里稍作休息，炉子上马茶的味道飘散出来，这是一种熟悉的味道。

二、石旦真老人的回忆

"咚咚——咚咚"，一个身材瘦小、精神矍铄的老人下楼来了。阿筠站起来叫声："石旦真叔叔，我们来了。"着汉装的石旦真老人让我有些意外，因为我头脑中的他应该是一位穿着嘉绒藏装的老人，腰间该别着一把小藏刀。

石旦真老人快80岁了，眼不花，耳不聋，声音洪亮，面容慈祥。他的人生阅历很不一般，头脑活泛，精明能干，年轻时是村里的会计，加上他的汉语和藏语都说得非常好，有过目不忘的记忆和能说会道的口才，所以他在当地也算是个名人。"会讲故事"让他觉得挺有成就感的。石旦真老人招呼我们坐下喝茶，和我们天一句地一句地聊着，他的老妻挨着他坐在小板凳上，不时给炉子里添柴火，一句话也不搭腔，偶尔对着我们点头笑笑。

甲珍把午饭做好了，电饭煲煮的米饭，菜肴有一盘小香肠、一盘凉拌木耳、一盘素炒鹅蛋菌、一盘素炒沙木菌，还有一盘我们带上来的凉拌牛肉，看起来很简单，但都是绿色无污染的山珍美味呢。匆匆吃毕午饭，我们在他家的客厅（也是饭厅）沙发上坐下来，整齐地坐成一排，像几个非常听话的小学生要听老师讲故事了。我们每人准备了一个小本子，都很珍惜这次听故事的机会，毕竟大老远来山上也不容易。石旦真老人说："先给你们讲讲我是怎样长大的吧。"老人从黑黢黢的窗台上取下他的小酒瓶，轻轻咂了一口，话匣子打开了："我小时候住在山上的村子里，我家的房子叫砌斯底。我阿爸叫罗尔依斯甲，阿妈去世后我有了后妈。她经常打骂我，7岁时她让我出家当了一名小和尚，14岁时我离开寺庙返回红尘，开始在公社小学念书，学了几年文化，人也长大了，后来成家立业，有了自己的家。后妈活了70多岁病死了，阿爸给村子里邻居修房子时喝醉酒，一脚踩空摔死了。"石旦真老人讲起自己的成长史仿佛忘记了伤痛，没有太多的哀伤与愤怒，像在说别人家的故事。也许时过境迁，石旦真老人早已忘记苦痛，原谅了人世间的一切。

正因为石旦真老人豁达的性格、善良的品质，他的女儿女婿对他们老两口也特别孝顺，地里农活包干做完，饭都不要老人们做，只有到了农忙的时候，才会让他们帮忙做饭。逢年过节女儿女婿要给老人们添置新衣新鞋，下县城了要给老人们带回蛋糕、白酒等他们喜好的食物。石旦真老人给我们聊起他孝顺的女儿女婿时，我们能感受到他发自心底的极大满足与小小幸福。

"家里面粮食和肉够吃吗？"我忍不住问了一句。

"够吃的，家里面不缺猪肉吃，年底了都要杀两头年猪，腊肉、猪油是不缺的。菜都是自家地头种的，山里面洋芋、莲花白、胡豆、豌豆都有，也够吃了。"

他还说，20世纪90年代初国家实行"退耕还林、退草还牧"政策后，土地是少了些，粮食收成也少了，但是政府每月给每人发放大米，粮食是足够吃的。刚才在三楼储藏间的墙角处，我确实看见了好几袋码得整整齐齐的库存粮食。谈起这些，石旦真老人感到很满足，他觉得现在的生活比起以前简直好多了，特别是最近几年国家实行"脱贫攻坚、精准扶贫"的政策后，他们家得到政府的补助金更多了。

"只要有一双勤劳的手，日子就会往好的方向奔去。"石旦真老人对我们说。

"你们家除了土地粮食的收入、政府各种补贴的收入，还有其他收入吗？"我又问。

"有呢，年轻人农闲时都要去县城打工挣钱，这也是一笔收入。除了娃娃读书的开支和油盐酱醋外，平时我们从不乱花钱，大家齐心协力把钱攒下来，另外政府也补贴了一定数目的安置费，前几年我们在村子的河谷地带选了块地，修建了三层楼的新房子，年轻人几乎都住到新房子里面了。"

"你们两位老人怎么不下山住呢？住在河谷的新房子里出门方便一些吧。"

"我们住惯了山上，也舍不得山上的土地，离不开山上的牛羊，更舍不得离开这座老房子呀。"

记得在沙尔宗乡从恩村的山上，留守下来的7位老人回答我的话几乎跟石旦真老人一致，我才明白，上了岁数的老人是守旧的，也是恋旧的，更多的是对土地的依恋。所以石旦真老两口还是不愿意下山，大多数时间都留守在山上的老房子里。只要石旦真老人还有一口气，老房子就会天天冒炊烟，这座老旧的石碉房就会展现它生生不息的生命力。

三、人一辈子要祝福自己没有病痛

话题随时都在转换，当石旦真老人冒出"人一辈子要祝福自己没有病痛"这句话时，我们都有点小小的震惊，不是因为这句话有多大的哲理性，而是觉得这句话有点"文艺范儿"，有一种不相信是他说出来的感觉。

在大多数人的眼里，贫穷与富裕是一个相对的概念。你的年收入60万元，我的年收入6万元，那么我是贫穷的。可是在我们山里面，在我所走访检查的农户当中，人均年收入只有6000元的农民占大多数，也就是说如果一家是3口人，那么他们一家人一年的总收入只有1.8万元。在我们山区，"精准扶贫"的工作任务是落实在每一个党员干部身上的。长期住在山上的村民，还是有一部分老弱病残的住户没有摆脱贫困，他们也渴望得到国家、政府更多的帮助与扶持。所以，在山区的农村，有极少数的贫困户为了多得到一点政府的补助款项（数额并不多），但凡身体有点缺陷或者病痛，都会向乡政府申请特殊疾病资金补助。我认为这也是应该的，他们也该得到政府的关怀与帮助，但可能也有极少数思想觉悟不高的人混进了领补助的队伍。石旦真老人对此有不同的意见，他觉得一点小病应该尽量自己解决，不能给政府添麻烦。石旦真老人的大女儿甲珍是两个孩子的母亲，一个孩子在外地读卫生学校，一个孩子在马尔康县城读初中，负担还是比较重的。也许是因为过度操劳，与同龄人相比她显得老了一些。为了迎接我们的到来，甲珍先是去地里砍了一棵莲花白回来，然后一直在屋子里忙碌着：剥嫩胡豆、削土豆、切萝卜、熬马茶。她的动作还算麻利，右手劲儿使得比较多，左手要迟缓一些。吃过饭大家坐在一起聊天的时候，我们谈到了农村的大病医疗保险和特殊病种补助的话题。甲珍挽起袖子，我们真切地看到她手臂的骨头出了问题，应该是很早就落下的病根，现在手臂已经伸不直了。我们都很关心她，问她是否得到特殊疾病补助（我们怀疑是大骨节病），甲珍说这也没什么，她不愿意给政府添麻烦，再说也感觉不到有多疼痛。我沉默了，为一个山区普通农村妇女的淳朴与善良而感动。这个时候石旦真老人接过话题说："我们不愿意向政府伸手要钱，人一辈子要祝福自己没有病痛。"这句话让我震惊不已，因为我觉得这句话文绉绉的，却出自一个偏僻山区的老人之口。我明白石旦真老人的意思，人老了，没有病痛就是在给家里节约钱；没有病痛就是不给儿女添负担；没有病痛的老人就是幸福快乐的老人。

我一直走在关注精准扶贫的路上，也去过若尔盖和红原的扶贫村子，在走访了解建档贫困户的过程中，证实家家户户的每个人都参加了"新农合"，可见政府对农村医疗这块非常重视，也都一一落实到了人头上，农村看病难、就医难的问题基本得到解决，这对于农村村民来说是最实惠的大事。对于老年人来说，健健康康地活好每一天就是幸福的，毕竟大家的日子一天比一天更好了。

四、一只黑色双耳陶罐

在沙尔宗乡哈休村，人类考古专家发现了哈休文明，他们从哈休的土地下发掘出具有5000年历史的大量陶罐，那么离哈休只有几千米的核尔桠村地底下是不是也埋藏着一段灿烂的文明呢？

趁着石旦真老人休息的空隙，我和藏族小青年若丹走出去，想到寨子里逛逛。若丹的家就在哈休，若丹的爷爷奶奶家曾是哈休最大的家族，后来渐渐颓废落寞了，但是他们家七层高的寨楼依旧是相当雄伟大气的，至今仍保存完好。在马尔康市政府的帮助下，若丹和他的阿爸正在筹建嘉绒农耕博物馆，目前已初具规模，一切都在按部就班地进行中。

我们沿小路往高处的寨子里走去，又一路走到寨子边看对面的群山，还真有"一览众山小"的气势。山下有小块小块的坡地，除此之外全是灌木丛，植物葳蕤，风景美丽。我们穿过一大片青稞地，见村民正在收割青稞。这里的青稞长势特别旺盛，稻穗修长，颗粒饱满。我想起朋友曾送了我一个她自己制作的泥土陶罐，如果在陶罐里插满稻穗，一定会有一种丰收的喜悦。我向正在收割的男子说出心中的想法，他爽快地对我说："你随便取就是了。"我一株一株地认真选择，割了一小把金色的稻穗准备带回家，心里装满了小欢喜。若丹对青稞麦穗不感兴趣，他家也有一块青稞地。

到了一户农家碉房下，主人一家三口正在门前地里挖土豆，挖出来的土豆在旁边堆成小山似的。我主动和主人搭讪，天一句地一句地聊了会儿家常。他们问我来自哪里，我说从马尔康城头来听故事，然后他们就笑了笑，没有再说什么。女主人的丈夫热情地邀请我和若丹去他家看看，正合我意。我们顺着一个独木梯小心翼翼地爬上台阶，来到他家。我还没有来得及进屋瞧瞧，男主人就抱了一个黑色陶罐出来，若丹的眼睛都亮了，为嘉绒农耕博物馆的事，他正在四处寻找宝贝呢。

正是影子最短的正午，我俩在院坝里仔细打量这土得掉渣的双耳陶罐，阳光打在黑色的罐壁上，有点让人恍惚的感觉，我知道凭我俩的鉴赏水平是看不出个子丑寅卯的。若丹想将陶罐买下来放到博物馆里，问了问价格超出自己的出价底线只好作罢，我却在旁鼓动他："可以下手了，可以下手了。"其实我也看不懂这只土陶罐是否具有收藏价值，但其敦厚的外表和沧桑的颜色都是我喜欢的。

回到石旦真老人的家里，老人还在津津有味地讲着故事。我们漏掉了一段精彩的故事，却有了一点其他的收获，比如我的麦穗，比如我看到那只黑色双耳陶罐后的欢喜。隔了好一会儿，若丹悄悄对我说："我下次来就把它买了吧。"我不语，只是点了点头，心里却默默在说："陶罐在等它的有缘人，说不定也等了5000年了呢！"

太阳快要下山了，我们决定启程往县城赶路。甲珍和她阿妈慌忙找来几个塑料口袋给我们装新挖的土豆和大蒜。他们一家人依依不舍地把我们送出房子老远，也不愿意转身回屋去，直到我们的车绕过几道弯，完全消失在小路的尽头。

9 / 奔跑的人

那是一条阿坝人渴望已久的天路，汶马高速路像一条蜿蜒的巨龙穿越崇山峻岭飞到我的家乡——马尔康，给生活在大山深处的藏家儿女带来了从未有过的幸福。一旦生活方便快捷的大门打开，人们的生活质量便变得跟高原的阳光一样，随处都是金色的。

一条路的蜕变凝结了多少筑路人的智慧与辛劳啊！今天，汶马高速虽然还没有全程通车，但是已经通车的路段我都走过好几次了，每一次飞奔在与青山绿水相拥的高速上，看窗外风景如画的山川河流，心里总是美滋滋的。

汶马高速公路是由四川交投集团承建的四川第二条藏区高速公路，是指四川省汶川县至马尔康的高速公路，为G4217蓉昌高速的一段，起于汶川县城以南凤坪坝，接映汶高速公路，经理县至米亚罗，再经尽头寨，穿越鹧鸪山，沿梭磨河下行，止于马尔康卓克基，路线全长172千米。这段不到200千米的高速公路，筑路人昼夜不停花了4年多时间才完工，无数工程师和来自全国各地的建设者们抛家舍子来到阿坝州汶马高速工地，为高原人民的出入平安洒下了辛勤的汗水，做出了不平凡的贡献，青年许义便是其中一个。

一、初识许义

那是一个阳光明媚的上午，初秋时节的风清爽宜人。我在马尔康汶马高速管理处二楼办公室见到许义，这是我们第三次见面。第一次是在理县汶马高速项目总部的大会议室里听取部门经理汇报课堂的间隙我们聊过几句，第二次是采风队伍深入隧道路口时听许义现场讲解施工情况。今天，小伙子一脸阳光地出现在我面前，他动作麻利地给我沏了一杯茶，顺手把桌子上一个薄薄的笔记本和一支签字笔递给我，然后坐下来开始了今天的话题。

许义的老家在重庆涪陵，父母都是地地道道的小商人，最大的心愿就是把儿子送进大学，让他有一个好的前程。许义没有辜负父母的殷切希望，2010年7月顺利从重庆交通大学毕业，如今都毕业11年了，走出学校大门就被分配到映汶高速开始了筑路生涯，映汶高速完工后他进入汶马高速公路有限责任公司，继续干他的本职工作。这11年的筑路时光不算长，也不算短，但是这11年来，许义把青春和汗水都洒在了阿坝州映秀至马尔康这条高速公路建设的要道上。这条道路途经汶川、理县到达阿坝州州府马尔康，10多年来他除了在总部办公室，其余的时间就是奔波忙碌在这条路上，他就是一个一直奔跑在高原路上的人。

这些年的奔波，让许义在工作岗位上取得了优异的成绩，他的表现得到了大家的认可和赞誉，2011年至2013年连续三年被评为四川都汶公路有限责任公司先进个人和优秀个人，2015年和2017年被评为四川汶马高速公路有限责任公司优秀个人，2018年被评为四川交投集团"十大杰出青年"，2019年被评为藏高系统"优秀共产党员"。这些闪着青春之光的履历是许义筑路生涯中浓墨重彩的外衣。小伙子比较健谈，也比较谦逊，他谈的几乎是工作和对家庭的愧疚。我翻看了他的简历，他的同事也对我谈了一些这位年轻处长的故事。他虽平凡，却在平凡枯燥的工作岗位上热情地付出，一如既往地坚守，把青春无私地奉献给了这片阿坝高原。

记得8月8日的梭磨河大峡谷格外青翠明丽，阳光似乎也格外耀眼。在马尔康赶羊沟隧道口，许义在桥上如数家珍般给采风的作家们介绍对隧道口边坡加固处理的施工情况，我们听得津津有味，对路段施工的艰难程度与不易有了更新的认识。在赶羊沟短暂停留后，采风队伍跟随许义回到汶马高速终点站——马尔康东。

川西北高原上的阿坝州因为童话世界九寨沟而名扬天下，去阿坝看看是很多旅客一生的向往。许义从重庆交通大学毕业后被分配到阿坝州汶川县彻底关，开启了他通往高速公路建设事业的大门。2008年举世震惊的汶川大地震发生后，满目疮痍的汶川百废待兴，勤劳善良的汶川人民在全国人民的大力支持下努力建设新家园。许义对汶川的了解和印象都来自2008年那场灾难，当得知自己工作的第一站就是汶川时，心里多多少少还是有点忐忑的。

彻底关是汶川的一个地名，也是许义作为筑路人进行第一次战斗的地方。2010年，许义进入四川都汶公路有限责任公司，担任工程部管段工程师。此后他的工作轨迹就在汶马高速路上来回运转，参与汶马高速土地报件、招投标、征地拆迁等前期工作。随着时间的推移，许义的工程业务能力日益提升，又担任了汶马高速C20、C21、JL8及LM3现场业主代表，他对待工作十分认真，总是尽全力把各种事做到最好。

二、风雨风雪路

世界上本没有路，走的人多了，也便成了路。

汶马高速路段只有不到200千米，但是这段高速路却要穿越高山峡谷河流地段，且地形气候条件复杂多变，地质条件也复杂，建设难度很大，但汶马高速的工程师和筑路人都能克服这些困难，迎难而上。马尔康属于川西北高原峡谷地带，气候多变，夏季多暴雨洪涝，冬季多冰雪寒冷。许义和同事们总会遇到诸多自然灾害，当遇到山体滑坡、泥石流等灾害时大家都会全员出动，参与到抢险的大军中。

想起一次次修路过程中遇到的自然灾害和突发性地质灾害，许义至今都还心有余悸。这些年来，他亲临现场参与了大大小小无数次抢险，那些艰苦惊险的场景是永远也无法从他记忆里抹去的。2011年7月3日，连夜的暴雨使河水猛涨，河水夹杂着泥石流冲刷国道彻底关，到了晚上11点左右，山上开始滚落石头，情况相当危急。这个时候，现场的工人们被这种凶险场面吓得不知所措，纷纷撤退。许义和党政机关工作人员、业主一起冲下去抢险，最终取得了胜利。

2020年是个多灾多难的特殊年份，让人紧张的新冠肺炎疫情刚刚平息下来，洪涝灾害又来了。许义说起2020年6月17日那天的抢险经历，我们听得胆战心惊。17日那天，王家寨1号隧道冲进了大量的泥石流，这瞬间发生的灾害让很多车陷入泥石流中，许义和他的同事们得知情况后奔赴现场抢险。他们脱掉裤子果断麻利地跳下去，像泥人一样陷在泥水里操作，用钢绳把一辆一辆被困车辆拉出来。那次他们一共拉出来4辆车，让老百姓的损失降低到最小。

三、陪你看风景

世界那么大，都想去看看。

人最简单、最幸福的事情莫过于带着家人去旅游看风景，给身心彻底放一次假。

阿坝州位于四川省西北部的高原地带，农区、牧区、山区混合布局，地形复杂，气候也复杂多样，工业、农业落后，所以整体经济发展水平不高，但是近20年来，随着旅游资源的大力开发，九寨黄龙、若尔盖大草原、黄河九曲第一湾、达古冰山、四姑娘山、松坪沟、毕棚沟等自然风景名胜区声名远播，来阿坝州旅游的客人逐年增多，经济收入一年比一年高，老百姓的日子过得越来越红火。

10年来，许义一直在汶马高速路段奔波工作，这条线上也有很多绝美的风景。那天我问过许义："你觉得汶马高速路段最美的风景在哪里？你都去看过吗？"小伙子轻声告诉我："听说理县毕棚沟的风光很好，可惜没有时间去看，前些年孩子妈妈说想带儿子去毕棚沟玩玩，结果一直没有腾出时间。我老爸老妈也想进州里看看，我却也没时间满足老人家的心愿。明年吧，明年一定找个时间带着老人孩子来看看，那时高速路也全程畅通了，有纪念意义。"许义虽是轻描淡写地给我说起没去过的原因，但是从他脸上我还是看出了愧疚的神情。我有点卖弄地和许义聊开来，谈到了东方古堡桃坪羌寨、云端上的萝卜寨、卓克基官寨的风雨历史、极具藏族特色的西索民居、松岗直波碉群、神圣的昌列寺、与欧洲西部相似的大藏风光、山脊上的街市——天街等等。这些美丽的地方都位于许义工作的汶马高速地区，可是他几乎都没有去过。

　　一瞬间我都有些无语了，我理解许义作为一个普通汶马高速筑路人的无奈，也理解他身上的担当与责任。谁不想利用节假日带着老婆孩子度假旅游呢？何况景区就在自己天天工作的地方啊！我自告奋勇地说："下次你家人来马尔康了，我可以给他们当导游。"

　　陪家人去看风景，对于很多人来说是一件小事，可是对于常年日夜奋战在高速路段上的人来说，却是可望而不可及的事。有的人幸福来得很容易，有的人却要努力去追寻，许义就是如此。陪你去看风景，待到汶马高速完全畅通那一天，所有高速路段上飞奔的车辆就是筑路人内心最美的风景。

10 / 风雪夜归人

汶马高速公司海拔最高的管理处设在川西北高原上的阿坝州马尔康,属低纬度高海拔地区。这是一条穿梭在高山峡谷、地质条件复杂的高原高速通道,是四川境内的幸福"天路"。马尔康管理处管辖路段全长49千米,有7个隧道、29座桥梁,设有5个科室、4个收费站和2个服务区。全处现有职工170人,其中党员30人,处长叫罗祥均。

一、岁末的雪夜

这是岁末的最后一夜,酒刚刚温好,几碟小菜刚刚摆上桌,汶马高速马尔康东站驶出一辆巡逻维护车,车至桥头右转过桥行驶4000米后停在管理处的坝子里,这时刚好是晚上6点,高原上许久未落的雪花开始星星点点地飘下来。巡逻忙碌了一天,谢双跃与他的几名小队员准备小小地庆祝一下,喝上一杯驱寒的小酒迎接新年的到来。大家喝着酒,吃着花生米,下午巡逻后的寒意慢慢被驱散,一股暖意遍布全身。

这里是汶马高速马尔康管理处,紧邻卓克基小镇西边梭磨河旁。日历已翻到2021年12月31日,再过几个小时,新年就到了。小屋外风声似乎更大了些,由于职业习惯,谢双跃起身出来,暮色苍茫的夜,朦朦胧胧中仍然可见雪花飞下来，地面上已经铺了一层薄薄的雪。有雪飘来，这真是一个浪漫的夜晚。可是，身为路维队队长的谢双跃此刻心一下子紧张起来：明天元旦节，怎么保证大家伙的出行？

心中的集结号一吹响，谢双跃马上通知路维队队员杨宇骞、袁伯乐、班玛尼麦和匡玉长准备车辆和工具出发巡逻。晚上6点开始飘雪，到7点半地上已经铺了一层薄雪，为防患于未然，大家准备好融雪剂、巡逻车辆等器具，都做好了通宵不睡觉的准备。果然，从31日傍晚到元旦节的清晨，小分队在尽头寨与马尔康站之间来回巡逻5趟，铺洒融雪剂5次，才保证责任段的高速路面没被积雪困扰。

新年第一天，当高原金灿灿的阳光洒在大地上，把山川道路照得透亮，恰似高原儿女回家的好心情，昨夜与风雪抗争铲除安全隐患的巡逻队员们才刚刚进入梦乡。

二、风雪小分队

这是一支活跃在汶马高速公路上尽头寨站到马尔康东站的小分队，是一支道路维护小分队，是一支无论严寒酷暑、风雪交加都奔跑在汶马高速路上的小分队，队长叫谢双跃。

谢双跃说他很希望把路维小队带成一个具有"注重团队力量、体现尖刀精神"的队伍。一听到"尖刀"一词，我赶紧问他是不是当过兵，谢双跃说他从2016年起在辽宁当了3年兵，退伍后就来到了汶马高速马尔康管理处。

谢双跃想把部队上学来的东西运用在高速公路路维管理工作中，这一招到底管不管用，只有实践了才能证明，毕竟路都是走出来的。他的第一招就是凡是新招进的职工，都得接受岗前培训。对每一位新进的队员，谢双跃都会要求其接受为期约半个月的集中训练，内容包括军事队列训练、业务技能的理论知识学习、实操训练。小分队的交接班仪式也是部队作风，谢双跃要求队员交接班前必须按规范整理内务卫生，进行列队交接、组织队列和交通指挥手势训练、岗前安全教育等。整个过程由稽查队、队长、内业按要求进行监督检查。每个新队员必须遵守的各种规章制度、必须掌握的各项工作技能等，负责教学训练的老队员都必须讲清楚、教明白。新老队员之间必须团结协作，相互学习，取长补短。

"都说强将手下无弱兵，冬管工作是一年里最苦最难的事儿，能谈谈你们具体是怎么做的吗？"

"每个地域的'冬管'工作实情不尽相同，要结合辖段极端恶劣气候、桥隧比极高等特点，不断总结、完善，形成一套高效、实用、降成本的防冰除雪方法。"

要让出行人在汶马高速路上安全行驶，平安到家，这是每一个汶马高速路人心中的愿景。

汶马高速马尔康管理处管辖范围是尽头寨左收费站起点至马尔康东收费站，负责高速收费管理、稽查监控、道路养护、路产管护、服务区等营运管理工作。

谢双跃和他的小分队伙伴们经常在出现险情的时候出现在汶马高速公路上，不论白天黑夜，只要路面出现冰雪，总能见到他们的身影。自汶马高速运营以来，在马尔康管理处负责的辖区路段从未发生过一起因冰雪天气所致的源头性安全责任事故及交通事故，这与路维小分队尽职敬业的辛劳付出分不开。

在那些除雪的日子里，价格不低的融雪剂可以行之有效地保护高速路上车辆的行驶安全。"降本增效"也是在考验路维队工作人员的业务能力，需要他们思考如何把研判降雪量精细到小时、积雪厚度精细到厘米、气候细节精细到有无结霜起露等各个方面，在正确的判断下适时实施"防冰除雪"，使机具设备、人员、物资的投入大幅减少，特别是融雪剂的使用量。他们做得很好，融雪剂2019年用量为123吨，2020年用量为70吨，2021年用量更少。

谢双跃和他的伙伴们跟我谈起这些工作细节的时候如数家珍，没有一个小队员有一丁点的抱怨情绪，他们很乐观，对工作也充满热爱。

每一次我从马尔康回成都，从尽头寨边疾驰而过，都能看到那个小小的站点静静地矗立在高山峡谷间。这里海拔3200米，是汶马高速路段的海拔制高点，也是冬季最寒冷的地方，气温可达零下十几摄氏度。站点刚刚投入使用初期，生活设施还未完善，尽头寨的一线工作人员吃尽了苦头。那时没有食堂，值班人员自带干粮充饥；不能洗热水澡，只能忍耐到回家；冬天洗头时头发都会结冰。春节期间需要临时设卡点，遇到没有工具的特殊时刻，他们就找来木棍、钢条、石块等填满隔离墩，以确保安全。

说了很多路维小分队的事儿后，谢双跃说很感激大家伙儿能够那么团结，齐心协力地干着最苦最累的活儿。特别是2020年6月16日夜晚那次泥石流事件，他现在都还记忆犹新。

6月的雨季降水充沛，马尔康连续几天下雨后，16日夜晚突发泥石流灾害，大量泥石流冲入整个高速公路，道路被阻断。当路维小分队赶到现场时发现受困的车辆被吞没了大半个车身，情况十分危急。即便是6月，高原上夜晚的气温也是很低的，冷得让人打寒战。谢双跃顾不上自身安危，第一个直接跳进冰冷刺骨的淤泥中，整个四肢没入车辆底盘位置，来回摸索连接拖车钢绳。小分队队员们经过2个小时的共同奋战，成功救援出被困车辆及人员，以最快的速度挽回了司乘人员的损失。谢双跃说："那时候感觉时间过得很慢很慢。"

谢双跃跟我聊起这些话题的时候，表情很刚毅，有那种军人身上特有的风骨。

时间最能磨练和考验一个人的意志，也最能验证"路遥知马力"的真理。在1000多个日日夜夜的巡逻奔跑中，他们经历了各种情况复杂的抢险救援事件，谢双跃带领的路维小分队已经成为一支"特别能吃苦、特别能战斗、特别能奉献"的队伍。这支半军事化管理下的"风雪小分队"活跃在汶马高速的道路上，成了为过往车辆保驾护航的最值得敬佩的、最可爱的人。

三、巾帼不让须眉

汶马高速是一条天路，一条通往阿坝州州府马尔康的山区高速通道，也是从川西北高原到成都平原的一条最快捷通道。在这条道路的站点上，无论外勤还是内勤，大部分职工都以男性为主，女性占的比例较少，但是她们也是岗位能手，工作拼起来也让男同胞刮目相看，心生敬意。

"路姐团队"的故事深深打动了我。路姐团队成立于2019年6月，由10名优秀的青年女子组成，队长叫卓玛机。2020年，蜀道集团藏高汶马公司收费班班长卓玛机荣获第七届"最美中国路姐"称号。2020年以来，"最美路姐班组"确定了以卓玛机为主，以"1+9"的导师带徒形式，从业务技能、优质服务到排堵保畅、安全管理等方面全面加强培训，拟将班组培养成一支思想过硬、品格过硬、业务过硬、作风过硬的团队。这个团队被称为最美团队，团队里的成员被称为高速路上的"最美高速人"。

卓玛机、李洪颖、马韦等都是汶马高速公司的优秀青年职工。

罗祥均处长是大家既敬佩又畏惧的领导，他对下属职工非常严厉又关怀备至。这个将处长、工会主席、"青工妇"的工作一肩挑的老大，在青年女职工思想波动、情绪低落时，也会苦口婆心地对其进行心理疏导并给予暖心的关怀。罗祥均谈起小丫头李洪颖，后来还把她带来与我见面交流。李洪颖的老家在大渡河畔的金川县，这丫头工作很刻苦认真，全单位忙起来的时候她也不休假，连续作战，半年才回家一次。去年由于家里的爷爷和外公都患了重病，但工作丢不下，回不了家，加之工作压力大，她经常郁郁寡欢，独自落泪。经过领导的沟通关心，她终于战胜自我，出色地完成了任务，人也开朗乐观起来，把工作做得有声有色。

别看李洪颖小小年纪，今年刚满26岁，她却是马尔康东收费站收费班班长，已经是具有3年工作经验的汶马高速老员工了。2021年是她参加工作以来工作负担和心理负担最重的一年，也是她取得优异成绩的一年。

"你那么年轻，已经正式成为一名入党积极分子了，还积极加入'路姐团队'，你的初心是什么？最大的愿望是什么？"

"我很珍惜这份工作，希望自己在工作上积极进取、努力拼搏，不辜负大家的信任，成为别人的榜样，成为能够独当一面的人。我想成为站长的小助手，成为同事的知心人。我还年轻，相信自己会克服当前的所有困难，快速成长。我还想让马尔康东收费站越来越好，我要扎根汶马，实现自己的价值。我越努力，可能就越会给周边同事带来工作的动力，她们也会跟着一起努力向前。"

从李洪颖朴实的话语里，我看到了年轻人的热情与希望，正如目睹冉冉升起的朝阳。

马韦是松潘人，29岁，是汶马高速公司理县管理处路维队的"铁娘子"。这位高挑的美女可有些来头，她是一名济南军区的退伍军人，2014年调到北京某陆海空三军仪仗队，服役2年期间她完成国家首次烈士纪念日献花、反法西斯70周年纪念活动等重大仪仗司仪任务20余起，并远赴俄罗斯参加第八届斯帕斯卡亚塔楼军乐节。退伍回到家乡后她被招入汶马公司理县米亚罗中队。这位集鲜花和掌声于一身的退伍女兵，很快就转换了人生角色，适应了艰苦的高原环境，在路维中队里把工作干得"杠杠的"。她为了工作推掉中国人民解放军建军70周年大阅兵集训；为了工作2次推迟婚期，如今有情人终成眷属；她不以过去为荣，努力与队员们同呼吸共奋斗，成了大伙儿口中的"马哥"。

"小韦，每个人的一生都有高光时刻，从北京回到我们川西北高原上的小镇工作，你心中有没有微小的落差，或者说你是怎样对待今天这份工作的？"

"我很珍惜现在这份工作，只想干一行，爱一行，专一行，精一行。我甘当一颗永不生锈的螺丝钉，我相信只要克服浮躁情绪，立足本职，脚踏实地，一步一个脚印地朝着奋斗目标前进，就一定能够实现自己心中的梦想。"

与小韦聊天结束后，我沿着梭磨河散步，望见远处隐隐约约的汶马高速公路，仿佛觉得高原的阳光更灿烂，天空更高远，我们的生活更有希望了。

四、尾声

汶马高速路上，在冰天雪地里拼搏工作的人还有很多，在风雪交加的昼夜忘我工作的经历许多人都有，不单单只有我熟悉的谢双跃、罗祥均、于科、赵海林、杨伍迎冬、杨宇骞、银凡、李洪颖、卓玛机、马韦、卓嘎斯基……他们都是一群风雪夜归人，也是一群在汶马高速路上顶着风寒为破除安全隐患而奔跑的人，更是一群默默付出，无私地守护我们平安快乐的人。

11 夕阳余晖映草原

红原县位于四川省阿坝藏族羌族自治州，地处青藏高原东部、四川省西北部。红原县下辖六镇四乡，总面积为8400平方千米，六镇包括邛溪镇、刷经寺镇、安曲镇、瓦切镇、龙日镇、色地镇，四乡包括麦洼乡、阿木乡、江茸乡和查尔玛乡，全县包括33个行政村。目前红原县常住人口不足5万人。1960年，周恩来总理为红原县命名，意为红军长征走过的大草原。尕嘎教练、甲洛老师和八宝社长都是地地道道的土生土长的红原人，在数十年的工作阅历中，见证了红原县民间艺术、文化教育和乡村振兴路上集体经济的发展变化，并以满腔的热情参与其中，为红原县的发展做出了自己的贡献。

草原落日，温暖的余晖洒向渐绿的草地，远处绵延起伏的群山若隐若现，而近处蜿蜒流淌的河流，像一条金色的哈达铺在草地上。天似穹庐，笼盖四野，那些黑帐篷近处或远处的草地上，有数不清的肥壮的牛羊漫步其间，这里是它们流动的家，也是游牧主人流动的家。

我都不记得来过红原多少次了，前几次的到来都是因为"精准扶贫"脱贫验收工作。这一次是来走访几位红原草原上已经退休的老人，在退休不离岗的日子里，他们倾尽全力，像一支支蜡烛在各自的岗位上发热发光，照亮更多人前行的路。

"莫道桑榆晚，为霞尚满天"，有的老人把默默奉献当成人生的乐趣，把老有所为当成另一种精神境界的追求。

一、尕嘎教练

一位一身藏青色衣装、佝偻着背的老人慢步走进小房间后安静地坐在木质沙发上。老人年龄和我父亲差不多,精气神还不错,出现在我面前的时候,我还是感到有些意外。卓玛说尕嘎老师76岁了,他是红原芒卓甲扎民间马术队的总教练、从红原县文体局退休的老干部,也是阿坝州非物质文化遗产的传承人,更是脱贫攻坚道上的引路人。

马背文化源于古老的游牧社会,作为体现马背文化核心的马术运动,是古老的藏民族在长期的生产实践中形成的一项具有鲜明游牧民族特色和悠久历史的、深受广大游牧民族喜爱的文化体育运动。早在1300多年前的吐蕃时代,藏族地区就广泛开展赛马、马术等文化体育活动。赛马场上那"骏马腾起似旋风,一声长嘶破碧空"的壮观场面让多少人热血沸腾,赞叹不已。

尕嘎从小从上辈家人那里得到民间马术技术的真传,1985年,他精心策划并组建了红原县第一支民间马术队"芒卓甲扎"(藏语)。刚刚建立的马术队人单力薄,只有5个人、5匹马,35年后的今天马术队也只有16人、24匹马,可这也是四川省甚至全国的第一支民间马术队。这支小小的民间队伍在尕嘎教练的带领下南征北战,代表阿坝州和四川省参加了全国各届少数民族传统体育运动会,并且屡屡获奖。

红原县民间马术活动可以追溯到100多年前,草原上的游牧民族被称为马背上的民族,这项被藏区少数民族热爱的竞技活动随着传承人的逐渐减少,慢慢开始失传。尕嘎教练从青年到老年,从未离开过他的马术队。

几十年来,尕嘎教练严格按照马术运动的规定传授专业技能,包括如何调教马匹,上马动作、下马动作的规范标准,怎样在飞奔的马背上表演高难、惊险、优美、巧妙的动作训练等等。红原民间马术队现在已经形成36套具有藏民族传统特色的马术表演项目,其中"致礼献花""飞马跃鞍""燕子探海""双鹰展翅""飞马拾哈达"等高难度高技巧项目引人注目,成为马术运动赛场上亮丽的风景。这么多年过去了,为了不让民间马术运动失传,培养后人、传承技艺是尕嘎肩上的重任。我问起老人的得意门生有哪些时,老人如数家珍地说出一串名字，其中彭措、达巴和王平安是尕嘎教练认为最优秀的。

尕嘎老人在我面前打开了话匣子，也不拘束，问什么答什么。问到这些年来马术队的生存问题时，尕嘎老人说每年政府要补助马术队一些专项资金，同时马术队每次外出表演参赛都是有酬劳的，特别是受邀去参加马术运动表演，有时出场费有6万元之多。为此，作为总教练的尕嘎老人不会放弃每一次外出演出的机会。马术队的队员大多数来自牧区贫穷的牧民人家，在队里还是有一定的额外收入，队员家里收入增多了，慢慢就会摆脱贫困。谈到自己的马术队不仅仅是在传承民间马背文化，还在脱贫攻坚的路上贡献了一分力量，尕嘎老人觉得自己的努力没有白费，倍感欣慰。

谈到红原马术队取得全国第五届、第六届、第七届和第八届民运会的优秀成绩时，老人很淡定，他觉得那些金牌、银牌和铜牌都是过往，只能代表过去的成绩，马术队怎样更好地发展传承下去才是老人最操心的事儿。

"目前你最大的心愿是什么？"

"希望政府划给我们一块训练场地，一块300亩左右的草场空地就好了。现在我们马术队是在阿木乡租了一块草场搞训练。"

刚好红原县委组织部分管老年协会的领导也在场，他表示要尽最大努力帮助马术队解决问题，我们都希望老人的心愿能顺利实现。

时光过往，弹指一挥间，那些在马背上奔腾的岁月让尕嘎老人永生难忘，有鲜花有掌声，有得到有失去。2013年那个夏天成了尕嘎教练心中永远过不去的坎，那年尕嘎教练带领红原马术队赴温江参加马术比赛，赴赛途中发生车祸，作为马术队优秀队员的他的三儿子不幸遇难。回想起三儿子12岁起就跟着自己在马术队艰苦训练的点点滴滴，回想起三儿子跟随自己在马术队南征北战的往事，尕嘎心中的痛像一块石头压在心底。今天的马术队新老交替的马背文化艺术传承发展良好，芒卓甲扎队员在脱贫路上也得到了最大的实惠。

与老人挥手作别，残阳如血的草原异常美丽，尕嘎老人步履蹒跚的背影渐渐消失在我模糊的视线里……

二、甲洛老师

一座小小的普通藏式院子坐落在红原县县城边的草原上。屋子里干净整洁，客厅的电视柜旁挂着一面小小的红旗。一位藏族老人每天早出晚归地在这里进进出出，这里就是红原县中学退休教师甲洛的家。

我见到甲洛老师的时候刚好是正午，我们一边喝着奶茶一边轻松地聊天。甲洛老师今年68岁，从红原县藏文中学退休快15年了。这15年以来，甲洛老师一直走在教育扶贫的路上。

回首退休下来的日子，甲洛老师特别有感慨，他觉得很充实、很有意义是因为自己根本没有闲下来过。甲洛作为从教几十年的优秀藏文老师，非常懂得藏区学生的心理特点、生活习性和学习状况。由于他优秀的管理能力、教育辅导能力和藏汉双语沟通能力，退休后，红原县人民政府特聘请他担任政府督学和国家政策宣讲员。

"扶贫先扶智""知识改变命运"，甲洛老师深知教育脱贫的关键所在。"牧区孩子对学习知识的渴望不是很强。大多数学生很贪玩，也比较自由随性，有些娃娃宁愿放牛也不想进学校读书。"甲洛老师不顾年事已高，经常穿梭在红原县各个中小学校调查了解情况，时时观察学生的动态，发现思想上有问题的学生，就及时开导、教育，使想辍学的孩子打消念头，他还在民族团结等方面对师生进行了大量的宣讲教育。甲洛老师汉语藏语都讲得很好，也喜欢和学生们做无话不说的知心朋友，在学习上、生活上都努力帮孩子们解决实际困难。学生和家长都特别喜欢和尊重甲洛老师。教育扶贫几十年过去了，他教过的学生遍布阿坝州各地，红原县各机关单位也有很多职工都是甲洛老师的学生，真可谓"桃李满天下"。

牧区牧民常年生活在辽阔寂寥的草原上，对外面的世界接触比较少，思想单纯善良，对国家的方针政策有时不能完全理解到位。甲洛老师与其他宣讲员一起，不论雪天雨天经常下乡下村给牧民宣讲国家法律法规、方针政策。特别是国家实行精准扶贫政策以来，老百姓得到了许多实惠。在脱贫攻坚的路上，甲洛老师不辞辛劳、风雨无阻地奉献着一个老教师的光和热。

寥寥数语怎能概括一个老教师一生的默默坚守？在红原县，还有很多像甲洛老师一样活跃在教育路上、扶贫路上的老干部们，他们像星星一样闪烁在夜空，照亮草原深处牛奶飘香的牧场人家。

三、尚穷老师

红原的夏天是缤纷的，这是草原上最美的季节。24摄氏度的舒服气温使这里成为人们喜欢的避暑天堂。

夜幕下的红原彩霞满天，晚风拂过，一阵阵凉意袭来，清爽无比。

我和尚穷老师坐在家园酒店一楼的茶坐卡包里，几乎没有其他客人，两杯清茶氤氲着缕缕芳香，灯光柔和，时光仿佛特别静谧。尚穷老师和我是马尔康民族师范学校的校友，严格地说我们算同学，她是1987级1班的，我是2班的。这次见面居然是我们30多年后的初次重逢，什么都没有变，变的是岁月在我们额头上深埋的皱纹，尚穷老师唯一和我不一样的就是她脸上多了一抹高原红，这是高原上的紫外线给她留下的印记。

1990年师范校毕业，尚穷就被分配到红原县安曲牧场小学当了"孩子王"，这一干就是4年。随后她被调到安曲乡中心校干了5年。9年过后，尚穷老师凭借自己优秀的教学经验被调到离县城很近的龙让乡中心校教书，也就是今天的邛溪镇小学，在这里，尚穷老师干了23年。30多年过去了，曾经年轻漂亮的尚穷老师青丝中已掺杂了些许白发，她的学生长大后有的当了老师，有的在当地各部门工作，也有的已经如小鸟一样飞出了草原。

"牧区孩子以前不怎么喜欢读书，现在这种现象有改观了吗？"

"是的，我娃娃刚出来在牧场小学教书时，经常要去牧民家里动员娃娃来读书，那时候家长也觉得娃娃读书不如在家放牛。现在不一样了，读书又不花钱，吃住在学校，又有老师管着，家长都愿意让孩子上学。"

尚穷老师关心学生，就像爱自己的孩子一样。

1999年，尚穷老师已经教了9年书，也算是年轻教师中的中坚力量了，刚调到邛溪小学就担任班主任。班里当时有个来自瓦切的男学生叫仁真旦巴，由于家里穷，一直没有上学，后来乡上要求学龄儿童必须进学校读书，仁真旦巴进入学校的第一天都12岁了,正常读书的孩子这个年龄都快小学毕业了。这个娃娃读书启蒙这么晚,一些不良习惯已经养成,教育起来得多花工夫,尚穷老师心里十分明白。尚穷老师先了解到他迟迟不读书的原因,原来这个娃娃的家庭特别困难,阿爸阿妈在牧场上帮别人放牧挣钱养家糊口,阿爸曾经做生意亏了大本,家里的钱财基本赔光了,屋里有六个娃娃嗷嗷待哺,仁真旦巴在家里排行老二,得带弟弟妹妹,就没有上学。尚穷老师知道了仁真旦巴家里的特殊情况,对这个娃娃就多了一份特别的照顾,不但每年帮他把学费付了,生活上也给予他更多的优待。后来通过尚穷老师的努力争取,仁真旦巴获得了红十字会助学资金补助,顺利读完了小学。尚穷老师送走了一个18岁的小学毕业生,感慨中更有些许欣慰。此后,尚穷老师的教书生活按部就班地继续,仁真旦巴似乎慢慢淡出了她的视野。几年后的一天,在红原大街上,尚穷老师碰见了仁真旦巴,得知他本已经做了上门女婿,倒插门进了女方家里,可是女方的父母觉得他没啥本事,有点不待见他,最终让他回了家,婚事也取消了。尚穷老师知道后,苦口婆心地给仁真旦巴做思想工作,劝他找事做、找活干,自食其力,随后经常打电话关心他,鼓励他努力工作,好好生活。去年尚穷老师又碰见了仁真旦巴,他高兴地告诉老师自己又要结婚了。尚穷老师后来得知当年学生把她的话听进了心里,起早贪黑做起了贩卖牛的小生意,慢慢地日子走上正道,家里由最初的几头牛发展到几十头,有了稳定的收入,加上牧区对个人还有草原补贴、最低生活补贴、集体经济等等,随着乡村振兴政策的实施,仁真旦巴的生活过得一天比一天好。尚穷老师心头的一块石头终于落了地。

我们的茶水喝得很慢,尚穷老师说话也很慢,好多从教几十年的酸甜苦辣已经在岁月的长河里慢慢流逝,她觉得这些都是作为一位普通教师应该经历的。我也教了20多年的书,我想我们是彼此理解的。

席慕蓉说过:"就因为每一朵花只能开一次……它们是那样慎重和认真地迎接着唯一的春天。"每一位学生都是一朵花,而每一位老师就是他们生命中为数不多但有幸见证每一次花开瞬间的人,尚穷老师就是在红原草原上默默见证了无数学生花开结果的人。在红原,还有无数个像尚穷老师一样值得人们尊敬的园丁。

四、八宝社长

八宝老人精神矍铄地出现在我们面前，他高挑的身材并不显单薄，黑红的脸上露出可亲的笑容。

八宝是红原草原上土生土长的牧民汉子，年轻时他是草原上能骑善射的能人，当过村支部书记，后来被牧民选为副乡长，还当过县扶贫移民局三资办主任。2014年退休后，八宝一直在为村集体经济的发展想方设法找路子，他觉得自己身上有使不完的劲儿，闲下来不做事就浑身不自在。

草原有多宽，八宝的心就有多宽。2016年，红原县42家专合组织即将成立更攀合作社，59岁的八宝以"急先锋"的姿态自我推荐成了更攀合作社社长。此后，信心百倍的八宝精神抖擞地投入到合作社烦琐辛劳的工作中。

合作社起步初期，八宝的工作是起早摸黑对42家组织的运营现状进行摸底。俗话说将军不打无准备之仗，经过一个月的摸底调查，合作社的基本情况他已经掌握于心中。八宝做的第一件事是集资垫资，解决合作社基地建设问题。在八宝全家人的模范带头作用下，全村人积极响应，2017年总社基地顺利落成。他做的第二件事是竭尽全力与内地企业签订协议。个人的力量是有限的，轻伤不下火线的八宝凭着一股韧劲儿，在与相关部门负责人的通力协作下，顺利与17家企业签订了协议。他做的第三件事是培训岗位技术人员。2017年，总社历时1个月培训出100多位一线生产工人，为初期的生产提供了及时的保障。

更攀合作社作为红原县重点民生工程，政府的决策与投入都是至关重要的。在这项惠民利民的重大民生工程中，八宝作为退休干部在发挥老年人余热的过程中，克服种种困难，成为一名优秀的产业壮大"引领员"。

我们的聊天很顺畅，八宝老人的汉话说得很流利。一谈起更攀合作社，老人的话语滔滔不绝。

百闻不如一见，我说去合作社看看吧。

大伙儿在八宝社长的带领下来到总社，占地74亩的更攀合作社宽敞气派，厂房林立，一眼望去，红原县电子商务中心的招牌特别醒目。更攀合作社在浙江省和绵阳市的共同帮助下,研发出了适合高原气候的各类产品。我们走进电子商务中心体验馆内参观,室内各类食品、乳类化妆品、工艺品、手工艺品等应有尽有,琳琅满目的各种产品规范整齐地摆放在货架上。最让我感兴趣的是云尚日化生产的所有产品——手霜、精华霜、面霜、唇膏。这些产品的原材料均是以牦牛乳为主,可以夸张地说,这是能吃的化妆品。八宝和合作社总经理罗布让还带领我们一行人参观了装配先进的现代化厂房。

八宝社长说:"我很乐意在社里面工作,这样才觉得自己还有用,更攀合作社有今天的规模和成绩让我很开心。"我问八宝社长:"合作社作为牧民自己的股份制企业,分红情况咋样?""从2017年开始,有1364户5000多人参与进来,已经连续3年分红了,人均分红190元,还解决了46人的就业问题。以后分红只能增加,不能减少。"八宝社长对自己手头的工作情况烂熟于心,对更攀合作社未来的发展前景更是充满了信心。

傍晚告别的时候,草原上有微风,被夕阳燃遍的天空绚烂无比,我耳旁仿佛响起歌唱家杨洪基浑厚的男中音:"最美不过夕阳红……"

12 / 阿波的草原

草原上的阳光随风摇荡,辽阔天地间格外祥和。

这些年去草地大多是工作使然,这次也不例外。壤嘎夺玛村是红原草原上一个普通的藏族村落,我的帮扶联系户阿波就住在这个村子里。

每次进村,最先迎接我的是村头草地上低头甩尾的几头牦牛,然后就会看见乡政府院坝里偶尔出没的乡上工作人员的身影。小小的村庄坐落在辽阔的草原上。村庄是宁静的,三三两两的村人一晃而过。阿波就住在壤嘎卓玛村最靠边的村子里。

阿波50岁出头,他家里的牦牛常年放牧在远牧场上,他也与牦牛长期生活在一起。牦牛是他家的全部,他和阿妈的吃喝拉撒等所有开支都在牦牛身上。这是草原上大多数牧民的生活模式,而条件好的人家,年轻人读了书有文化以后,大多数不会选择放牧,而是留在红原城工作,或者到外地打工挣钱。阿波的阿妈就只有他一个儿子,这么多年来她一个人把孩子拖大,家里没有其他亲人,也就没有帮手,牦牛数量也不多,换来的钱勉勉强强能糊口,能拖大孩子都不错。现在阿波家里与他相依为命的就是80多岁的老阿妈,为了照顾年迈的母亲,阿波两头跑,隔一段时间就会把新鲜的奶渣、酥油、牛奶背回壤嘎夺玛村,还会把大米、白面、糌粑和菜籽油给阿妈准备好。我每次去他家,屋子里都很凌乱,铁皮火炉上、熬马茶的茶壶上都有黑黑的油腻的污垢,阿妈年岁大了,也没有精力收拾屋子。有一次我对同行的村干部说:"阿波到远牧场放牧去了,老阿妈一个人不怎么方便,可以派点年轻的志愿者过来打扫打扫卫生嘛。"

"一般隔一段时间会有人来帮忙打扫,但有时候忙起来就没有顾上,以后我们要把工作做细点、做好点。阿波家确实比较特殊,我们要多关心帮助一下。"

那天我去的时候,阳光很热烈。推开阿波家院坝的木栅门,院坝里平整的地面上长满了青草,通往正门的空地上被踩出了一条露出碎石子的不规则的小路。院子有些空旷,一个自来水管子孤零零地立在院坝的草丛里,我走上去拧了一圈,一股清亮亮的井水哗哗流出。我问村主任是不是家家户户都接通了自来水,村主任说:"这是近年来草原上牧民家家户户水管都必须畅通的民生小工程,是政府出钱给老百姓做的好事。以前自来水没有通到家家户户的时候,牧民们都从自己打的井取水吃,自从政府实施了自来水民生工程后,生活方便多了,煮饭洗衣都不缺水了,老百姓非常满意。"

阿波和老阿妈坐在门口晒太阳。草原上四个季节都比较寒冷,即便是夏季,也并不炎热,老年人也是穿得密不透风的样子。因为冷,他们都喜欢晒太阳,所以几乎每个人脸上都会有两团高原阳光直晒后的红色,那不是胭脂的红,我们叫它"高原红"。

见我们来了,阿波不急不慢地招呼我们进屋子。房子低矮却很通透,四周都被太阳包围着,草原上牧民家的房子大多是宽阔的,屋子有四五间,够他娘俩居住。阿波虽然只有50多岁,由于常年在远牧场放牧,黑红的脸上明显露出了岁月的痕迹。不知什么原因身强力壮的阿波至今仍是单身,我不好问也不便问,有些秘密就让它埋葬在草原上吧。每次去阿波家,除了带点米面去看他的生活状态,更多的时候是和他聊天沟通,听听他有些啥要求,了解他家的困难,看能不能给予点帮助。上次去的时候就发现沙发上、铁炉上、桌子上都有油腻的灰尘,家什摆放有些凌乱,一个缺了女主人的家这样也是情有可原吧。

我走过去和阿波聊天,我说:"咱们草原上阳光很好是吧?"他说:"是的。"我说:"现在我们家家户户的自来水都通到院坝里了是吧?"他说:"是的。"我说:"有这么好的阳光、这么好的水,洗衣机也有了,那么洗沙发垫子啦,洗衣服啦,是不是就很方便了?"阿波说:"是的。"我说:"把茶壶、碗筷洗干净,然后整齐地放在柜子里,这样是不是挺好啊?"我们轻言细语地聊着,阿波也听出来了我的意思,他脸上露出了羞怯的神情,我甚至看见他额头上冒出了细细的汗珠,脸也微微红。"好的好的,卡卓卡卓,晓得了。"我们脸上都露出了会心的笑容。后来当地的女人告诉我,在牧区,男人的大男子主义是非常严重的,每个家庭里所有的家务活都是女人干,甚至有的家里连放牧的活也是女人在干。但是现在人们的观念发生了变化,大男子主义的现象也有所好转,男人也开始主动承担家庭责任。

冬天的草原有着油画般的质感,美景让人震撼。

我和阿波在太阳底下继续聊天:"冬季的时候,这里的气候酷寒,你们出去转山也好,放牧也好,熬煮马茶的时候一定要特别小心,小心柴火的火星、牛粪的火星溅到地上。冬天非常干燥,白天阳光炽热,一旦有火星迸溅到草地上,很容易会引起草原火灾。"阿波听懂了我的担忧,嘴里不停地说着"哦呀、哦呀",不住地点头答应。这些年,草原上的消防卫士、环保卫士在草原防火方面做了各种艰辛的努力与付出,甚至有人牺牲在这条路上,这是人与自然的博弈,我们在寻求一条绿色的道路。

草原的阳光特别灿烂,这是川西高原对草原牧民的慷慨馈赠。在这辽阔的草原上,阳光是富有的,高原红是永不没落的色彩。阿波年近古稀的老阿妈一如既往地坐在门边晒太阳,她花白的头发在阳光的照射下显得更加稀疏,老人不说话,最多就点点头算是打个招呼,有一种处事不惊看淡草原风云的淡定。老人神情安详地坐在阳光里,手里拿着佛珠,一颗一颗地拨动,嘴里发出轻微的念经声。我虽然听不懂,但是从她虔诚的表情可以看出她内心的虔诚向往。岁月在老阿妈的额头上留下了很深的沟沟壑壑,阳光在她脸上镀上一层金色的光芒。

阿波与老阿妈相依为命,这在草原上也不算是一个特别特殊的家庭,比他家更困难的住户也还有。精准扶贫的任务下达之后,阿波家发生了变化。首先是政府解决了他们的低保问题,然后有什么好的政策补贴都会按时发放给他们,他们在远牧场放牧牦牛也有一定的收入。这样年复一年的日子,阿波和他的老阿妈就在草原充裕的阳光下,在懒洋洋的时光里慢慢度过。他们并没有富足的生活,但是他们却把这样的日子过得很随性,有点小舒心、小满足。每到牧场上挖虫草、贝母的季节,也就到了他们开挖中草药挣钱的大好季节,这一笔额外的好收入也让他们更加满足。

我问村主任牧民每年挖虫草、贝母等中药材的收入怎么样，村主任说："运气好的家里，挖得多卖得多，多的有十几万元的收入，少的也有几千元到几万元不等，总之还算不错吧。"

阿波说今年夏季挖虫草收入还是不错的，说完他脸上露出了舒心的笑容。我说除了放牧，还是多陪陪老阿妈吧，阿波点头答应了。我说要说到做到哦，阿波更认真地点了点头。

在草原上，牧民的收入来自自家的牛羊，来自夏季草原上的中药材，也有一部分来自国家政策的各种帮扶，比如最低生活保障金、草原草补资金、光伏补贴、公益性工作岗位的补贴等等，其他再无别的收入。草原上淳朴善良的牧民对物质生活的追求不是那么强烈，他们的世界里有吃有喝的日子就是幸福和快乐的了。村主任还告诉我，阿波还是读了书的，读了县上的藏文中学，他还会写藏文，写得挺不错的。突然想起，那次在明白卡上签字时他是用藏文签下自己的名字的。虽然阿波没有娶妻生子，一生只陪自己的阿妈度过草原的风雨，即便这样，长冬无夏的日子里，阿波也觉得是充满暖意的。

又到了一年一度的红原音乐季。

草原上的各种赛会开始紧锣密鼓地举行，什么赛马会、民歌山歌大赛，各路明星纷纷来到红原献艺献唱。

这个夏天，音乐点燃了红原草原的热情，雅克音乐节已经掀开了序幕。阿波家离音乐节现场还有数十千米的距离，他可能会去现场看看，也可能会留在壤嘎夺玛村的家里陪老阿妈。去和不去都不重要，重要的是对于阿波来说，那里已是狂欢的草原，那里已是欢乐的海洋。

13 / 哈休的春天

山里的春天来得晚，5月才能到植物葳蕤、花朵盛开的季节。

茶堡河流域最美的季节到了，也到了杜鹃花漫山遍野开放的时候，从阿坝州州府马尔康出发沿着梭磨河一路南下到白湾拐了个弯儿，就来到了脚木足乡。这里被称为马尔康的粮仓，可见脚木足大地的宽阔与肥沃。因为修建双江口水利工程，脚木足乡境内的部分丰饶土地不久后将会被深深淹没在水底，一同消失的还有那些小巧秀美的村庄。从脚木足乡往大藏山沟里前行几十千米就来到沙尔宗乡，沙尔宗乡在20世纪80年代被称为马尔康的"小香港"，因为龙尔甲林业局的局本部设立在这里，计划经济时期的森林工业局由来自全国五湖四海的人员构成，最高峰时期该乡境内人口可达数万人，可见彼时的繁华与喧嚣。随着国家森工企业转产政策的落实，森工人员转入内地，人员骤减，乡村又恢复到往日的宁静。

这个阳光明媚的正午，我们又来到哈休了。

哈休是一个村庄的名字，紧邻沙尔宗乡。如今这个藏在大山深处的小村庄只有95户人家，328人，是名副其实的袖珍村落。

哈休的美丽来自村庄里沿河谷坐落在台地上的石头房子与它周围绵延的群山。那些用石头堆砌的藏式碉楼也叫克莎民居。哈休的声名远扬是因为考古人员在村子里发掘出埋藏在地下5000年的陶塑人面像、涂朱双孔石钺、穿孔凹背玉刀、陶小口尖底瓶等各类文物，这里也是四川地区发现最早的新石器时代遗址。遗址地处茶堡河北岸三级阶地之上，东西长约380米，南北宽约260米，总面积大约10万平方米。2006年3月，考古队开始在遗址中心北部的台地试掘，这一次试掘收获很大，让埋藏了几千年的石器、玉器、蚌器等文物重见天光，惊喜世人。

茶堡河从大藏高处蜿蜒流淌下来，流过哈休时突然安静下来。地势低平的河谷里河水都是温柔的，清澈的河流滋养着哈休的村庄。进村的铁索桥十分耐看，粗粗的白色麻绳像网一样缠绕在铁索上，温暖又安全。厚实的铁皮桥面光滑平整，走在上面会发出清脆的响声，像是迎宾的乐音。特别是桥头迎风而立的两只木鼓透出乡村特有的艺术气息。

阿尔莫克莎民居博物馆就位于哈休村的桥头，桥头河边有一棵树龄上百年的白杨树，高大葱茏，要五个人才能环抱。村民为了保护这棵古树，还修建了围台，一年四季都有三三两两的老人悠闲地坐在围台上。乡村振兴政策实施后，乡政府在这里修了观景台、休闲座椅、卫生间等，慕名而来的客人（主要指文人和建筑专家）越来越多。观看了阿尔莫克莎民居博物馆，再沿茶堡河逆流而上二十多里就到大藏了，那里有如欧洲风光般的景致和天地庙宇完美结合的景观。

博物馆门前的青石板院坝在明媚阳光的照射下显得格外明朗整洁。博物馆馆长叫三郎热单，是一个高高瘦瘦的藏族小伙子。阿尔莫克莎民居博物馆是他爷爷留传下来的老房子，老房子建有七层，全是用木块和石块垒砌而成，没有用一根铁钉和一丁点水泥。据三郎热单说，房子有八百多岁了，住过好几代人呢。这是沙尔宗乡哈休村最高大气派的建筑，房子最早的主人是当地声名显赫的地主。如今，岁月沧桑，传承到三郎热单这代房子已经非常古老了，它高傲地站立在哈休的天空下，跟周遭与时俱进的现代建筑同呼吸共命运，却又那么熠熠生辉。

沿窄窄的独木梯爬上二楼，石头房子独有的呈漏斗状的自然窗通风透光，即便不开灯，屋子里的事物也清晰可见。二楼房间四周摆满了收藏于此的各式老物什。其中最引人注目的是屋子正中央的一个旧式小木柜，一方红布铺在木柜上，木柜上端端正正放立着一座阿尔莫克莎民居博物馆模型。这栋碉楼模型是三郎热单的舅舅亲手做出来的，他舅舅是镇上有名的木匠，一双巧手做出了许多精美的家具用品。阿尔莫克莎民居模型是完全按照整个碉楼的格局样式缩小100倍制作而成的，不但样式毫无偏差，就连岁月留下的沧桑痕迹也与现实的阿尔莫克莎民居碉楼如出一辙。估计小碉楼模型内部一定也有数百年来留下的烟熏火燎的痕迹吧。

阿尔莫克莎民居博物馆一楼有两个房间，左边宽敞的屋子是农具展示馆，墙上挂有犁铧、板锄、薅锄、条锄、小挖挖锄头、镰刀、藤编背篓……右边的房间偏小，地上大大小小的箩筐、簸箕里盛满了青稞、蜀葵子和山核桃。

阿尔莫克莎民居四楼楼梯口左边第一间，是一个非常密闭的小房间，说它小是因为大概只有3平方米的面积。这个狭小私密的小房间以红柳树枝和牛皮为墙，是专门用于家中妇女生产的小房间，人们叫它"小产房"。这个"小"是名副其实的小，没有一丝夸张的表达。小产房外面的空间还比较宽敞，承重的木柱和楼板黢黑发亮，露出烟熏火燎的生活印记。

主人阿让（1954年出生）说，过去他的奶奶在这个房间里生了14个孩子，他的阿妈也在这个房间里生了14个孩子，他与妻子只生了2个孩子，妻子29岁就去世了。他十分怀念过去一大家子的热闹时光，那时佛堂僧房里还住着家里的喇嘛。时过境迁，如今就只有阿让和儿子三郎若丹生活在一起，而且都是住在旁边新式的二层楼房里。小产房里面四壁空空，只有一张类似产床的小小的平台，没有任何形式的窗，只有一道小小的门。在偏僻落后的大山区，在阿尔莫克莎民居的这栋老碉楼，它存在的价值与意义却超越了人世间众多富丽堂皇的建筑，因为它充满了温暖与期待。在这间小产房里，每个孩子呱呱坠地时，英雄般的母亲都会经历一场生死的考验。每当有孩子快要降临时，小产房外都会有众多僧人坐地诵经祈福。在神圣悠扬的诵经声里，在母亲的阵痛哭中，孩子哭着来到人世。一代代人生活在哈休的天空下，过着与世无争、清贫安静的日子。

三郎热单是一个30岁出头的小伙子，喜欢读书、摄影，他清瘦高挑，长得也俊朗，有一股文艺气质，是一个有想法、有追求的年轻人，在村子里显得与众不同。阿尔莫克莎民居博物馆就是在这个小伙子的多方努力下建立起来的。这栋高大威仪的碉楼在岁月的风雨中屹立了数百年，是目前保存较为完好的藏式石碉房，虽然早已没有人居住，但是它气派独特的建筑风格依旧吸引了众多慕名前来参观的客人。

2020年夏天，第二届阿来诗歌前夕，阿来回到故乡马尔康，与他一同来到马尔康的还有张新泉、葛水平、任林举、娜夜、杜阳林、罗伟章等全国各地的知名作家。来到哈休，参观完阿尔莫克莎民居博物馆后，作家们对这里赞不绝口，写下了篇篇发自心灵深处的文字。

作家杜阳林参观了阿尔莫克莎民居博物馆后感叹道："这里的每一根木柱、每一块青石，甚至被油烟熏得发黑的屋顶，踩上去吱嘎作响的陡峭楼梯，都留着800年的老记忆。时间在这里变得格外缓慢滞重，走进它的心脏，能感受到往昔人们的生活场景和岁月赋予的慈悲情怀。"

在阿尔莫克莎民居博物馆门前留影，是每一个来访者都喜欢做的事。这看起来歪歪斜斜极不规则的石块垒砌的石墙透出岁月的无比沧桑，比石墙更沧桑的是无比斑驳的木门，门楣上密密麻麻布满了小虫子啃噬的小洞，木门的表面凹凸不平、裂纹清晰。数百年过去了，木门还在，主人的后人一拨接一拨。这雄伟的石头碉楼里到底发生了多少故事，谁能说得清？往事已如烟飘散。

2022年中秋，我又陪同《格调》杂志主编及成都的作家朋友们去哈休，参观阿尔莫克莎民居博物馆。三郎热单对我说："我最大的愿望就是留在故乡，守住阿尔莫克莎民居博物馆，让更多的游客来关注我们哈休村，让自己家乡发展起来，让更多的人返乡就业。其实我更希望凭自己的能力养活老房子，也让老房子来养活我。"我想，终有一天，随着旅游业的不断发展兴盛，小伙子朴素的愿望一定能够实现。

因为喜欢一条叫茶堡的河流，更因为喜欢沿河而居的村庄与田野，我跟随文友们数次去沙尔宗，对这条沟谷的很多村庄已是非常熟悉了。无论是山麓的哈休村、春口村，还是高山之巅的从恩村，甚至是河流更上游的清平村，我们都是去了又去，看了又看，仿佛这些寂寥的小村庄有一种魔力，总是在深深地吸引着我们。

哈休的春天总是姗姗来迟，而我们总会如期而至。

14 / 壤噶夺玛村的夏天

龙日镇旧称上壤口，位于红原县境南部，毗邻红原机场，平均海拔3790米，是川西北高原最典型的一个纯牧业镇。龙日镇总面积886.727平方千米，辖壤噶夺玛村、格玛村、龙日坝村，人口2452人，镇政府距县城64千米。北面与安曲镇接壤，南侧与刷经寺镇壤口村交界，西面与江茸乡接壤，东侧与松潘县毛尔盖乡、邛溪镇接壤，是全县唯一的三类乡镇。

我的帮扶村就是龙日镇的壤噶夺玛村。

一、忠机的草场

7月，红原。

我们依旧走在去往壤噶夺玛村的路上。

草原给人的感觉用四个字概括就是地广人稀。在草原腹地穿行，如同穿行在走不出的草海，寂静辽阔的天空之下，除了草原上遍布的牛羊，是很难见到人影的。公路蜿蜒着伸向远方，偶尔有车辆驶过，一溜烟就跑向远方了。

壤噶夺玛村就在著名景点俄木塘花海的背后，被称为俄木塘花海的后花园。花海的繁花谢幕后，只留下一张绿毯与蔚蓝的天空互诉衷肠。其实，这时依旧是草原上最美丽的时候。

这次我们是去壤噶夺玛村的牧场看看牧民的真实状况。龙日镇上和村上的工作人员也与我们同路前行，语言不通的时候他们可以当翻译。在藏区的牧区腹地，有大部分牧民还不能说流利的汉语，但是可以听得懂一些汉语。

村主任忙着介绍本村贫困户的情况，说好多牧民家庭都享受到了低保、草原草补、工作安置和集体经济带来的各种政策福利，大家的生活一天比一天好了。

在一个拐弯处的草场，上百头牦牛低头食草，缺盐的牛群听见村主任抖动盐袋子的声音，蜂拥过来抢食，黑压压一片。村主任说："牦牛最喜欢村民投食盐巴了。我们村牧民的收入大多是靠自己牧场上的牦牛，牛多的家庭日子好过，生活没有问题，有的家庭没有劳动力，只有少量的牛羊甚至没有，生活就过得很苦，靠政府发放的低保费和其他一点补助过日子，还是很艰难的。"

远处路边一间低矮的小房子正冒着炊烟，一位村干部告诉我那是忠机的家。忠机是位单亲妈妈，一个人带着8岁的女儿生活，身体状况不太好，没法出去打工，家里也没有几头牛羊，就靠政府发放的低保和草场草补费艰难度日。

"忠机的家人不帮助她们母女吗？"

"要，有时候哥哥会帮衬一下妹妹，送点酥油、糌粑。这一片就是忠机和她哥哥的草场，还是比较宽的。我们村上也会多关注她，多给她点帮助。"

"等她身体好些了，你们可以帮忙在县上给她找个活干，哪怕在饭馆打工也比待在家里强。"

"哦呀，我们正在想办法。"

忠机和她8岁的女儿不能只守着这片草场，守着荒无人烟的辽阔，守着一顶黑帐篷里的世界。"树挪死，人挪活。"走出去，也许是另外一片更美的天空。要走出去不是一件容易的事，如果去县城打工，还得租房子住，缺点是挣的钱一部分要当房租，好处是娃娃可以在县城读书，条件好一点，她自己去医院看病也更方便一些。我跟村主任聊着怎样想办法帮忠机找工作的事，宾馆、酒店呀，小馆子、火锅店呀都想到了，就是要看人家缺不缺人手。我说大家都想想法子吧。

中午时分，壤噶夺玛村显得更加明亮了，我们选了一块绿草如茵、遍地花开的草坪躺下来休息，大伙儿摆出锅盔馍、酸奶、水果等食品，在草原上野餐让大家都特别开心。

除了村主任一行人和我们的突然造访之外，苍穹之下，牛羊只顾吃草，草原是静谧的草原。

一朵白云落下来，草地无动于衷；我们从忠机的帐篷边走过，牧羊犬无动于衷；一只云雀落下又飞走了，忠机也无动于衷。

不是一个人的草原，却是一个人的愁肠百结。下次去壤噶夺玛村，我希望听到更多关于忠机的好消息。

二、香玛措的小院子

我们走了快200千米的路程，到达壤噶夺玛村的时候，草原的阳光过于强烈，明晃晃的，让人睁不开眼。

香玛措的家在壤噶夺玛村的东头边上，是一座单家独户的小院子。低矮的红柳树就是小院子的围栏，一扇几块木板拼凑的栅栏门形同虚设，不及我的腰高，小孩子都可以翻进去。

院子里是三间小巧低矮的平房，房舍是普普通通的砖瓦房，因为院坝比较宽阔，房屋就显得更加小了。夏天，院子里几株红柳树青葱翠绿，浅黄的点地梅开得正欢。两个小女孩在坝子里玩耍，看见我们的到来一下子就安静下来了。

我们踏进香玛措的小屋，光线不算暗，靠窗的藏式木沙发上铺着花纹好看的沙发毯子，茶几和沙发都干净整洁。客厅角落里有轻轻的嘤嘤的诵经声传来，一位瘦小的头发花白的老人蜷缩在角落里，手里摇动着一个小小的转经筒。村上一位干部说那是香玛措的奶奶，都90多岁了，最近身体不怎么好。老人仿佛没有看见我们几个陌生人进屋，她只顾摇动手里的转经筒，这个世界似乎与她无关。

香玛措一个人带着两个女儿和一位九十多岁的奶奶生活。这是四个女性组合的家庭，一老两小，可以想象香玛措瘦弱的肩上的担子有多重。

下午的阳光照进小屋，单位的同事把一桶菜籽油和两袋大米搬进来了，我把一包衣服放到沙发上，那八岁的小女孩拿出一条红色的连衣裙比画来比画去，露出喜欢的表情。

我们聊了聊目前的状况，香玛措说她家在远牧场上还是有几十头牦牛，这几年每年都会卖出去几头，家里的开支基本够用。村上给她家四口人都发了低保金、草原草补等经费，日子又要好一点了。

"远牧场那么远，是你自己去放牛吗？"

"是我去放，有时也请别人帮忙看管一下，现在娃娃要读书了，奶奶也那么老了，我脱不开身，不能去远牧场放牧了，明年想把几十头牦牛都卖了。"

这确实是个问题，对于香玛措来说，她别无选择。我却深深为她担心，毕竟对于草原牧民来说牧场就是家的全部，就是她的产业啊。

村主任说："村上和乡上都特别关注香玛措一家，有啥困难大家也会帮她解决，这家孤儿寡母的确很不容易。"

第二年春天，我又去到壤噶夺玛村，又去香玛措的小院子坐坐。在她家客厅的角落里，我没有看见瘦小的老奶奶，也没有听见那低低的诵经声，香玛措说："奶奶走了。"

这个家由四个女人变成了三个女人。

三、措琼海

在红原县龙日坝乡的高山峻岭间藏有几个冷艳的高山湖泊，那里就是措琼海景区。

在乡村振兴的实施过程中，农旅结合是目前一种效果比较好的模式。在我们的牧区草原，牧旅结合也应该成为乡村振兴中的另一种模式。

梦里俄木塘，你年年如期而至的繁花，搅动过多少人的梦魇？

7月底，俄木塘花海已完美谢幕。沿着一条蜿蜒的山道，我们奔向藏在大山深处的措琼海。天地宽阔，高原寒凉的空气让我忘记了夏季的炎热。蔚蓝的天空，云卷云舒，像是导演安排的布景。

这瞬息万变的天气，一场冰雹突然如子弹般砸下来，猝不及防的诗人们作鸟兽散。只有摄影师不畏惧多变的天气，措琼海以烟雨朦胧中的曼妙身姿走入摄影家的镜头。

我是在垂直距离距措琼海子5米的地方遇见一个红衣女子的。她瘦小玲珑的身姿像极了一株在风中摇曳的勺兰花。这翠绿山间跳跃的一朵红，像一团火在措琼海岸燃烧。

此时，恰逢薄薄的水汽从湖面上慢慢升起，缥缈的水面泛起细微的涟漪。而那一汪翡翠的湖水像极了朗日下宁静的天空。雨点又砸下来了，一株绿绒蒿与一块巨石紧紧相依，一不小心我偷听了它们的对话。

我要安静下来，摒弃世俗之事，让冰冷的风吹散内心的忧愁与悲伤。我目不转睛地盯着眼前正在向天空靠近的年轻山脉，那些嶙峋的灰白石头其实很温柔，烟青色的苔藓长在石头上，顽固地蔓延着卑微的生命。灌木丛在漫长的时光里顽强地活在这海拔近4000米的山上。

寂静千年的措琼海，常年与牦牛相伴，与空山言和。

蜿蜒的栈道伸到措琼海的时候，人类的足迹遍布山峦的时候，我不知道云雀的歌声是否依旧婉转动听？我也不知道众人的喧哗是否打扰了牦牛宁静的家园？

骤雨初歇，人们纷纷逃离下山，只有那一抹红色的身影在措琼海畔忘情舞蹈……

四、月亮湾

月亮湾是红原又一个美丽的风景区，就在离县城几千米的地方，是红原县另一张绚烂的名片。每年夏季，四面八方的游客纷纷慕名而来，都想目睹月亮湾的日出和壮丽的晚霞。

下哈拉玛村就在景区内，随着旅游的大力开发，当地牧民也纷纷办起了帐篷宾馆、牧家乐、汽车自驾游露营地等等。在月亮湾，旅游的繁荣带动了当地牧民第三产业的发展。草原牧民在自家的草场上吃上了"旅游饭"。

2021年我去重庆时，在重庆的"一棵树"山上，看过落日没入嘉陵江的辉煌，目睹过嘉陵江边那座城市夜幕的繁华与隐忍。

现在，我在红原的月亮湾，陪重庆诗人静默在夕阳的余晖中，心怀虔诚地看落日展现出另一种无声的壮阔。湿地苍翠，一望无际的绿像海水一样溢向远方。远方有绵延起伏的山峦，山也是碧绿的，跟天空的蓝模糊不清地纠缠在一起，是另一种心境的舒展。远方不远，太阳落山之前月亮湾像醉酒的女人，脸上红霞飘飞，满目含羞，娇态可人。

重庆诗人说："你看，这么多看晚霞的游人，这些牧家乐露营地都是爆满，他们的生意很好哦。"

我说："这是旅游旺季，正是老百姓挣钱的时候。草原上冬春季都比较冷，游人就少了。"

看一眼就够了，仿佛前世的约定，在这彩霞满天的天边草原，什么都可以想，什么都可以不想，什么都可以包容，什么都可以放弃，唯独你冰冷的绝唱让人动容，月亮湾，你一湾一湾的河水流向天边，转一个弯后又流入我干涸的心田，令我顿时满口生津，浑身流光溢彩。

当落日隐去所有的光辉，当天边的殷红散尽，月亮湾又恢复墨绿色的宁静。这时，帐篷里朦胧的灯光亮起来，在以天为被、以地为床的红原草原上，有灯的夜晚就是温暖的夜晚，有灯光闪烁的帐篷就是幸福甜蜜的家。

我不是摄影家，拍不出大片，而月亮湾就是我心中永远的大片！

我不是诗人，写不出温婉大气的诗行，而月亮湾就是我心中永远的诗行！

我不是歌者，唱不出一曲飘飞的歌谣，而月亮湾就是我心中最深情的咏叹调！

五、查针梁子

风知道，这个夏天关于雪山的所有箴言。

风过查针梁子，偶尔有虔诚的信徒抛撒龙达，龙达就如雪花般飘飞起来，形成另一道特殊的藏地高原风景。

站在海拔4100米的查针梁子上，五色经幡呼啦啦地吹，搅动着红尘中抹不去的俗念。极目四望，绵延的山峦离天空很近，我却感觉风越来越远。

风在高岗上不停地吹，任何一个季节的风都让人有同一个感受——寒冷。

查针梁子是长江、黄河的分水岭,汩汩的雪水流向两边,往北流过若尔盖时形成了美轮美奂的九曲黄河第一湾,最终奔向滔滔母亲河——黄河;往东南的溪流流入马尔康境内汇成梭磨河,梭磨河一路西流到金川境内汇入大渡河,大渡河浩浩荡荡奔向长江的怀抱。

查针梁子山脚下就是俄木塘花海景区入口,这里有宽阔的露营地,帐篷酒店像朵朵蘑菇生长在翠绿的草坝上。在这天地山水间,寂静得只听见风在狂欢。花儿们已谢幕,缤纷的昨日仿佛还挂在枝头,温暖着一颗杂念太多的心。

有些话可以说给风听,有些话可以丢在风里。在查针梁子的山上,被风吹一次,我就更清醒一次。

六、在江茸和查尔玛

红原的红被金色慢慢覆盖,秋意渐浓。

每一次去红原的乡村,不是精准扶贫工作检查,就是"两联一进"走村串户,现在是看乡村的变化与振兴。于我而言,走乡村、看乡村、写乡村成了最近几年我的主要工作,很多目标理想正在缓慢地扎实推进,风雨兼程,我永远在路上。

龙日坝草原褪去夏日一望无垠的青翠外衣,换上了金色的纱衣,红柳还是青绿的,一棵棵、一丛丛地站立在秋天的草原上,显得格外端庄美丽。孤寂的风吹过来的时候,一群群壮硕的黑牦牛拖家带口过公路,它们步履很慢,草原的慢时光适合它们生存的节奏。

走得太急的是我们,从龙日坝草原驶向月亮湾的旅途中,我们的车一直在红原草原上穿行,随着蜿蜒曲折的河流不停向前。我们走在脱贫攻坚的路上,继续走访调查那些藏在草原腹地深处的村庄,数百千米的路途上我们一直在思索如何让草原牧民走上康庄之路,奔向美好的明天。那些云朵在蓝如缎面的天空上飘飞,绵延的山峦此起彼伏,牛羊依旧在离白帐篷不远的地方成群结队地吃草。查尔玛乡和江茸乡的5个村子,我们将第一次见面。

高原的阳光终于把早晚冰凉的空气调和成夏日的味道。

我们在红原江茸和查尔玛两乡的村庄里挨家挨户地走访调查。我见到村民扎巴的时候，他正在家门口像旱獭一样慵懒地晒着太阳。我们聊了一会儿，我问了一些他目前的生活状况，这位已经60多岁的老人居然紧张得额头上渗出细细的汗珠，连说话都有些语无伦次。过了一会儿他慢慢镇定下来，谈起了他家牧场上的牦牛，说日子基本过得去。扎巴的阿爸80多岁了，看起来身体还算硬朗。老阿爸蜷坐在床上，一刻不停地转动着经筒。这如油画般质感的画面，深深地震撼人心。牧区的人们几乎都有信仰，内心淳朴善良。

"五保户"格拉爷爷是最轻松惬意的被访者，他滔滔不绝的话语里流露出对客人到来的万般欢喜。估计老人常年没有倾诉的对象，见到我们仿佛是与亲人久别重逢，我能够感受到格拉爷爷发自内心的满足和快乐。

牧区老百姓的幸福其实很简单，有酥油奶茶喝，有糌粑吃，有高原的温暖阳光沐浴，他们就觉得这已是人间甜蜜的模样，但是我觉得生活应该还有更丰富的内容。面对他们，我的内心还是有点五味杂陈。在牧区的乡村，贫穷已经渐渐远离，生活一天比一天好了，但空巢老人的孤独却与日俱增。在寂静的红原草原，很多远方的客人看到的是天地的辽阔与绝美的风景，我想人生的风景又是另一番景象吧，唯愿天地吉祥，万民安康。

我不禁沉醉在红原草原的秋意草海里。

回康城途经红原机场的时候，不见飞机的起落，一片艳丽的红在轻风中摇曳。小小的红原机场就这样被波斯菊入侵，矮秆的波斯菊簇簇拥拥地温暖着每一个南来北往的乘客，瞬间再苦再累的日子都生出诗意。

红原是红色的，红军走过的路是红色的，万物悲悯的阿坝也是红色的。只有那一丛丛蛰伏在秋草里的犹如勿忘我的小花是紫色的，好比蓝如缎面的天空中点缀着的朵朵白云。

我的阿坝，你的高原！我的栖息地，你的故乡！

15 / 吉岗的山野

一、三到吉岗

第一次听说吉岗这个名字的时候大概是3年前，文友素筠告诉我的。她说在马尔康沙尔宗镇米亚足的吉岗山下一个洞穴里发现了很多不同年代甚至不知道年代的"擦擦"（指用模具制成的各种小型泥佛像、佛塔等宗教艺术品）。

米亚足村本是马尔康市沙尔宗镇一个普通的村庄，因为在离村子5000米的吉岗山麓发现有大量擦擦而被世人关注。自从2016年3月在吉岗发现大量擦擦以来，北京、西藏的部分藏学专家、学者先后来到吉岗的山野考察。2019年6月初，《中国国家地理》杂志采风组到达吉岗，对吉岗山谷擦擦发现地进行现场考察和细致入微的全方位拍摄。阿坝州著名作家杨素筠写的《吉岗擦擦隐藏在深山中的苯教文化遗存》一文于当年7月刊发在《中国国家地理》杂志上，使得吉岗这个小小的地方声名鹊起。

吉岗那个小小的地方前前后后我都去过三次了，每一次去都会有不同的发现、不同的感受。吉岗的山野间森林遍布，天高云白，藏式村落稳稳地生长在峡谷河畔或者高半山上，宁静秀美，像极了人们心中的世外桃源。

我第一次去吉岗，是与作家素筠和宣传部的小晖一同前往的。那是2016年夏天，我们三个人去茶堡河流域的从恩村考察高山上遗存下来的克萨民居。回城的时候从米亚足村路过，素筠说我们转个弯去吉岗看看吧，听说那里发现了远古的擦擦。于是我们顺着清澈的米亚足河逆流而上，10多分钟就到达吉岗，过了一座小桥，沿山路上行100多米，看见一座高大的山岩处露着一个大大的洞穴，洞穴门口堆满了大大小小的泥塑擦擦，我们觉得很好奇，拍了些照片就回马尔康了。此后，吉岗就一直留在我的记忆里，偶尔会想起，但也随着时间渐渐模糊。

时隔一年，大概2017年夏天，作家素筠对我说，现在吉岗修建了擦擦博物馆，越来越多的藏文化研究者知道吉岗发现了久远的擦擦，开始关注这里。兰卡师傅也在为保护擦擦而努力着，现在吉岗的擦擦已经得到了简单的保护。兰卡的故乡就在米亚足村，他7岁的时候去阿坝县郎依寺跟随师傅学习佛教文化和念诵经文。活佛把兰卡带到15岁，天资聪慧的兰卡得到了师傅的真传，师傅有意将兰卡留在寺院，想让他将来在寺庙担任重要职位，但兰卡怀念自己的家乡，于1999年回到马尔康沙尔宗乡米亚足村的更沙寺。更沙寺坐落在海拔3000多米的高山上，与吉岗山比邻。从山脚下走路上山，穿蜿蜒的崎岖山路，过茂密的青冈林，攀登陡峭的高山草甸，要花去3个多小时，上一趟山和下一次山都相当不容易。青年兰卡就在更沙寺修行了10年，与10年前的自己相比，他的佛学水平达到了另一个高度。2009年，更沙寺搬迁到了山下一个新的地方重建，更名为"巴昌寺"。兰卡继续在那里修行，一直到现在。

吉岗擦擦的发现是一次偶然，时间得回到2016年3月一个阳光明媚的下午，在下吉岗茂密的山林间，米亚足村的村民们为了开辟出一条可以过车的机耕道路，开来挖掘机披荆斩棘，铲挖山边碎石岩块，缓慢地开辟出较为宽阔的路面。挖掘机挖到离河谷大约30米的一处山崖地段，刚刚清除掉几株高大缠绕的藤蔓植物，人们便隐隐约约看见一处狭长、深不见底的岩洞，从洞中哗啦啦滚出很多土色的小泥团。挖掘机师傅感到很奇怪，停下手里的操作定睛细看，不看不知道，一看吓一跳，原来滚落出来的小泥团居然是当地老百姓熟悉的宗教圣物——擦擦。擦擦是一种脱膜泥塑像，常见于西藏、青海、四川等少数民族聚居区，藏传佛教和本教都视擦擦为圣物，认为其有万事吉祥之意。擦擦的内容包括塔、经咒以及大德高僧的造像等。

米亚足村村民暂停挖山修路的活计，不敢继续铲挖，害怕亵渎神灵。在吉岗山里发现大量擦擦的消息不胫而走，人们奔走相告。有人立马告诉了当地博学的僧人兰卡，当时兰卡正在附近闭关修行，听说后立即出关上山查看究竟。当这些数量巨大的擦擦出现在兰卡面前时，他也大大吃了一惊，心里面激动不已。兰卡发现这些擦擦种类丰富、做工精细、造型奇特，很多样式自己都没有见过。这些擦擦有佛塔图案、大师塑像、各种动物图案，个个做工精致，还有一些擦擦上面刻有古文字，这让精通藏文的兰卡觉得这个擦擦洞穴的历史很久远。更让兰卡震惊的是，人们在众多的擦擦中间发现了一尊已经风化严重的遗骸，这遗骸只剩下半身依稀可见，上半身都完全风化掉了。兰卡判断，这位大德高僧圆寂于此洞穴中。这位大德高僧是何人？这是哪个朝代的遗存？这古老的擦擦经文是否透露着象雄文化的印记？吉岗擦擦的发现等于掀开了它神秘的面纱，该如何尽最大努力保护它？一系列问题在兰卡的脑海中盘旋。最后，兰卡决定静下心来做一件事，那就是就近建立一个小小的吉岗擦擦博物馆。第一步是请工匠对吉岗擦擦洞穴门口进行封存。为了不影响人们朝拜参观，以透明玻璃柜形式封闭隔离。第二步是自筹资金在离擦擦发现地200米的对岸台地上修建吉岗擦擦博物馆。

2017年夏天，我第二次到达吉岗的时候，兰卡很高兴地带我们参观维护后的擦擦原址。这个时候他的博物馆才初具规模，两间房屋已经修建好了，房间内部还是空旷杂乱的，正在装修之中，部分具有典型性的珍贵擦擦已经被请进屋子保存。博物馆周围很多杂乱之物还有待清理。这个时候，县上、州上、省上甚至西藏的藏学者已经开始慕名而来考察，他们对兰卡保护文物的高尚情怀与担当给予了充分的肯定和各种各样的帮助。兰卡保护吉岗擦擦的决心更大了，心里充满了无尽的希望。

我们匆匆离别后，吉岗再次深深留在我的记忆里。

吉岗，这个总是留存在我记忆中的地方，它的美好不光是因为远古擦擦的发现，还有这里青翠的山林、清澈欢歌的溪水、那些藏在大山深处的村庄以及世世代代生活在此的勤劳善良的人民。

第三次到吉岗是2019年夏天，似乎我三次到吉岗都是在青葱翠绿的夏天，而且三次去吉岗都是和作家素筠同行，没有她我仿佛去不了吉岗的样子，主要是因为我们俩有基本能达成一致的写作方向和对乡村古村落浓厚的兴趣，也有可能是夏天的吉岗最美丽、气候最好的缘故吧。

2019年8月23日下午，我搭马尔康市史志办李主任的车去沙尔宗镇203林场场部，因沿途修路堵车，一路走走停停，晚上8点才到达203林场招待所，等待我的还是作家素筠。她知道我要来，确切地说是她再次邀请我下乡来。素筠在林场一家小馆子里炖上自己带的牛肉，向小馆子主人买了两根刚刚从地里拔出的韩国萝卜，切块下锅和牛肉一起炖着慢慢等待我的到来。我们到达的时候，素筠已经把一盘青冈菌炒腊肉、一盘凉拌青笋和一大碗萝卜炖牛肉端上桌了，我们三个人狼吞虎咽风卷残云般干完饭不久就接到兰卡的电话，让我们上吉岗去住。我们趁着山区夜色，驶过20多千米路程后又到吉岗。深浓夜色里的吉岗一片寂静，如果不是小屋里窗玻璃透出的微弱光亮，我会觉得今夜此地无人。推开门，拍摄组的师傅们和根哥都在，他们聚在小木桌旁审片子，一天的工作仿佛一时半会儿还没法结束。根哥说，他们史志办在拍摄一部口述历史片，这几天正在拍摄吉岗的自然景观和吉岗擦擦。

我不便打扰他们工作，走出木门，清风吹过来，迎接我的是吉岗星光点点的夜空。

二、吉岗的一夜

小小的吉岗在夜色中似乎更小了。

一株花楸树在坝子边与一株高山杜鹃树站在一起。杜鹃树花期早已过去，只留下青葱的叶子挂在树上，而那株花楸树正值盛年，枝丫间摇曳着洁白的圆圆的果实。这些豌豆般大小的果实随风颤动。我坐在吉岗博物馆门前的坝子里一直在看那株花楸树（当时我还不知道那棵树的名字），看着看着我就冒了一句："那棵树还在开花呢，那些白色的花叫啥花呢？"民俗专家根哥马上说："那棵树叫花楸树，也叫马加木。那些一团一团白色的不是花，是花楸树的果实，当然花楸树的花也是白色的，开花的时间是在五六月份。夏天，在马尔康纳足沟漫山遍野的彩林里，有很多花楸树。花楸树的果实要到十月份才完全成熟，成熟的果子是红色的，非常好看，还很有用呢，可以酿酒喝，还可以做成果酱吃。"

原来，在秋天，我每次穿梭在马尔康的山野间，看见的那些层林尽染的红树林，其中很多都是花楸树美丽的身影。难怪很多园子的主人都喜欢种植花楸树作为观赏树木，花楸树也是大家喜欢的风景树呢。

吉岗今晚多了两位客人，我和作家素筠。今天早上来自成都的两个女作家刚刚离开吉岗，她们在安静的吉岗闭关写了一部关于茶堡河流域故事的剧本，估计是完稿了得胜归去。来来去去间这里的人数无增无减，似乎是一种缘分，除了我们俩，还有拍摄吉岗自然与人文片子的五个人，加上吉岗博物馆主人兰卡，一共八个人。

我们坐在坝子里乘凉聊天，木头茶几上除了几个高高低低、大小不一的茶杯外，还多了一罐装满黄刺泡儿的塑料瓶子，淡黄色的野果子是下午根哥他们拍片时在山林里采摘的。我倒了几颗在手心，一颗一颗往嘴里送，酸酸甜甜，完全就是小时候在林场生活时吃过的味道，这个味道是那么熟悉，因为久远似乎又感觉有点陌生。

这安静宽阔的山野间，声音最大的就数博物馆下面那条欢快流淌的小溪，其次就数山林间那些不知疲倦地欢叫的鸟儿们，最后才是穿过河谷、穿过杜鹃林和花楸树，吹过耳畔的弱弱风声。再仔细聆听一下，刚才的判断似乎又不完全对，那根接通山泉的黑色水管汩汩流出的泉水从高处飞下水沟的声音似乎从未停止过，偶尔还有风摇动铃铛的声音，要么丁零零一阵，或者几秒，都是那么真切又欢喜。我喜欢大自然的声音，它可以安抚人们浮躁的心灵。

吉岗擦擦博物馆门前是两大块原生态的坝子。一块坝子与擦擦博物馆、书房会客厅和兰卡生活宿舍在一个平面上，它们构成了吉岗擦擦博物馆的主体。吉岗擦擦博物馆大门正对着六级水泥石块铺成的台阶，台阶左右两边各塑有一尊惟妙惟肖的石狮，大小适中，神态威仪。走下台阶，是一块近四百平方米的坝子，看得出来是没有被精心打理的样子，碎石泥土坝面上生长着不多的青草，显得过于随意了些。上下两块坝子简单修整过，虽然平整，但做工上不够精细，兰卡说："后面要陆陆续续地把两块坝子都铺上青石板，周围还要种些花草，上吉岗的河里有很多裸露的树根，那些树根被水冲刷后造型很好看，我也要把它们搬回来放在坝子里，你们一定会很喜欢的。"兰卡说起这些规划的时候，脸上洋溢着笑容，他对他的擦擦博物馆充满着很多希望。我暗自为他对藏文化的坚守与执着感动，要是有更多的人都来关注吉岗，关注兰卡的博物馆，一些久远而珍贵的文化遗存就能引起更多的重视，对于擦擦文化的保护力度就会更大。

吉岗的夜色完全笼罩了周遭的森林，若隐若现的山脉只露出高大的影子。海拔近3000米的吉岗的擦擦博物馆一下子进入特别宁静的状态，这种状态不是深深的孤寂，是一种深度睡眠的模式。它是那么温柔，又是那么祥和。

不知什么时候，吉岗的夜空布满了亮晶晶的星星。我看过那么多有星星的夜晚，也看见过流星滑落大地的夜晚，但是这么多星星密密麻麻堆满夜空的景象我还是第一次见到，而这个地方居然是小小的吉岗。我的心莫名地激动起来，我站在坝子里，抬头仰望星辰闪烁的夜空，目不转睛，思绪万千。阿筠和摄影师们也都不想早睡，他们坐在博物馆的坝子里喝茶聊天，大多数是在讨论第二天拍摄的地点和内容。我喜欢星空，特别是繁星闪烁的夜晚，它让我杂念纠结的心稍作停顿，腾出一隅地方养心养性，培养一点浪漫的情怀。

有微微的凉风吹过，多么舒适惬意的山野夜晚啊！世间一切嘈杂都远离这里，连空气都是那么纯净。这时，我看见星空中明显出现了一条行星带，这条带子里密集的星星们忽明忽暗地眨着眼睛，非常美丽。没想到在吉岗看到的星空竟如此让我欢喜，我想，来吉岗看星星也是一次不错的选择吧。

三、去蒙亚山

爬山是有诱惑的，明明知道爬山很累人，很多人还是喜欢挑战自己的毅力和耐力。

第三次到达吉岗的时候，因为拍摄口述历史片时有一组镜头需要拍摄蒙亚山的高山峡谷风光和远牧场的牦牛，我们得以有机会去一趟蒙亚神山。

午饭后，米亚足村的五名摩托车老手就在坝子里等着我们了。他们上午干完制作擦擦的活儿后，与村子里的人们在博物馆门前的空地上休息聚餐，喝奶茶，聊家常。说是聚餐，其实就是村上准备的快餐面、火腿肠、锅盔、啤酒、瓜子、花生、可乐、雪碧等供大家集体享用。这是藏区村子里每每有重大活动时常有的热闹情景，老人、小孩儿也都要出席，场面热闹温馨。布满高原红的笑容，穿着藏青色藏服的身影，可以渗透人们心灵的玛尼歌声，这些纯净的画面刻画着米亚足村人真实的生活和简单的幸福。这种轻易得来的高幸福指数真是让人羡慕啊！

这次去蒙亚山一共10人，只有我和素筠2个女的，到达吉岗山的尽头只有8000米，我不知道8000米外的山峦尽头到底是什么，心里充满深深的渴望。兰卡让我乘坐村上甲基的摩托车，甲基估计和我年龄差不多，也许岁数大驾驶摩托车的技术更娴熟吧，念及此我感到些许安慰。兰卡让素筠乘坐甲基儿子的摩托车，小伙子19岁，长得壮实可爱。我们从上吉岗的擦擦博物馆出发，沿米亚足河逆流而上，开头的1里路是村上修的水泥路，走得很顺利，一点儿都不紧张，路两旁山势陡峭，山林茂密，杂草都是繁茂的。再往里走，就只有一会儿顺着山脚，一会儿顺着河谷向上延伸的模糊小道。说它模糊是因为路面根本不平整，凹凸不平间杂草丛生，这样都还不算特别糟糕，更让人头疼的是这8000米山路的最后6000米全是碎石路，忽高忽低，忽左忽右，我们就这样七弯八拐地艰难上行，有时候人的整个身子都跟着摩托车的颠簸跳起来了，我的心都提到了嗓子眼。没过多久，我的额头、背上开始出汗，山区的8月非常凉爽，因为过度紧张，汗水就自然而然地出来了。后来，凡是经过特别颠簸和险要的路口，我都是双目紧闭，双手死死抓住甲基的衣服，我感觉到手心又热又湿，估计也出汗了。就这样，在无比害怕又无比刺激的山路骑行中，在过了2座铁板小桥之后，在连碎石路都没有了的地方，摩托车终于停下来了，我悬着的心也终于落下来。

　　我在一块大石头上坐下来休憩，周遭都是青翠的山林，山腰间牛群遍布，这里就是米亚足村村民的远牧场。正是牦牛长膘的季节，即便远远看去，牦牛健壮的身子也是清晰的。再也没有路可以走了，凹处的宽阔处有几间小小的石头房子，空寂落寞的房子门外居然堆有柴垛，堆得规范整齐，大部分是青冈柴，房里不见一个人影。根哥说："这些房子平时是空的，到了挖虫草的季节，山上就热闹了，当地人要上来挖虫草，他们夜晚就住在这些小房子里。"我想，上来一次多么不容易呀，挖虫草要挖半个月到一个月呢，这些房子真起了大作用。

　　南山的山林虽然也茂密，但是很多圆圆大大的木桩稀稀拉拉分布在山林间，像是森林身上一个一个的伤疤，难看极了。这应该就是很多年前森工局林业场工人大肆砍伐林木的"杰作"，那个时候一车一车的原木拉出大山支援国家建设，计划经济时代吉岗的森林为国家做出了巨大的贡献，却也遭受了过度砍伐的伤害，国家实行退耕还林政策后，林业场的工人下山了，那些茂密的树木得以保留下来。这是对"亡羊补牢，为时不晚"最好的诠释，也是对森林环境保护的一种安慰。

  我已经没有勇气继续往蒙亚山山顶靠近，在山的最高处还有清澈静谧的海子，森林更是葱茏繁茂，吉岗河的发源地也在上面，据说风光特美。拍摄组的同志们在几个村民的陪伴护送下爬上最高处，要用无人机拍摄吉岗山野间的最美风光。我为自己的无能为力有些汗颜，只等将来片子出来之后以另一种方式去欣赏吉岗最美的风光吧。

16 / 阿来故乡行

一场夜雪过后，空气湿润了一些，高原上金色的阳光让远道而来的客人们神清气爽，这些来自德国、俄罗斯、韩国、瑞典、印度等地的作家、翻译家和汉学者们初次受邀来到中国的四川省阿坝藏族羌族州，他们跟随著名藏族作家阿来的脚步沿梭磨河田野考察。中央电视台、四川省作家协会、阿坝州委宣传部和阿坝州文学艺术界联合会都派出记者、工作人员陪同国内外知名作家去阿来的故乡采风。阿来的故乡在四川省阿坝藏族羌族自治州马尔康市梭磨乡马塘村，是一个依山傍水的美丽村子。

第一站：从昌列寺到天街

阿来笔下经常提到的一条河，就是从他家门前流过的梭磨河。他的第一本诗集就是以梭磨河命名的。马尔康昌列寺是阿来故乡一座非常有名的寺庙，它修建于13世纪40年代，属于藏传佛教宁玛派，距今已有700多年的历史。它坐落在海拔3400米的英波洛山上，离县城很近，站在城边的婆陵甲萨公园的半山上眺望过去，高高在上的昌列寺会若隐若现地映入你的眼帘，有些缥缈，又带点神秘的意味。

从马尔康城区的酒店出发，沿梭磨河向南行驶1000米就到了俄尔雅村，穿过村子沿盘山公路上山，山势蜿蜒且陡峭，好在水泥路面没有那么颠簸，山间树木繁多，尽管初冬树木萧条，山色也萧条，但是对面巍峨的群山仍显现出俊逸与苍茫，那是高原上的另一种景致，这景致同样让初来乍到的外国友人激动不已。

一行人终于到达昌列寺了，站在高处看到的群山似乎离天空更近了些，山上的沟沟壑壑、零星的寨子也看得清清楚楚。高处望远使我们感觉自己不再那么渺小，仿佛一下子变得高大起来，这就是我喜欢上山的原因。有讲解员带领大家逐一参观各个神秘的大殿和藏经阁。庙宇阁楼里珍藏有很多名贵的唐卡画、佛像和古老经书等。山上风很大，初冬的山上比山脚下更寒冷一些。在庄严的佛教圣地，人们的心都是一样虔诚。正在建设中的昌列寺新寺院快要竣工了，高达六层的宏伟建筑立在高高的山上自成一道风景。新建的寺院功能更加齐全，从一楼到六楼设有大经堂、讲经堂、藏经楼、电教室、金佛殿、陈列馆。周遭早先建好的殿堂庙宇巍峨雄奇地站在高高的圣山上，每一年都会吸引许许多多远道而来的善男信女和有缘人，昌列寺的名声不仅在藏区家喻户晓，在全国也是声名远扬。

从昌列寺山上下来午餐后休整了一下，我们又去往10多千米外的松岗。在松岗有直波村的雕群和山脊上的街市等着大家去欣赏。天街位于马尔康松岗乡，是一排生长在松岗山脊上的藏式碉楼。我以为导游会带领作家朋友们走小路上天街，没想到汽车直接绕过村庄沿山道上山了。随着旅游开发，通往天街的道路修好了，这样更省时省力一些。我们大部队从后山上天街，爬上山脊就到天街了。现在天街上的居民整体搬迁到山脚下的平地上安家落户了，天街几乎成了一座空城。政府正在全力打造天街，部分乡村民宿已经被打造出来，装修得尽善尽美、温馨如家。在这样的民宿里住一晚是非常浪漫的事，你可以走出房间，在阳台上坐下来喝一杯咖啡或者奶茶。阳台下是悬空的，只看见满坡的灌木丛或者一两株桃树，放眼望去就是近处和远处的村庄，梭磨河蜿蜒着流向远方。抬头仰望，你还能看见蔚蓝的天空中云卷云舒的景象。若是深夜，你可以数星星，没有人声鼎沸与汽车轰鸣。这就是天街带给你的诱惑。

走在这幽深寂寥的街道上，伸手就可以摸到黝黑的木格门窗。这怀旧的墙壁没有被翻新，保留着一种天街乡民们原始的本色。

沿着山脊向高处攀爬，两座高高的石碉矗立在山上。在天街最高处的一座石碉下，阿来老师正在给大家讲天街的前世今生。阿来是一个地地道道的田野考察家，他曾经花了数月去田野考察，甚至对山里面的植物都能如数家珍地说出来。

此刻，下午的阳光慢慢地照在天街上，温暖明亮。除了我们这一群造访者，偶尔能看见一两个背着背篼的藏族妇女从窄窄的街上走过。各个石头房子里都有施工的痕迹，估计是天气太冷了，不见工人忙碌的身影。恰好一群戴着红领巾的孩子拿着课本、画本在美术老师的带领下来到天街上室外手工课，孩子们叽叽喳喳地围着阿来拍照，阿来脸上露出舒心的笑容。

下山的时候大家没有选择乘车，而是沿着深藏在灌木丛中的小道回到松岗镇上。人去楼空的天街，如过眼云烟的繁华早已消失在远去的岁月里了，陪伴天街的是数座高耸入云的石碉楼。站在天街上看对面的直波村，直波村的座座高碉楼与天街上的石碉楼遥遥相望，这千年的守望见证了多少人事沧桑和世事变迁啊！

直波村的碉群在阿坝地区非常有名。中国的石碉最高大雄伟的要数位于金川县的马尔邦关碉，被称为"中国碉王"。而直波村的一座石碉除了高耸入云的气势外，还有一定的倾斜度，被称为中国的"比萨斜塔"。上百年过去了，这座石碉稳稳地屹立在天地间。大伙儿在直波村待的时间不长，匆匆转了一圈就走了。我走在最后，快到村口时才见德国波恩大学的马海默教授急匆匆地踏上石阶，我只好转身陪同马教授参观。我默不作声，微笑着前行，因为我不会英文，更不会德文，没想到年轻的马教授用纯正的普通话对我说："你好，谢谢，真是辛苦你了。"我忐忑的心一下子放松下来，我客套性地问马教授习惯吗，他说："还好，在德国也有很多美丽的村庄。"

"你是阿来的朋友，肯定读过他的书，你最喜欢他的哪一部作品呢？"

"我翻译过他的《遥远的温泉》。"

小伙子有点害羞，我也不好多问，我们得去追赶大部队。没过多久，我们就融入队伍中了。

第二站：到达阿来旧居

对马尔康梭磨乡的马塘村来说，今天是个特别的日子，阿来要回家了，天空仿佛特别蓝，阳光也变成金色的了。

夜雪还未完全消融，朝阳普照在马塘的大地上，卡布基鸟儿越过田野飞向山林。"世界作家阿来故乡行"的队伍刚刚到达桥头，身着节日藏装的阿来的侄儿侄女们在阳光里走过铁索桥，连忙把洁白的哈达挂在客人的脖子上，他们脸上洋溢着比阳光还灿烂的笑容。

我们走过小桥，出现在我们面前的是宽阔的土地，冬季的蔬菜莲花白和土豆早已归仓，所以露出大片大片黑黢黢的土地。一条小路穿过田野，尽头就是一座藏区常见的石头碉楼，这里就是阿来土生土长的地方。阿来的父母做梦也没有想到自己这个其貌不扬的儿子长大后会走得那么远，飞得那么高。阿来旧居里还住着他的阿爸阿妈和至亲们，因为今天有那么多的中外客人到访，家里面早早做好了招待客人的准备。我们上到二楼的藏式客厅里，铁炉里烧着炭火，奶茶飘香。条形藏式茶几上摆满了瓜子花生、橘子苹果等食物。阿来的阿爸阿妈身着藏装坐在屋子里等着大家，两位老人都八十多岁了，精神还不错，他们都不善言辞，就那样静静地坐着，面带笑容，慈祥地看着大家。阿来老师忙着招呼客人，有问必答。客厅旁边是一间小小的屋子，屋子中央宽大的铁皮炉子上放着两口大铝锅和一个茶壶。亲戚朋友也都回来帮忙了，案板前有个大婶在和面，有个稍年轻的女子在打下手。刚刚包好的牛肉包子和素菜包子整齐地放在圆形瓷盘里，煞是好看，小胡拍了几张，我也赶紧拍了几张。一个大铝锅里煮着手抓牛肉，另一个大铝锅里熬着松茸鸡汤。大婶对我说："松茸是山上捡的，鸡是自家养的。"松茸炖鸡的香味儿散开来，还不到上午11点，我就感觉有点饿了。

阿来的家人以他们最温暖、最真诚的方式招待远方的客人。杨星部长、巴桑主席拉着阿来阿爸阿妈的手拉家常，嘘寒问暖。杨星说："你们培养了一个大作家、一个好儿子，骄傲啊！你们两位老人要多保重身体啊。"

在阿来老家的藏式客厅里，来自韩国首尔的翻译家金泰成老师独自坐在角落里喝酥油茶。金老师估计和阿来年纪相当,个子也差不多,戴着一副眼镜,斯文儒雅,一口普通话很地道。如果金老师不开口说话,你会觉得他就是马尔康广场上天天晒太阳的一位普通老人。这种亲切感让我很想和他聊聊,我走到金老师身边:"金老师,您好,我知道您来自韩国,韩国与我们中国是一衣带水的关系,我很喜欢你们那里。我们聊几句好吗?"我的开场白有点长,我为自己的啰里啰唆感到有点羞愧,没想到金老师满口答应,普通话比我的川普地道多了。金老师真诚地对我说:"来到这里还是有一种陌生感,我体验到了另外一个文化圈。这里海拔高,山势也高。我感觉汉族的社会文化很丰富,第一次来到阿来的家乡,这个藏族地方很特别。以前看见藏族人民穿的衣服很漂亮,也只是在图片上看到,现在是亲眼看到了,对这个地方的了解更多了,今天知道了藏族分什么嘉绒藏族、安多藏族,真的很有收获。"

"您最早翻译的是阿来的哪一部作品呢?"

"我翻译了阿来的《空山》三部曲,已经于2018年1月在韩国出版了。"

"那你们翻译国外作家的文学作品出版,有稿费吗?"我问了一个很实际的问题。

金老师坦诚答道:"有的,是出版社支付稿费。出版社还会和著书作家签署合同,也会给作者支付稿费的。"

"韩国有类似这样的村庄吗?"

"我常年居住在首尔,很少去乡下看看。"金老师的这个回答我听不明白,我理解为经济发达的韩国村庄是不是很少了,或者说村庄与城市的界限并不明显。

我还有很多话题想要和金老师聊聊,但找他签名题字的人打断了我们的交流,只好作罢。旁边来自俄罗斯的风铃老师正在接受《阿坝日报》记者的采访,我赶紧过去听听,顺便也想找机会和她聊一聊。风铃老师是来自俄罗斯的汉学家和翻译家,她有着高挑的身材,皮肤白皙,五官挺拔精致,一双美丽的蓝眼睛还会变色,一头短发使她更显精明能干。风铃老师对我说:"我很喜欢阿来的精神,翻译阿来老师的文学作品是我自己的选择。我翻译的他的第一部作品是《旧年的血迹》。这次来到马尔康感受很深,游览了阿来的故乡又增添了更多的感受,以前我对这里没有什么了解,现在对这里的了解更多了,我以后翻译阿来的作品会更深刻。另外,我还要多去看看阿来的书,这样感受会更深,翻译出来的作品会更生动。"

"到我们这里习惯吗?"

"很好,我读了阿来的书,作品里很多地方与这里相似,所以感觉并不陌生,有回家的感觉。"

"除了《旧年的血迹》,您还翻译了哪些书?"

"《尘埃落定》也翻译了,我还翻译过很多哲学方面的书。"

风铃老师还告诉我,她2019年4月就要离开中国回俄罗斯了,她很喜欢中国,很喜欢阿来的家乡。

客厅里洋溢着欢快而又甜蜜的气氛。阿来老师给大家讲述了嘉绒藏区的历史和自己对过去家乡生活的记忆。阿来还说,楼上至今还留有一间他居住的房间。怀着极大的兴趣,我登上三楼去瞧了瞧,那是一间普通的卧室兼书房,一张西式床挨着墙壁,邻床的墙壁这面摆放了一个木制书柜,里面放满了阿来出版的各种书籍,不光有汉文版,还有多种外文版。我收藏了两个版本的《尘埃落定》,很遗憾没有收藏到限量珍藏版。书柜前安放了一个茶几,供他休息时喝茶,很温馨的布局。另外两面墙上则贴满了阿来从小到大的生活照以及他去国外讲学和考察的各个时期的珍贵照片。我很喜欢其中一张阿来年轻时与家人坐在草地上的照片,那时他还是一个青涩的青年,脸上有一股少年不识愁滋味的味道。屋内光线很好,出卧室门就是露天的阳台,站在阳台上抬眼就能看见巍峨的群山、湛蓝的天空和宽阔的田野。我脑子里马上就闪现出阿来《尘埃落定》里最初的画面:"春天来了,冰雪消融,一只画眉鸟飞过田野。土司太太站在阁楼阳台上呼吸着早晨清新的空气,正准备用铜制盆里的牛奶洗脸……"

陆陆续续有人从二楼来三楼参观,他们跟我一样,不单单是对一个大作家过去生活的好奇,更多的是对一个作家的成长经历的崇敬。

午餐后的阳光似乎更炽烈了些,大伙儿走出小木屋。小木屋旁边就是森林了,其中一片小树林全是松树,阿来的侄子对我说,那些松树都是他们小时候栽种的,如今长大了。小树林下面覆盖着厚厚的积雪,一脚踩上去靴子就被埋在松软的白雪里了。这么好的景致,大家三三两两地在雪地里拍照留念,我和韩国的翻译家金老师也合影了一张。风铃老师来自寒冷的俄罗斯,因为我上午采访过她,交流沟通得多一些,自然就更为熟悉一些。我和素筠、风铃老师三个人坐在一块大石头上合影,石头前是厚厚的雪地,背后是森林,阳光刚好穿过树梢照射下来落在我们身上。雪地前面太阳能够充分照射的宽阔草坪上,冰雪消融后草木枯黄,草丛间湿漉漉的。一股山泉穿过松树林汩汩流入草地,汇集到低处就形成一条清澈见底的小溪流,一个4岁左右的小男孩儿拿着一根枝丫修长的枯枝在戏水。我们问他在干什么,小男孩儿说在钓鱼。这可把大家逗乐了,顺着他的心意又逗了他几句,原来在孩子的世界里,只要有水的地方一定就是鱼儿的家。突然想起阿来小说《空山》里的机村就是写的这个村庄吧。刚才翻译家风铃告诉我,她翻译的阿来的第一部作品是《旧年的血迹》,来到阿来的故乡,巧遇这个被雪渲染的初冬,冥冥之中书中的某些情节出现在眼前,心中不免生出诸多感慨。很多人都说过,回不去的是故乡,可是在作家阿来的心里,故乡永远是回得去的,而且故乡的一切永远根植在他心里。

第三站:土司官寨里飘飞的歌声

阿来的成名作《尘埃落定》里的官寨原型就是卓克基土司官寨。我们从阿来老家马塘下来直奔卓克基。卓克基是一个离县城8000米的小镇。小镇因为拥有卓克基官寨和西索民居而远近闻名,很多作家、诗人及游客慕名而来。官寨始建于清朝乾隆年间,为四层碉房。1988年,卓克基官寨被国务院列为第三批全国重点文物保护单位。卓克基土司官寨有着重要的历史文化以及丰富的旅游资源。我有点不明白到底是阿来的小说《尘埃落定》成就了卓克基土司官寨的名声,还是卓克基土司官寨成就了阿来《尘埃落定》更高的文学成就。我想都不重要吧,重要的是阿坝州马尔康这片土地养育了一个获得"茅盾文学奖""鲁迅文学奖"双项大奖的著名作家,这是阿坝人民的骄傲,也是四川人民的自豪。

我们刚刚走到卓克基官寨门口,嘉绒锅庄的歌声就响了起来。一支由当地老年人组成的原生态锅庄队伍已经在官寨天井坝子里舞蹈开来,他们身着漂亮独特的民族服饰,唱着原声调的嘉绒藏语歌曲,载歌载舞,吸引了很多游人驻足。阿来自然非常熟悉这些家乡的人、家乡的锅庄,他也兴致勃勃地加入进去，拉着舞伴的手跳起了锅庄。在我们藏区有一句谚语非常有意思，那就是："藏族人会说话就会唱歌，会走路就会跳舞。"锅庄舞，也叫圈舞，藏区人民在田间地头劳作累了，为了放松一下就拉着手围成圈跳舞。如今，嘉绒锅庄已经被评为非物质文化遗产并且得以继承下来。这载歌载舞的欢乐场面，让来自国外的作家、翻译家也纷纷加入锅庄舞的队列中，我把中央电视台的女记者也拉了进来，她有点害羞，跳着跳着大家就放开了，本来就简单的舞步人人一学就会，歌声、笑声洋溢在卓克基官寨的上空。

锅庄舞结束，接下来开始参观卓克基官寨。阿来亲自为大家做了细致入微的讲解。这个官寨不仅仅是土司头人的官邸，也是红军二万五千里长征时的北上驿站。1935年7月，毛泽东、周恩来及中央红军长征队伍曾在官寨里停留过几天，召开了会议，为党指明了正确的前进方向。红军在马尔康境内期间，当地藏族百姓纷纷节衣缩食，捐粮捐物，给红军当翻译、当向导，为红军顺利翻过雪山草地做出了巨大的贡献。

官寨参观完毕，下台阶，过马路，过桥就来到西索村了。西索村是一个依山傍水的藏式民居建筑群。纳足河与梭磨河在西索村村口汇合后欢快地哗哗流过。西索村里有一座小小的寺庙，有一个门口石板上用彩笔写有"待你长发及腰，送你一把剪刀"字样的小酒馆，有一间唐卡画画舫，还有许许多多别具特色的农家小院。这些农家小院规模大小不一，都可以搞吃住玩一条龙服务的旅游接待。阿来一行人在桥头一家院子里休息，主人家一楼的客厅里炉火很旺，我把刚刚熬好的清茶端给每一个客人，喝一口浑身都暖暖的。这时，阿来的粉丝们拿着书见缝插针地找他签名，拿到他亲笔签名的书后喜形于色。我特别渴望得到一本《阿来的诗》，最终得到的是"山珍三部"里的《河上柏影》，但也非常满足了。

不知不觉夜幕降临了，暮霭沉沉的村子里多了一些冬的寒意。过了今夜，"世界作家阿来故乡行"采风活动就结束了。明天，来自俄罗斯、德国、韩国、印度等地的作家、翻译家们将告别马尔康回北京去。这次采风活动于他们来说是今生第一次来作家阿来的故乡，也可能是最后一次。当然，我期待他们能再来，热情好客的马尔康人民也欢迎他们再来。

17 / 古老的寨子

藏在大山里的寨子鲜为人知，藏在九寨沟大山里的寨子也是落寞孤寂的。这些寨子藏在灵山秀水之间，古人们因地制宜地利用土石树木，依山就势开始造屋筑寨，就地采集，狩猎放牧，日出而作，日落而息……从单家独户到形成相拥而栖的聚落。那时的村寨大多位于远离沟谷的坡顶山梁，散落在九寨沟纵横交错的山野之间，唯以翻山越岭、穿林跨谷的羊肠小道相连。九寨沟因沟内有扎如寨、郭都寨、荷叶寨、盘亚寨、亚纳寨、尖盘寨、黑角寨、树正寨、则查洼寨九个寨子而得名。随着九寨沟旅游业的蓬勃兴起，享誉世界的"童话世界、人间天堂"已声名远播。而那九个村寨似乎韶华已逝，日益凋零，也仿若是躲进幕后的剑客侠士，从此毅然转身隐遁江湖。

这是2020年春天，这个初始的5月，我们已经感受到了热浪滚滚而来，特殊的年份总感觉山区的气候也和往年不一样了。这个春天，我们决定去九寨沟大山深处探秘盘亚和尖盘两个老寨。

一、盘亚寨

高原的阳光很抒情，震后补妆归来的九寨沟依旧楚楚动人，风采不减震前的韵致。五一假期的来临让九寨沟似乎热闹了许多，各个景点都交织着游人匆匆的身影。荷叶寨、树正寨和则查洼寨都静静地躺卧在沟谷的路边，朴素着它们的朴素，芬芳着它们的芬芳。

我们的车匆匆驶过宝镜岩奔向荷叶寨，沿途的海子还是我心目中的样子，宝蓝色的湖水，缓缓流淌的河水，青葱翠绿的灌木丛和温柔的水草。唯一有些不同的就是沟内群山因2017年8月8日地震留下部分破损的痕迹，有点让人黯然神伤。

我们到达荷叶寨的时候，这个位于海边的小寨在清风中显得特别安详，来寨子里游玩的客人并不多，寨前的经幡摇曳在明亮的阳光里，别有一番风味。这个寨子是山上两个老寨子搬迁下来组合而成的，那么位于山上的老寨子如今是啥样的呢？带着好奇心，我第一次随九寨沟管理局科研处的小陈上山，那里也是她的老家。

绿卡车顺着荷叶寨的盘山公路蜿蜒上山，我们要去寻访的是位于山上的两个老寨子——盘亚寨和尖盘寨。从荷叶寨沿着盘山公路要走几千米的路程，才能到达山腰上的老寨。

盘亚寨，藏语"盘"意为协助、帮助以达到好的结果，"亚"意为牦牛。每年过年盘亚寨都要举行跳牦牛舞活动，寨名也由此而来，人与牛之间的密切关系也体现出当地的农耕文化。

我们在村口的路边停了下来，一下车迎面而来的是一股徐徐清风，阳光明媚的正午，整个村寨山冈都亮堂堂的。一眼望去，盘亚老寨小巧玲珑的身影出现在我们面前，隐约有鸡鸣声传来，最边上一户人家的门口停着一辆小轿车。这个小小的寨子坐落在山腰一个缓坡地带，只有几十户人家的确是小巧的，也是秀丽的。寨子周遭可以耕种的土地很少，高山草甸繁茂，树木葱茏，漫山遍野都盛开着纯白色的花。山上野李子树特别多，那些花都是野李花。春天的5月，盘亚寨被野李花装扮得像一位村姑娘，羞羞答答，犹抱琵琶半遮面的样子，而对面的群山山巅有积雪，雪峰绵延不绝，蔚为壮观。

盘亚老寨像一位上了岁数的老人，衣着朴素，色调以黑白灰为主，甚至于从它沧桑的容颜里我能感受到一种祥和的温暖。

寨子依然保存完好，墙体坚固结实，只是那些高高低低的屋顶表现出一种残损或者凋零。大多数屋顶是原始的灰色基调，青灰色的砖瓦。有的屋顶被风吹雨淋后有些破败，寨子里好多人家为了加固屋顶，将普通砖瓦换成了蓝色的钢板瓦或者小青瓦，很显然，有那么一点儿扎眼。盘亚寨的村口，最引人注目的是立在空旷坝子里的经旗。在藏区，经幡几乎随处可见，大多数都是挂在长绳上，长达几十米甚至数百米，上面印有经文，有红、黄、蓝、绿、白五种颜色，每一种颜色有不同的象征意义，红色代表太阳和火焰，黄色代表丰收的大地，蓝色代表蔚蓝的天空，绿色代表万物森林，白色代表飘飞的白云。盘亚寨村口的经幡成了一道独特的风景。经幡挂在高高的旗杆上，旗杆是就地取材的木杆，禁止砍伐树木后就用钢管当旗杆，高几米、十几米、数十米不等，柱顶装饰有柏枝、五彩华盖、日月星装饰等，使得迎风招展的猎猎五色经幡更加壮丽神秘。

寨子很小，只有几十户人家。

多数年轻人搬迁到山下的荷叶寨去了，部分年轻人大学毕业后留在外地上班，不再回家乡，使得原本小小的寨子更加寂静冷清，这是当前农村的普遍现象。在村里居住的多数是老人，他们留守在世世代代居住的村庄里，居住在老屋里，天天看着青幽苍翠的山林，吟诵着本教的八字真言，听着从远方吹来又飘向远方的山风，日日面对着雪峰和蓝天，守着祖辈世世代代的传说，回味着他们山水间葳蕤过、奔放过的青春故事，守着老屋，守着土地，守着忙碌几十年却又一去不复返的记忆。他们和时间一起反反复复地走过村寨里熟悉的小路，抑或是久坐于斑驳的矮墙下，任阳光照耀，任山风吹拂，仿佛搁浅在时光大海上的生命之舟，多少风浪镌刻在额头深深的皱纹里，多少郁苦消融在慈祥的目光下。自然而然，他们和那一座座土屋、一堵堵石墙一样，早已成为村寨不可分割的一部分。即便是搬下山去的老人，在享受了便捷与安逸、走过人生风雨、尝过幸福甘甜之后，临终之前也总是要嘱其后人将自己盛装过良善灵魂的肉身运回老寨。不管是选择在一片向阳的山坡筑起一座小坟入土为安，还是任由一簇旺盛的火焰超然升天，回到老寨故土，都是老人们的必然归宿。

生命诞生于此，也回归于此，从起点到终点，都离不开这方热土——我相信，那片林立的幡旗，不仅仅是后辈对先人的尊崇与怀念，也是对养育一代一代寨里人的故土的虔敬与感恩。天风不止，经幡永动，日里夜里喧响着，颂唱着，或许就是一茬一茬生命延续的歌吟，就是先人对后辈的佑护与叮咛。

一户农家在自家的屋顶上圈养了许多鸡，正在给鸡喂食的女主人招呼同行的小陈，想必这么高的寨子里平日来客较少，上来的要么是本村人，要么就是去阿梢垴遗址进行田野考察的人。

在村口边的草地上，几只绵羊在悠闲地啃食青草，进村宽阔的地带也布置了小小的篮球场，还安置有简单的健身器材，现在的村庄因为交通条件的改变基础设施都比较完善了，这是一种进步，也是一种文明。

寨子里家家户户房前屋后都码有高高的柴垛，在我眼里这些柴垛都带有我小时候童年生活的很多记忆，因为小时候在林场生活，捡拾柴火、码柴垛都是我再熟悉不过的事儿。

我很喜欢藏在大山里的村庄，盘亚老寨正是如此，寨子里出没的人很少。盘亚寨虽是人去楼空的村庄，失去了往日炊烟袅袅、鸡犬相闻的热闹场景，但是老寨并没有死去，它依旧安静地活在田地间，延续着一个村庄的精神气质，因为有些老年人不愿意离开生活了很多年的老家，更舍不得房前屋后那些耕耘过的土地。我们绕道盘亚寨的最高处，一户农家屋后一块已经抽穗的青稞地绿油油地呈现在我们面前，被木栅栏围着，四四方方、平顺整齐，可见主人对自己的土地有多上心和热爱。

站在盘亚老寨的最高处，遥望远处的雪山，天空蔚蓝，云卷云舒，山林青翠，风景这边独好。

二、尖盘寨

尖盘寨是九寨沟内的九个寨子之一。

尖盘寨，藏语"尖"意为辩论、挑战，"盘"意为高超、厉害。尖盘寨的名字就赋予了其优秀的内涵。

一树一树的繁花开满山冈，山冈上的寨子分外妖娆。

不确定那是些什么样的繁花，远远看去白花花的一片，它们努力装扮着这片山野。小小的尖盘寨就这样若隐若现地藏匿在大山高处，静谧中透着一股神秘，一种与世隔绝的安详与旷远。

尖盘寨与盘亚老寨不过300米的距离，这对姊妹寨坐落在高高的山上到底有多少年了，连寨子里的老人也说不清楚。这两个寨子迁移到山脚下安营扎寨已经有20多年了，这就是今天游客进沟看见的第一个水边寨——荷叶寨。从高处俯瞰这个寨子,就像一片宽阔的荷叶躺在青山绿水间,山水合一,山寨合一。

尖盘寨离山顶更近,更接近蔚蓝的天空。

尖盘寨原本跟盘亚老寨一样,是一个普通的高山老寨。

这是一个藏族村寨,历史悠久,很多藏区的特色文化在这里保存完好。据说以前春天种完庄稼后,在等待种子破土出苗的空闲时间,九寨沟内每个村寨的人要集中在一起跳夏莫。跳夏莫,也就是今天说的跳锅庄,流传于九寨沟的锅庄叫夏莫。在九寨沟当地藏语方言中,"夏"是田地,"莫"是耕作,"夏莫"就是在田间地头耕作的意思。在九寨沟地区,甚至整个阿坝州的牧区、半农半牧区流传着一种从古时候传下来的群众性娱乐歌舞——锅庄。人们白天外出狩猎、辛苦劳作,晚上聚集在一起分享猎物、围锅取食,跳起欢快的舞蹈庆祝这辛劳的一天。

跳夏莫锅庄时,通常是寨子之间各自为阵,就一个话题展开,由能唱会道的人领唱,一问一答,边唱边跳,有时候唱几天几夜也不罢休,有意无意中成为一种暗中较劲的比赛,不把对方寨子问唱得无以应答决不收兵。据说当时尖盘寨有个男子能言善辩,能唱会跳,在各寨中为佼佼者,屡屡胜出,因而这寨子也因这名男子而沾光,得名"尖盘"。

跳夏莫舞蹈,不单单是让全村老少聚在一起享受歌舞的快乐,同时也增进了人们之间的友情。夏莫歌舞因此也成为一种社会纽带,让村寨与村寨之间更加团结,如和谐大家庭一般相亲相爱。

尖盘寨注定要成为一个引人注目的神秘寨子。说它神秘来自2008年夏天由多家部门开启的考古试掘。

2007年夏天,尖盘寨突然来了一群陌生人,这些陌生人来自四川大学、美国华盛顿大学和九寨沟管理局,他们联合对九寨沟景区所属村寨进行人类学调查,在尖盘寨东侧的黄土台地上进行挖掘,居然从黄泥土里挖出了陶器和陶片,专家经过测试推断其年代可以追溯到2000多年前。这块台地当地老百姓称为"阿梢垴",于是这里就被命名为"阿梢垴遗址"。时隔一年后,为了配合全国第三次文物普查,阿坝州文物管理所会同四川大学中国藏学研究所及考古系、九寨沟管理局组成联合考古队,再次对阿梢垴遗址进行考古调查与试掘。

三方工作人员通力合作，细致地对尖盘寨台地进行田野考察，考察结果表明，阿梢垴台地主体堆积大有来头，这是一处具有相当规模的汉代聚落遗址。从此，人们掀开了阿梢垴遗址的神秘面纱，关于其更多的历史价值还有待进一步挖掘研究。

阿梢垴遗址的发现告诉了我们些什么呢？人类是什么时候开始在九寨沟内安营扎寨、生生不息的呢？阿梢垴遗址的发现刷新了九寨沟内人类活动的历史纪录。从考古发掘出土的陶罐、农具等实物证明，九寨沟的人类历史活动可以上溯到距今2000年左右的汉代时期。是否还能再上溯至更久远的年代呢？这些都是阿梢垴遗址留给我们的谜。

我们跟随小陈的脚步走向台地，近距离看清阿梢垴遗址的真面目。

阿梢垴遗址北临尖盘寨，西与数百米外的盘亚寨相望。遗址位于尖盘寨附近的一处多级阶地上，两侧都是深沟，四周杂草丛生，田地荒芜，只有那些盛开的野李花装点着过去和现在的尖盘寨人们的生活。我们要去遗址台地必须穿过一片小小的森林，森林里长满了青冈树、水杉和红豆杉等树木，其中有一棵行将枯槁却挺拔虬曲的白杨树特别引人注目。据说这里曾经是寨里人神圣的水源地，不能到此放牧牲畜，不能在此割草伐木，即便有人到此取水，也不能大声说话。

广阔的平台地面上满是干枯的野棉花，高过膝盖的茎秆一片惨白，横七竖八地支棱着，顶部挂着萎蔫破败的花絮，被风撩拨着，颤颤巍巍地挑起了跳跃的阳光。绵密的茎秆，萧疏的白色花絮，似乎在为所有逝去的生命祭奠。但是，茎秆底部的地面则长出了刚从冬天里萌生的叶片，肥厚而青翠，似乎带着一层闪烁着点点毫光的银灰色绒毛。嫩绿色的叶片错落恣肆地铺满了草地，像绿色的波浪，一层层地漾动着，向四周蔓延。

那一朵朵金色的闪耀着阳光质感的蒲公英，像一颗颗金色的钻石镶嵌在渐渐返绿的大地上，为大地平添了丰盈和富贵。或许，它们也像一颗颗从浩莽天际坠落的星星，搏动着大地的心跳，向所有前行的生命昭示着温暖与希望。

据小陈介绍，遗址目前挖掘出两个相连的单间，西侧房屋中部有圆形地窖，出土了铁镰等农具，初步判断可能是原主人堆放农具杂物的房间。东侧房间出土有大量的兽骨、炭、烧土等，可能为起居饮食之处，从剖面露出的残墙情况来看，该房屋空间面积较大，可能是这户人家的主屋。

我们一行人来到下面一个台地上，看见一个三至五米的长方形深坑，深约两米。四壁的黄土上划有五六道水平凹痕，每道划痕之间相距约二十厘米。坑底是高低不平的黄土，阳光像金水一样灌满了深坑。坑底中央长着两株高不盈尺的绿色植物，样子很像艾草。它们的影子像两张细密的蓝色网子，于金色的阳光中轻轻荡漾。突然间我有些恍惚，仿佛在金色的光波中看见了这座古屋的主人，看见了这座古屋主人的一抹眼神。或许，这座试掘的考古遗址，这座长方体的凹陷空间，电光石火般打开了一个时光隧道，让我们的目光跨越千年，在这个特殊的时刻悄然对接。我定神盯着他或她看，看到的只是迷离而虚空的眼神，穿过我四维世界里有形的身体，望向时光的深处，望向他们生死未卜的未来……

九寨沟在距今2000多年前的汉代就已经出现了定居的农业民族。阿梢垴遗址是目前在九寨沟境内发现的年代最早的考古遗址，位于尖盘寨东侧的一处黄土阶地上，其主体堆积是一组2间房屋的汉代夯土与木构架混合结构建筑遗存。阿梢垴遗址目前出土的器物有汉代铁器，包括凹口锸、钹镰、铁环、铁犁残件、陶器残片、珠饰，另外还有彩陶器残片。彩陶器残片表明阿梢垴遗址可能还有新石器时代遗存。

九寨沟地处川西北高原，数千年前非汉人的日常生活从阿梢垴遗址的发掘中可以找寻到一些蛛丝马迹，所以意义重大，它独特的历史文化价值无法估量。所以，阿梢垴遗址的开掘面世，被国家文物局选入"全国第三次文物普查百大新发现"。

与达戈神山遥遥相望的尖盘寨，是受神灵庇护的小寨子。达戈神山山巅终年积雪，陡峭俊逸的山峰在阳光的照射下格外威严雄奇。山腰山麓都是茂密的森林，松树居多，也有白桦和红桦，就连灌木丛都长得十分茂盛。我们从山脚往山上蜿蜒爬行的时候，6岁的格桑央宗兴奋地对她妈妈喊道："好漂亮呀……"我们到达尖盘寨考古遗址的时候，正午的阳光炙烤着大地，厚实的土墙上映出斑驳的影子，一些青草见缝插针地从土墙里钻出来，展现出草本植物顽强的生命力。随行的九寨沟管理局科研处的小杨算是回到了故乡，她对尖盘寨的考古发掘情况非常熟悉，我们一群人都在认认真真地听她诉说着尖盘寨遥远的过去。最初对尖盘寨进行考古发掘时九寨沟县博物馆和县文体局也参与了，后来九寨沟景区管理局牵头进行了细致的挖掘开发，在宽阔的台地上最先挖掘出2个土坑，在厚实的泥土里掏出了部分先人使用过的陶器、农具和生活用具。那些珍贵的文物在不久的将来会在沟口新建的博物馆里陈列展出，与世人见面。经过专家、学者的分析、研究和评估，目前证实2000多年前就有人在此居住，随着进一步的开发和研究，时间有可能还会往前推移。

由于挖掘条件还不够成熟，有些土坑刚刚破土就无法进行下去了，为了保护文物不受损害，考古人员在原址上就地掩埋，等到时机成熟再进行大范围的考古发掘。不久的将来，尖盘寨阿梢垴遗址会得到更好的发掘与保护，远古的文明会告诉我们更多远古的故事。

小巧的寨子带给我们大大的惊喜与反思，在这寂静的空山，万事万物都遵循大自然的生存法则，天地祥和，岁月静好。

18 / 初遇狮子坪

想去狮子坪看湖水，也想去看看隧道周遭的山林及山林深处工人居住的小屋。

梭磨河大峡谷到了山林苍翠、河水丰沛的季节，这也是一年中最美的季节。我参加的汶马高速作家采风队伍的行程将从马尔康去狮子坪隧道改为走老路，是为了让作家们多体验对比汶马路上新旧路段的变化。我们走在蜿蜒颠簸的老公路上，风景这边独好，郁郁葱葱的山林带来一缕清凉的慰藉。

初遇狮子坪，自然感觉一切都是新的。

狮子坪，一个刚强的地名。我说的狮子坪位于四川省阿坝藏族羌族自治州理县境内，狮子坪隧道在狮子坪水库附近。我是第一次来到狮子坪，车过九架棚隧道口停了下来，一座很有气势的钢架便桥横跨在水库上面。我们站在狮子坪索道桥头，桥下是宽阔的水库，清风拂面而来，碧绿的湖水在微风中波光粼粼，让人赏心悦目。天空是那么湛蓝、那么高远，这湖光山色让我误以为到了风景区。其实在我们阿坝州的沟谷山岭间，风光无处不在，风景无处不美。

站在九架棚洞口索道桥的桥头，可以清晰看见水库对面的狮子坪隧道。狮子坪隧道建设工地自然是一番忙碌的景象。并排的两个隧道都在施工，轰鸣声不绝于耳，隧道口有专人指挥拉山石的货车进进出出，偶尔能看见从洞口走出浑身沾满泥浆的工人。我们先到隧道旁边的临时指挥部听取项目部经理介绍隧道工程的总体情况。听完汇报材料后，大家对狮子坪隧道工程大致有了初步的了解。随后，指挥部给每一位男士准备了工作服、雨靴和安全帽，大家穿戴好后便乘车进隧道实地观察。由于一些特殊原因，女作家们在隧道外观察采访。

郑总对我说，这热闹的开工场面其实是非常不易的。狮子坪隧道位于狮子坪水库对岸，沿线地形陡峭，无路可走。主体工程开工之前必须先修建进场的便道或者便桥，而狮子坪地区属于高山峡谷地貌，地形环境复杂，地质条件恶劣，气候复杂多变，生态环境相当脆弱。面对如此大的施工难度、如此大的安全风险，施工过程中要警惕滑坡、塌方等安全隐患。在隧道口我站了许久，这轰轰鸣鸣的施工现场让我很震撼，隧道口的一条横幅标语特别醒目："隧道不通我不退，我是奋战先锋队。"短短一句话语道出了所有高速筑路人的决心与恒心。

美丽的狮子坪便桥今天横跨在水库上，这条长353米的全国最长民用索道桥的建成通行背后，洒下了建桥者们多少辛勤的汗水。杨壮，一个年轻的优秀项目工程经理，一个最早来到狮子坪隧道工地上的开拓者，当他给我们讲起修索道桥的最初经历时，也是感慨万分。那是2017年秋天，杨壮和他的3个伙伴一起冒着生命危险去探路，却无法沿原路返回，被逼在野外森林里过夜，在呼救无望的情况下，他们克服困难，通过自救闯过难关。尽管他努力做到轻描淡写地讲述，可我们还是听得热泪盈眶、心潮起伏。那些修建索道便桥的日日夜夜，大伙儿相继攻克了水面浮箱机械运送、空中管道油料运输、悬崖峭壁陡坡开挖、大跨度主索运输等极端施工难题，终于成功架设起国内最大跨径、最长的民用索道桥。第一次站在狮子坪索道桥上，美丽的湖光山色尽收眼底，狮子坪隧道与九架棚洞口连接起来了，所有施工均可以顺利进行。在桥上我拍了很多照片，作家友君还给我录制了一段视频存念。是啊，几年后，这座价值不菲的索道桥将从水面上消失，很多人记不住它甚至从未见过它，更不知道在汶马高速建设中它立下的汗马功劳。

在隧道洞口，机器的轰鸣声中，一辆辆大卡车川流不息地忙碌着，戴着安全帽的工人们身上、脸上沾满泥浆，我们根本看不清他们的脸。他们说话像是在喊，如果声音太小相互完全听不见对方到底说了什么，只看见嘴巴在上下开合。

每一个到过狮子坪隧道施工现场的作家朋友都有很深的感触，隧道建设工程太不容易了。只有亲历了这热火朝天的建设场面，你才能理解"震撼"一词的力量。这些日夜辛劳的隧道工人住在哪里呢？郑总仿佛看出了我心中的疑问，等到进隧道采风的男士们出来，我们就沿着隧道旁边的溪流进沟，这才发现原来施工的大伙儿是居住在密林深处的。溪水就是山泉水，小溪沟两侧的山林茂密，沿溪水逆流而上，轰鸣声听不见了，只有潺潺水声不绝于耳，空气格外清新，一丝清凉让人神清气爽。小路都是水泥路，路边的坡堡坎上也铺了一层水泥，稳当安全。大约走了一里路，山谷似乎更加幽深静谧，一座只能通过两人的小小便桥横跨在溪流上，桥的一头正前方有一块宽阔之地，两层的钢架板屋就坐落在密林深处，几个七八岁的孩子正在坝子里打闹玩耍，看见我们一大拨突然来临的陌生人，孩子们纷纷躲进各自的小屋不肯出来。一位工人告诉我，他们来自河南，这里也有四川本地的工人，这些孩子假期来陪父母，春节父母就回老家陪孩子。是啊，他们选择在各自合适的时间相互陪伴，在异地他乡享受亲情。这些常人眼里平淡的幸福，他们却得之不易。

　　世间万物有的默默生长，有的悄然消失，都是自然规律，我想我会永远记住这些修建索道便桥、挖隧道的无名英雄，也会记住一座桥的光荣与使命。折返的时候，大伙儿本想在索道桥上合影，结果乘坐的小车鱼贯而入开过桥面，一溜烟驶向了回程的方向。

　　我想，如果有机会我会再次去狮子坪看看，看看美丽的狮子坪索道桥，看看如火如荼的狮子坪隧道建设现场，看看藏在大山里的峡谷风光。

19 / 红柳深处

从康城去红原大草原，一定要穿过梭磨大峡谷。这条由山区逐渐过渡到牧区的弯曲道路，是很多户外运动爱好者常常光顾锻炼的地段。最美不过人间四月天，川西北高原的5月已是果林飘香、鲜花盛开的时节了。我们在梭磨大峡谷间穿行，谷底梭磨河水声跌宕，汩汩南流，投向滔滔大渡河。峡谷两岸的山间青翠欲滴的岷江柏、桦树、云杉、青杨、青冈林你簇拥着我，我拥抱着你，紧紧地依偎在一起。最让人激动的是山间偶尔一株或者几株亭亭玉立的高山杜鹃正嫣然开放着。我呆呆地望着车窗外，任一幕一幕的美景匆匆从眼前滑过，欢喜渐渐溢满我的心头。

汽车很快从山区驶入牧区，到达刷经寺，就真正进入红原境内了。刷经寺，这个被称为草原湿地小江南的地方，已经发生翻天覆地的变化了。这里原有的二十世纪七八十年代的一所中专学校早已搬迁，只留下凋零荒凉的旧址诉说着曾经的过往。校舍墙壁上依旧清晰地留着那个特殊年代刷上去的革命标语。摄影爱好者喜欢在这个季节光临刷经寺，因为这里有成片成片的金灿灿的油菜花。田地里的蔬菜正快速地拔节，一派生机勃勃的景象。车子驶入龙日坝草原，映入眼帘的是一望无际的绿，还没到草原最美的时候，但那些浅黄色的不知名的小花还是星星点点随意散落在地毯式的草地上，黑魆魆的大牦牛成群结队地在水草丰茂的地方悠闲地咀嚼着丰盛的美味。黑帐篷或白帐篷顶上袅袅升起缕缕青烟，我好像闻到了奶茶的甘甜浓香。一只健硕的草地狗蹲在帐篷边缘，十分忠诚地看护着主人的牛羊，它们也是草原的小主人呢。这辽阔的大草原上再也看不见翠绿的森林了，甚至很难觅得一棵树，但是那一丛丛的高原红柳却不断进入我的视线，这耐寒耐旱的生命力极强的植物就那样突兀地生长在高原湿地中，年复一年，永不倒下。

红柳，亦称"三春柳"，是干旱地区或高原上的常青灌木丛。红柳的根系特别发达，可深入地下30多米，新长出的枝条呈嫩绿色，老枝经高原强烈的阳光及风霜的侵蚀后呈现出殷红或火红的色彩，细细的叶片像鳞片，新长出的嫩芽是鹅黄色的，过段时间后叶片会变成墨绿色。这些嫩枝绿叶被当地藏族百姓视为特别好的药材，将它们处理好并煎水服后可以治疗高原湿地上的常见病——风湿疼痛，"观音柳""菩萨树"的别称就是这样得来的。夏天的时候，红柳就会开出密密麻麻的细小的紫褐色花，也算是这苍茫大地上一道独特的风景。在这长冬无夏的昼夜温差极大的高寒湿地上，红柳是唯一能耐得住寂寞和风寒的低矮卑微却无比坚强的植物。汽车似一只甲虫继续在草原腹地爬行，我望着内地人特别向往的高原上湛蓝的、云卷云舒的天空，仰视天空中翱翔的雄鹰，思潮澎湃，感慨万千。那一丛丛、一株株低矮的默默无闻的红柳此时此刻无比触动着我的内心，使我感动。

我是在红柳丛中找到安曲的，这是空寂辽阔草原上的一个小小乡镇。牧民都是游牧民族，帐篷是他们游动的家，党的牧民优惠政策也让他们长期择水草而居的生活习俗发生了一定的变化，固定的牧民新居也如蘑菇般朵朵盛开在青青草原上。阿甲的独门小户就落寞地立在安曲镇夺龙村的村头，阿甲和她的两个可怜的孩子站在窄窄的家门口漠然地注视着我们，他们仨就常年居住在这里。这个苦命的女人家里没有其余劳力，也没有牛羊，她仅靠"低保"政策的扶持独自拉扯着两个孩子，过着清贫凄苦的日子。我们去看她的时候，她甚至听不懂汉语，好在村主任可以当翻译。当她接过粮油的时候，沧桑的脸上露出了怯怯的笑容。

看望过阿甲，我们去往下一站——"优秀摄影作品进牧家活动"。这次展出原本是在安曲镇上进行的，恰逢当地牧民举行盛大的赛马会，牧民们全家老少都到赛马场去了，我们也就驶向安曲草原腹地更深处的赛马场。6月的安曲草原已是铺天盖地的绿了，红的花、黄的花悄然绽放，丰腴的水草让牛羊逐渐圆润起来，正是酥油丰产的时候。刚到赛马场，我就闻到了酥油奶茶的香味。牧民家家户户在赛马场上安营扎寨，炸油果子，熬酥油奶茶，吃香喷喷的手抓肉，兴致勃勃地观看英俊豪爽的藏家小伙子的精彩比赛。这样快乐的日子至少要持续半个月以上，这也是姑娘小伙子们谈情说爱、相互表白的良机，他们浪漫的爱情也会在这个季节生根发芽。我虽数次途经大草原，但是看真正的赛马还是第一次。时间的紧迫让我们一到目的地就紧锣密鼓地布展，刚把展架打开固定在草地上，原本艳阳高照、云卷云舒、风清气爽的天空就阴沉下来，乌云还未散尽，豆大的雨点就扑簌簌落下来，气温骤降，一股寒意迅速袭来，感觉仿佛是初冬。"草原的气候就像小孩的脸，说变就变。"阿芬对我说道。我们赶忙躲进车内，不出10分钟雨又停了，太阳又魔幻般出现在高高的天空，大伙儿又开始忙着手头的工作，大家有说有笑，也不觉得累。赛场上高音喇叭通知赛马比赛马上要开始了，三三两两清秀俊朗的小伙子牵着骏马入场了，兴奋的我慌忙前去拍了一张照。比赛一共进行了三轮，奖落谁家已尘埃落定。骏马奔腾的草原带给我无比的惊喜和快乐。赛马会一结束，牧民们纷纷围过来看展览，大家还饶有兴致地合影留念。正当大家兴致颇高的时候，这一片的天色又暗下来，而不远处的草地上空阳光依旧灿烂。几分钟后，豌豆般大小的冰雹密密麻麻地从空中泻下来，顷刻间绿草如茵的草地上铺了一层纯白色的圆溜溜、亮晶晶的颗粒。只一小会儿，那些珍珠般的冰雹就急急地融化在草地母亲的怀里了。

　　没过多久，天空放晴，太阳又出来了。展览毕，我们收拾好参展作品，依依不舍地离开安曲草原，驶向康城。沿途我依然看见草原上耐寒耐旱的坚强红柳从眼前一闪而过，而此时，我更想寻找的是宽宽草原上红柳深处阿甲那个小小的家。

20 / 遇见达格则

达格则是一个神秘的地方。

达格则位于阿坝州红原县，海拔4300米。地理海拔的高度让人觉得那是一个离天很近的地方，稀薄的空气、四季寒凉的气候又让人觉得那也是一个高冷的地方。

这是一个植物葳蕤的季节，这燥热的六月在川西北高原上的九寨沟却是格外凉爽。路过峡谷里的森林公园时，只见苍翠的树木被昨夜的大雪压弯了腰，路旁堆积着厚厚的一团一团的白雪。车子驶过森林公园一路攀爬至弓杠岭进入松潘境内，岷江源周遭的天地间白茫茫的一片，仿佛是初冬的景致。这可是人间六月天啊！

我们是从九寨沟穿过茫茫的大草原驶向马尔康的，车到红原县海拔3910米的查针梁子时，大家临时决定往右拐去达格则看看那里不一样的山和那座藏在高山草甸深处的小寺庙。

查针梁子是长江、黄河的分水岭，因其特殊的地理位置和独特风光，形成了一个观雪山流云、高山草甸的绝美景点。查针梁子山脚下还有一处令都市人魂牵梦萦的俄木塘花海景区。站在梁子上往下看，数百顶帐篷像朵朵白色蘑菇长在草地上，远道而来的游客喜欢住在露天帐篷里数高原夜空里闪烁的星星。

现在我们去的达格则景区应该是雪水流向黄河的区域。到达达格则大约还有8000米的路途，这8000米穿越的是海拔更高的地方。由于这里处于草原与峡谷的过渡地带，高山草甸景致最为明显。明明有稀薄的阳光，我还是看见细细的雪花敲打着车窗玻璃，这就是高原上特有的气候特点。

公路两旁是宽宽的草甸，远处也有起伏不大的绵延的群山，当我们看见灰白的岩石山峦时，感觉与一路走过的山大不相同。我想，达格则之所以与别处不同，与它裸露的嶙峋岩石有关吧。看见达格则的石头山，我马上想起若尔盖扎萨格那些像宫殿模样的山峦，它们都深深地震撼着我敏感的心。在我们川西北高原上，总是有很多山石、湖泊、草木的绝美组合吸引着内地人欣然前往。

就在这短短数千米的路途上，碧绿的草甸一望无垠，沼泽地里水草丰茂，一个个翡翠般的沼泽水塘随意地散布在草甸之中，大朵大朵的野莲花漂在水面上，奇异美丽。除了一个个明亮的水塘，周遭的灌木丛绿得耀眼，苍穹之下，满眼都是令人赏心悦目的翠绿。这绿的海洋让我暂时忘记了身边的不愉快，与大自然相处总是愉悦的。

到达达格则景区，达格则寺庙出现在我们眼前。

关于达格则，有许多神秘的传说。

相传200多年前，从青海果洛州逃难来的7户人家在此安居下来。随着时间的推移，这7户人家与红原当地的牧民共同组成了茸日玛部落。1928年，罗让丹巴在达格则为当地信教群众建起了一座格鲁派寺院，并且取名"达格则寺"。达格则寺是一座金碧辉煌的寺庙，占地5000多平方米。达格则寺从外观上看修建的时间不算长，小小的寺庙依山而建，背靠着雄奇的达格则神山。远远看去，寺庙深情地依偎在达格则神山的怀抱里，仿佛从未分离过的样子。据说该地为"伏藏"宝地，有许多神奇之处。该寺系格鲁教派，建筑独特，供奉释迦、观音、弥勒、渡母、文殊、普贤等神灵，是藏传佛教圣地之一。

达格则寺背后是山势雄奇、树木葱茏的达格则神山，这里的山与周围数十甚至上百千米外的山形态迥异，显得有些鹤立鸡群的样子。那些灰白的石灰岩完全裸露出来，应该是长时间受到风雨侵蚀，被大自然鬼斧神工般雕琢成怪石嶙峋、神态各异的奇异景观。有人说达格则神山是因为地壳运动海面隆起形成的。据说在这些山石堆里藏有一块高2米、宽70厘米的白石头。它一面粗糙不平，一面又光滑无比，像有人刻意打磨过一般，石头表面还隐隐约约地透出"六字真言"的字样。

自在空山，辽阔空山，我的目光一刻不停地在达格则神山上找寻！细看这些石头山，造型独特怪异：有的像观音打坐，有的像梵文石，有的像野狼，有的像一幅水墨画……我曾经长时间注视那块凹形的山石中部，隐隐约约看见一座观音的影像，有些怀疑是自己的眼睛蒙蔽了心智，难道真是观世音显灵在此了吗？我赶紧问同路的伙伴到底看见了什么，他们异口同声地说有图案。我说："你们再仔细瞧瞧那个图案像什么？"后来大家都觉得就是一尊佛像轮廓，而这些影像轮廓都是天然形成，如同冥冥之中神的旨意。一瞬间，我面对达格则神山在心里默默祷告："山神啊，请保佑庇护我度过万般苦累的本命年。"

走在达格则寺院的空地上，一口井进入了我的视野。这泓绿玉般的井水被保护起来。井沿三面有用石块搭起的凉棚，开口一面方便打水饮用。在这海拔4000多米的达格则神山脚下，在离草甸如此高的地方，这口井的水是来自地下还是来自神山上，是我心中小小的疑惑。不过这些都不重要，重要的是据说喝了这口井的水，可以医治偏头痛，于是我捧起来尝了尝，清凉爽口。

我们一行人静静走进庙门，佛门净地的清幽特别明显，整个寺庙总共也只有几十个僧人。寺院里干净整洁，只瞧见了两个小僧人的影子。除了盛大的法会日子外，平日里除了轻声念经的僧人，除了克咕鸟儿成双成对出入的身影，除了旱獭偶尔窜出晒太阳，我想，这个藏在高山草甸深处的小小寺庙是宁静安详的。我们在寺庙里逛了一圈，藏族作家巴桑用藏语跟一个眉清目秀的小僧人交流。小僧人说这里的藏传佛教属格鲁派，同时告诉我们山上有僧人修行的山洞。其实，达格则神山上有10多处溶洞，这些溶洞都是美丽奇特的喀斯特地貌。我们都很想去修行山洞附近看看，据说达格则寺周围有格萨尔王遗迹，传说格萨尔王曾在此修炼。

我们走出寺院，站在寺庙的最高处远眺，对面的碧绿草甸高山间，有葱郁的树木长在其间。这些树木不是随意地分布生长，而是诗意地长在天地之间。有的树木像兵营里士兵列阵般整齐划一；有的树木像六字箴言里的字母般长在草甸的最高处，仿佛一股禅意氤氲在达格则的山水间。此时此刻、此地此景，我的思绪仿佛沐浴在阵阵的诵经声中，我的灵魂再次接受了神圣的洗礼。

顺着小僧人的指引，我们沿着一条若有若无的山间小路攀爬，在半山腰挂满经幡的地方有一个山洞，据说是大德高僧修行的静谧之地。开始上行，我手脚并用小心翼翼地攀爬，近4000米的海拔空气自然稀薄，我开始大口大口地喘着粗气，头有些眩晕并伴有疼痛感。我坐下来休息了一会儿继续努力向上爬，终于到达山腰的平地。这块平台上的山边，大山裸露出灰白的颜色，石头缝隙处有雨水深度洗刷的痕迹，这处岩石被侵蚀成深深的槽沟，槽沟内部堆满了当地藏族群众用泥土自制的椭圆形擦擦，擦擦上还刻有经文的字样。这些有着象征意义的擦擦寄托着在世亲人对逝者的哀思与祈福。越过这块台地走到几米远的一棵老松树旁，一块巨大的石头堵住去路，艰难地爬过大石头，在大石头的另一面突现一个山洞，山洞四周如此险峻和隐蔽，如果不是小僧人的告知，一般人是很难发现它的存在的。洞门是一扇小巧的红色铁门，挂着一把封闭的铜锁，当然也就无法窥探到洞穴内的物象。但见一股清凉的水从洞内缓缓流出……据说这是大德高僧闭关修行的地方，门挂锁不代表洞内没有修行人，因为修行者数天才进食一回，有专门的僧人开门递送食物。站在达格则神山上，在这神秘的修行净地洞口，我们屏住呼吸，不敢言语，恐惊洞中修行人。

高处听风，我心宁静。转山转水转来世，达格则，我只为途中与你相遇。

达格则神山是克咕鸟儿栖息的家园。此刻，唯有克咕鸟儿敢打扰达格则的宁静，"咕嘟咕嘟"的鸣叫声响彻寺庙的山宇间。我们悄然无声地返回，下山时走得更慢一些，突然看见一只肥嘟嘟的旱獭蹲在玛尼旗杆下，双手合十，凝视着远方。我走到旱獭身边，它慵懒地看了看我，漫不经心地走到草丛中去了。

"一山有四季，十里不同天。"来时，达格则的天空飘着雪花，六月雪的景致在别处很难见到，在达格则却可以经历这些美丽的遇见。几十分钟后，太阳出来了，铺天盖地的翠绿更加明亮、更加耀眼地呈现在我们面前，我想我的心也跟着绿意盎然起来了。

作家巴桑说："大家瞧瞧山下的那条小路吧，沿着小路往对面的草甸更深处走15千米，还有一个藏在山坳里的玉措海子，湖水澄澈，周围环境非常漂亮。玉措海子南边200米处还有一个色尔措海子。"本来我们就是中途拐了一个弯突然造访达格则的，根本没有时间再去寻找那些美丽的高山湖泊，但是达格则的美丽已经深深烙印在我们的心里了。

21 / 四姑娘山走笔

一、长坪沟

长坪沟是四姑娘山景区三沟之一,是户外运动爱好者的天堂,也是攀登者攀岩攀冰最理想的地方。

长坪沟算是一条较长的沟谷,从沟口到沟尾全长29千米,面积大约100平方千米,沟内共有21个景点。长坪沟是四姑娘山最秀美的一条沟,也是开发得最少的一条沟。它的原始风光吸引了五湖四海的游人。

从游客中心售票处乘观光车去长坪沟,只有7000米的车程,中途要经过一座小小的寺庙,叫斯古拉寺。斯古拉寺位于长坪沟的沟口,是一座藏传佛教格鲁派寺庙,相传是宗喀巴大师的高足查科阿旺扎巴于15世纪初建造的,至今已经有500多年历史了。寺庙由经堂、佛殿、转经廊和煨桑白塔组成。当地民众大多数是藏族,几乎全民信教,所以斯古拉寺庙里僧侣众多,盛极一时。我们去的时候刚好是盛夏,也是旅游旺季,游客众多。在寺庙的一间展览室内,供有佛珠手串、佛珠挂件等首饰供游客欣赏,也可出售。寺庙内挂有五色经幡,在猎猎风中招展飞扬,形成了一道独特的风景。

长坪沟内从斯古拉寺到下甘海子的路段修建了木质栈道,从下甘海子到木骡子的路段就是原始山路。

去长坪沟只有两种选择:一是徒步走完全沟,用脚步丈量全程,细看沟内美景。二是骑马观光,来一次浪漫的峡谷穿越之旅。无论选择哪种方式,去长坪沟的旅程都会让你终生难忘。

那天从斯古拉寺出来，天空开始飘着毛毛细雨，山色空蒙，烟雨中的长坪沟显得越发美丽。

我们选择走栈道游览长坪沟。

徒步走完长坪沟29千米的路程，需要一整天，得有沟内露营的打算才行。一路蜿蜒下行的栈道上，三三两两的游客不少，年轻人居多。长坪沟也叫情人沟，据说来过这里的情侣，最终都能永结同心，牵手白头。长坪沟是四姑娘山最具挑战且风光秀美的一条沟，也是目前开发最少的一条沟。进沟就走栈道，栈道掩映在山林间，让我特别惊喜的是栈道两旁那些郁郁葱葱的树木，尤其是造型虬曲高大的柏树，有的树龄甚至超过了500年，树木露出灰白的黄桶般大的树干，树干上长着青苔，挂着丝丝缕缕的松萝在风中摇曳生姿。进沟1000米处有一棵"再生树"引起了我们的注意。那棵红桦树从一棵倒地的枯树身上重生长出来，居然长得高大挺拔、亭亭玉立，红桦皮特别耀眼夺目。沟内不仅有原生态风光，还有原始纯朴的村落——解放山寨和樟木寨。

长坪沟生长着不少高大的原始植物，品种繁多，保存完好，形成原生态的自然风光，独特美丽。在这片洁净的原始森林里，古柏树枝繁叶茂、高大挺拔，青松苍翠繁茂，云杉、冷杉、杨树等密密匝匝分布其中。周遭满目都是苍翠的树木，遮天蔽日，仿佛难以见到湛蓝的天空。谷底的溪流哗哗流淌，如一首动听的乐音在山谷回响。

云蒸霞蔚、青山逶迤的长坪沟是美丽的。

在这辽阔的空山，单看看山坡边甩尾的马匹都是轻松惬意的。

那些三三两两高大俊朗的马匹在路边、草丛中等候它们的客人，马匹的主人要么是彪悍帅气的汉子，要么是蒙着红头巾的漂亮姑娘，他们都是长坪沟马帮队的村民，每天的任务就是接待客人进沟。

长坪沟内有2个自然村寨、3个村民小组，只有75户人家，210多个村民。长坪沟内人烟稀少，村民的环境保护意识到位，人人都有"绿水青山就是金山银山"的环保理念，沟内生态环境保存完好，长坪沟的旅游资源才会如此丰富美丽。

张建军是长坪沟内的领头人，今年42岁的他已经当了8年的村主任。我们聊长坪沟的时候，健谈的他如数家珍地给我说着他的村寨和马帮队。

樟木寨和解放山寨相隔5000米，它们都是典型的藏区嘉绒藏寨。嘉绒民居的修建都是就地取材，山间有很多质地坚硬的石块，那些大小不一、方圆各异的石块经过能工巧匠的手艺，便能筑成既朴素又美观的石头房子。那些小巧的山寨坐落在山腰，本身就是一道别具特色的风景。对于看惯了大都市风光的城里人来说，那些藏于山间的小小的石头寨子会带给他们另一种发自内心的小欢喜。

随着长坪沟景区的开发，越来越多的户外运动爱好者从全国各地蜂拥而至。于是，长坪沟成了户外运动者特别向往的地方。

这里是攀登三峰和幺妹峰的重要营地。想攀登幺妹峰的人几乎只能从长坪沟进入，到达山峰脚下，选择时机登山。同时由于特殊的地理环境，这里也成了攀岩攀冰的理想场所。对于酷爱挑战的攀登者来说，长坪沟是他们寻梦的地方。

来长坪沟观光的游客越来越多，徒步需要耗费大量的精力和时间，加之沟内车辆无法通行，村民发现自家的马匹可以发挥一定的作用。于是，大家伙在村主任的带领下组建了一个马帮队，马帮队也可叫作一个小小的马匹公司，公司里有专门的管理人员，成员就是村民自己。游客租马匹进沟观光支付的租金归马匹主人所有，但是每一次的收入得给公司上交20%，用于给管理人员发工资，余下的年底给全村村民分红。

长坪沟的山间小道上，只要听见叮叮当当的铃声，就知道那是马帮队与游客在向长坪沟的深处前进，前方的风光正在等着他们。

我问村主任："村里和村民有啥改变呢？"

"2017年我们全村脱贫，都是托景区开发的福，我们才有机会建立马帮队。别小看我们的马帮队，因为它我们全村村民人均收入可以达到1.3万元左右，家家户户一年都有好几万元的收入呢。村里人吃上了旅游饭，收入可观，日子一天比一天好。随着旅游业的蓬勃发展，村里基础设施不断完善，村民的观念也转变了，环保意识大大提高，大家自觉遵守村规民约。村上还专门设有护林员，村民从不乱砍滥伐，大家还相互监督，风气很好。"村主任非常自豪地告诉我。

经营马帮只是村民集体经济的一个项目，村子里还搞起了民宿。目前寨子里有4家民宿，吃住一天大概300元，还是比较经济划算的。长坪沟景区的栈道没有完全修通，走到栈道终点处，再往里面走2里路就到大本营了。大本营处有村民开的一家小卖部，游客可以在小卖部稍作休息，补充一点必需的简单食物。

村主任滔滔不绝地给我介绍着。说到寨子里娃娃读书的话题时，村主任骄傲地告诉我村民们特别重视教育，娃娃都送到县城或者绵阳、成都去读书。寨子里这些年来已经出了十几个大学生、4个研究生，陆陆续续有40多个人参加了工作。

长坪沟村民的日子真是越过越好了。

大家除了经营自己的马帮营生，也义务承担起救援的任务。每一年，来自全国各地酷爱户外运动的登山爱好者会选择合适的时机来到四姑娘山登山。登山是一项极具挑战性也极具危险性的运动，受高山气候变幻无常的因素影响，发生各种突发事件在所难免。村主任说，他印象最深的就是2009年夏天的那场山难。当得知山上的登山队伍发生险情时，沟里的村民冒着危险自发上山参与营救，虽然最终还是造成了"一死一伤"的悲剧，但是因为大家齐心协力地营救，把伤亡人数降到了最低。长坪沟的村民都觉得这是他们该做的事。

山间铃响马帮来，这铃声是山间最动听的乐音。

二、最美的遇见

遇见太阳，就能遇见神山；遇见神山，就能遇见你的心。

到达四姑娘山镇的时候，落日的余晖依旧让整个镇子亮堂堂的。位于镇上的斯古拉文旅城十分雅致地坐落在山麓河谷地带，河水温婉地从它身旁淌过，水声仿佛一曲乐音，在清风里时时响起。

斯古拉文旅城包含河边依山而建的一幢幢独栋民宿、容中尔甲演艺中心和熊猫唐卡长卷展示中心。

走进斯古拉文旅城，就走进了一个文艺气息浓厚的休闲之地。文旅城的一幢幢独栋民宿零星散落在天地间，或散落在山腰，或沿河坐落在山谷，全是小木屋结构。小楼外观新颖漂亮，色泽朴素典雅，室内布置得整洁温馨，整个房间全天供应氧气，即便是初次到这高海拔地区的游客，也能拥有好睡眠。文旅城的高端民宿可以满足各种不同层次客人的需求，如此上档次的民宿及其服务在国内景区也是排在前列的。

容中尔甲演艺中心是斯古拉文旅城的核心。

容中尔甲演艺中心是目前国内最大的室内360度三维实景演出中心，建筑面积达8000多平方米，可同时容纳3000名观众观看演出。整个舞台由左、中、右三个舞台并列组成，这是国内首创，可以全方位地给每位观众展现精彩表演。目前，容中尔甲演艺中心的编剧、演绎人员和工作人员都已入驻，他们经过著名作家阿来的指导，已经编排出一台集当地历史文化、藏区特色文化于一体的歌舞剧。其演绎人员艺术水准高超、表演内容丰富多彩、声光电效果一流，带给观众无比震撼的艺术享受，是一场精彩绝伦的艺术盛宴。演艺中心全年向游客开放。

到了四姑娘山，如果只欣赏雄奇美丽的山川峡谷风光，或者只是来一次极具挑战的攀登之旅，此次旅行都不算圆满。看山看水看林后，再看一场容中尔甲演艺中心的精彩晚会，你才能更加深刻地领悟到藏区多彩文艺的内涵，才能在疲惫的旅途中享受一次精神上的盛宴。

斯古拉文旅城的建立，给四姑娘山风景名胜区增添了又一道独特绚烂的风景。那些极具特色、质量极佳的小民宿提升了景区的文化品位，也满足了不同旅客的需求。

在九寨沟，我听过边边街的水声，在边边街的水声里喝过小店的咖啡，听过舒心的小曲。

在四姑娘山斯古拉文旅城展示厅，我看过百米长卷熊猫唐卡画的神秘气韵，在水边的民宿阳台上看过春雪漫天飞舞，与文友聊过诗词歌赋。仿佛只有在这里，在这灵秀安静的山水间，一颗浮躁的心才能安静下来，才能获得满满的休憩与放松。而这些，都是大自然丰厚的馈赠。

在这里，太阳每天都是新的。

很多人千里迢迢而来，就是为了去猫鼻梁看一次日出或者日落。我也见过许许多多摄影爱好者在猫鼻梁上长久地守候，只为抓拍太阳上升或坠落的美丽瞬间。

在这里，遇见太阳，就能遇见神山。高原上的太阳永远都是金色的，高原独特的气候让这里阳光明媚、天高云淡。这里的每一座山都是有神性的，遇见之人都会得到神灵的庇佑。

在这里，遇见神山，就能遇见自己的心。

22 / 九寨的味道

一、核桃花

龙须菜、长瘦菜，这样称呼它我都觉得太正式，还是叫它核桃花吧。

南坪老百姓都有春天吃核桃花的习俗。

现在南坪县改名叫九寨沟县了，因为这里有名扬天下的九寨沟风景区。九寨沟人喜欢吃核桃，而且是把香酥的核桃粒放到面馍馍里烤焦了吃，咬一口下去，面香、核桃香让人满口生津，不愧是九寨人的最爱。

那挂在核桃树上一串一串的核桃花被人采回家，捣鼓半天后就成了饭桌上的一道美食。

核桃花分新鲜吃和干吃两种吃法。

春天里刚刚采回的核桃花，要先撸掉须，只留下嫩绿的茎，这是个细活，得一根一根地处理，很辛苦。撸好的新鲜核桃花先在滚水里氽一下，捞出盛在清水里浸泡，数小时后清水颜色变成淡黄色，核桃花里原本的苦涩味儿就被清水泡淡了。这时，捞出核桃花，把水分挤干后放在盘子里备用。喜欢凉拌味道的人，就把干辣子、姜粒、大蒜水、少许食盐、味精等佐料撒在核桃花上，等锅里的清油烧烫再浇上去，滋滋几声，香味瞬间在屋子里飘散开来，一盘乡野美食就可以端上桌了。南坪人家喜欢端着一海碗洋芋干饭或者一海碗茶面颗颗，就着凉拌核桃花，津津有味地把饭干掉，那个爽啊，真耐人回味。

春天里捡拾的核桃花晒干后可留着以后慢慢食用，这也是九寨沟当地人常用的储存山珍的方法。晒干的核桃花保存时间可达半年之久，要食用时先在温水里泡发数小时后，挤干水分即可凉拌或可炒肉，一般不用来煮汤。

过年腌制的腊肉，遇上核桃花，那才是绝配。

腊肉是九寨沟当地农家自养的生态猪，宰杀后腌制烟熏而成的上等下酒菜，肉质特别鲜香。

通常做法是把煮熟的腊肉切片，放到油锅里爆炒出油，加上姜、蒜、盐、花椒等佐料后，倒入氽过水的核桃花继续翻炒，入味后即可起锅上桌。这道菜荤素搭配，腊肉油渗入核桃花中，肉糯软生香，肥而不腻，核桃花更是绵软可口。

我每次去九寨沟的农家乐，农家餐桌上必上的菜就有凉拌核桃花或者是腊肉炒核桃花，它们是当地人最喜欢的带有家乡味儿的美食。后来，即便是九寨沟的各大宾馆酒店里，这两道菜也成了必不可少的佳肴，远道而来的八方来客吃了都赞不绝口。对于美食，谁又抵挡得住诱惑呢？即便我离开九寨沟很多年了，每次回来也一定要就着二两九寨人自酿的粮食酒，配上一盘腊肉炒核桃花，小小地醉一盘。

这朴素的饮食习惯多像朴素善良的九寨人。

二、黑木耳

一场春雨过后，青冈树吮吸了天降雨露，身体开始苏醒，蕴藏在它身体表层的木耳菌也开始苏醒。一场一场的雨水让大地苏醒，万物复苏，草长莺飞。

转眼就到6月了，黑木耳从青冈树上一朵一朵地长出来，真像人的耳朵。九寨沟黑河这个地方，因为盛产黑木耳，让当地老百姓的日子一天比一天滋润。而那些让人喜爱的高档食材黑木耳，已经从九寨沟走出阿坝州，走到四川全省各地，成了人们餐桌上的美味佳肴。

我在九寨沟生活了10年，那些年也没有少吃黑木耳。南坪老县城的所有农产品小店里都有黑木耳出售，因为产自当地，物美价廉，是大家都喜爱的美食。

九寨沟黑木耳有个显著的特点：新鲜的黑木耳朵朵软嫩厚实，无论是煮熟凉拌，还是与鲜肉、腊肉回锅炒熟，其鲜香美味都不会变，口感软糯细腻。新鲜的黑木耳晒干后，封存装袋打包，一箱一箱、一袋一袋远销全国各地。在九寨沟工作生活的那些年，好多朋友托我帮忙购买九寨沟黑木耳，我也乐此不疲地帮忙邮寄。很多朋友出差来九寨沟，离开的时候也少不了要带几袋回去馈赠亲朋好友。后来我离开了九寨沟，对九寨沟黑木耳依旧十分喜爱，也常常托人从九寨沟帮忙带过来。

关于人间仙境、童话世界九寨沟，喜欢旅游的人都是谈论它无与伦比的美丽，而对九寨沟了解很深的人还会谈谈它的美味山珍，九寨沟黑木耳肯定算是其中之一。

黑木耳的烹饪方法很简单，如果是新鲜的黑木耳，洗净后在开水里滚煮两分钟，捞起沥水晾凉后，佐以姜、蒜、葱花，加生抽和红油辣子凉拌，味道真的很巴适，是人们都喜欢的下饭菜。

我不喜欢吃素，一日不见油荤肉类的菜，我就觉得瘪肠寡肚、脚炪手软的，过不惯那种清汤寡水的日子。所以，在九寨沟那些年，我很喜欢猪肉炒黑木耳这道菜。将干木耳温水泡发后捞起备用，再将煮熟的五花肉切片，在锅里倒入少许菜油，油热后把肉倒入锅中翻炒，直到肉片爆出油并微卷，再把姜片、蒜片、豆瓣酱、少许盐放入锅中与肉合炒，最后把木耳倒入锅中翻炒，加点酱油起锅，一盘木耳肉片就可上桌了。哪怕只有这一个菜，也会瞬间满屋飘香，令人食欲大增。

九寨沟黑木耳以其肉质脆嫩细滑、味道独特、营养价值高而深受大家喜爱，同时它还具有益气补血、润肺和清除消化道纤维等作用，是美食家和素食者共同的理想食材之一。

好久未去九寨沟了，这个夏天我一定要找机会去一趟九寨沟，又去看看九寨山水，去海吃一顿母亲炒的拿手好菜——木耳肉片。

三、一捧糌粑香

想念九寨，想念九寨沟漳扎镇上能措家门口那条从弓杠岭山上流淌下来的河流，更想念能措家的糌粑香。

能措是我藏族朋友中英语、汉语都讲得非常棒的邻居，是她家唯一的大学生，也是典型的安多藏族美女。能措是县中学的一名英语教师，她的老家就在九寨沟漳扎镇上，她的家人都是九寨沟地地道道的藏族，她阿爸在镇上开了一家规模不小的宾馆，旅游旺季时生意很火爆。淡季的时候我常去她家玩耍，主要想吃能措阿妈给我们做的糌粑面团，再美美地喝上几碗酥油茶。

说起糌粑，凡是在藏区生活过的人都不会陌生，它是藏区当地老百姓最喜欢吃的普通食品。

高海拔的高寒地区，农作物主要以青稞、胡豆、豌豆为主，热带或者暖和地区的粮食作物无法在高原地区生长。九寨沟属于川西北高原，高原上昼夜温差大，阳光强烈，适合青稞的生长。青稞糌粑是由青稞磨成面之后炒熟制成的，有点像内地的炒面，但是吃法不一样。糌粑面易于保存，老百姓把炒熟的青稞面装在木制的储物柜里或者厚实的牛皮口袋里，吃起来很方便，出远门时装在口袋里携带也很方便。作为易于保存且不易腐烂变质的食物，糌粑自然深受大家青睐。

糌粑分为青稞糌粑、豌豆糌粑、燕麦糌粑、小麦糌粑等。

糌粑的做法也简单：选好青稞、豌豆或燕麦后，先淘洗干净，晾干，炒熟，然后磨成细细的面粉，糌粑面就做好了。

糌粑食用方便，只要将适量的糌粑面放在碗里，根据各自的喜好，还可以放入奶渣或白糖，然后加入少量茶水（马茶熬制出来的茶水），用手指反复搅拌均匀，再捏成团状，吃一口掰一块。吃时一般不用筷子、勺子，直接用手往口里送。除用茶水调制糌粑外，喜欢喝酒的人还可用青稞酒调糌粑，做出的"粑"甘甜醇香，别有风味。

藏族是一个勤劳善良的民族，过去人们上山挖药打柴，或者在田间地头劳作，或者出门赶路都要随身携带糌粑，吃起来很方便随性，的确是对付饥饿最快捷的方法。今天，藏区人民的生活水平大大提高，吃食丰富多彩，但糌粑仍是深受人们喜爱的物美价廉的快餐食品，更是人们的一种习惯。

这次回九寨沟，我又去了能措家，这回不是能措阿妈给我们做糌粑面团吃，而是能措亲自搅了一小碗，大家分而食之。

四、一碗酥油茶

我喜欢喝茶，特别喜欢喝花茶，花茶的花香让人生津止渴，满口留香。在川西北高原的阿坝藏区生活了几十年，当地藏族人民带有浓浓奶香和油香的酥油茶更是别具风味。

九寨沟县的藏族人民尤其喜爱酥油茶，现在，九寨沟的汉族百姓也喜欢上了喝酥油茶。酥油茶是九寨沟藏族人民的传统茶饮。在九寨沟的藏寨里，家家户户都置有火塘，火塘的功能不仅仅是让人们在冬日里烤火取暖，它也是藏族人家熬马茶、烧馍馍的地方。制作酥油茶先要在茶壶里熬煮马茶，待马茶熬煮好了，再在浓茶汁中放入适量的酥油和食盐，还要加入新鲜的牛奶和核桃仁，然后置于特制的木桶内反复搅拌、上下拍打，俗称"打酥油茶"，如此，一碗内容丰富、营养上佳的酥油茶就做好了，一天的美好生活也就开始了。藏家人的早餐通常就是一碗喷香的酥油茶和一块香甜的糌粑，不仅爽口，还耐饥饿。

火塘是家里最温暖的地方。九寨沟地处川西北高原，冬天比较寒冷，火塘就成了一家人聚餐聚会的地方。火塘是煨酥油茶最好的地方之一，因为火塘里柴火不断，酥油茶一天到晚都是温热的，屋子里奶茶飘香，任何时候客人来了都可以喝上一碗酥油茶。今天，随着人民生活水平的提高，电能、天然气也可以取代火塘的功能，但是，好多九寨人家里依旧留有一方火塘，这是人们心中一段温暖的、跟酥油茶一样芳香的记忆。

酥油茶香醇可口，不仅可以饱腹，还提神，深受藏区群众的喜爱。

酥油茶含有丰富的维生素B1、B2、C，营养价值极高。山区蔬菜、水果没有内地丰富，经常饮用酥油茶，能起到与吃新鲜蔬菜和水果一样的效果。藏族人们认为经常喝酥油茶可以增强体质，小孩子爱喝酥油茶，个个长得像小牛犊一样强壮可爱；老年人爱喝酥油茶，长寿老人也特别多。

"敬你一碗青稞酒，远方的好朋友；敬你一碗酥油茶，远方的好朋友。"在九寨沟，饮青稞酒、喝酥油茶都是舌尖上的享受。糌粑遇见酥油茶，那真是藏族人家早餐的绝配。

九寨美景早已名扬天下，九寨美食也深受天南海北游客朋友的喜爱。看山看水享美食，这是一种最惬意的精神享受。

我的内地朋友来九寨沟，我一定要请他们品尝九寨沟的糌粑和酥油茶。九寨沟不仅有原生态的绝世美景，也有原生态的美味佳肴，它们都是我们不能错过的一种享受，更是一种朴素的幸福。

23 / 九寨册页

一、边边街的水声

水,是白水河的水;水声,是白水河在歌唱。

我喜欢称白水河为翡翠河,河水有时候是清花亮色的,有时候是墨绿色的,更多时候是翡翠色的。白水河从弓杠岭山上大张旗鼓地哗哗流淌过来,穿过浓密的九寨沟国家森林公园,穿过甲蕃古城,穿过迷人的甘海子,就流到了九寨沟沟口的边边街。

边边街位于九寨沟沟口火地坝,离九寨沟沟口游客中心大约1000米,整条街沿白水河修建而成,故名边边街,号称中国旅游第四街。

街是小街,半个小时的工夫就可以走完全程,但"麻雀虽小,五脏俱全"。

小街上有古色古香的临河听风的小客栈,有风情别致、品类齐全的小酒馆,有极具九寨风味的特色小吃店,当然也有风情满满的个性突出的旅游商品店,还有小茶楼、KTV等休闲场所。在艺术品商店里,你可以尽情地淘你喜欢的小商品和珍贵的艺术品。在这里,你可以选购美丽的九寨沟油画石,可以买一顶具有西部牛仔风味的牛皮帽子,可以买几条价廉物美的手工编织的藏式披肩,还有琳琅满目的各种口味的干牛肉、南坪干柿饼、九寨沟牦牛酸奶子、干果坚果等美食供你选择。

来自四面八方的游客出沟后一定要逛逛边边街,简单地休息调整一下,一天的旅游疲劳就烟消云散了。

旅游旺季到来时,边边街天天都是游人如织、热闹非凡。

无论是旅游旺季，还是旅游淡季，边边街都是在匆匆早起的游客的嘈杂声里醒来的。山区的早晨是多么明丽呀，早早地，一辆辆载满客人的旅游大巴就从10米开外的公路上驶过，徒步的散客穿过边边街向沟口走去。我喜欢这人声鼎沸的热闹。淡季最后，雪花会降临，山里的时光一下子就安静下来了，安静得仿佛只有我一个人，只有边边街的水声一如既往地唱着欢乐的歌。

　　我曾在边边街长久停留过，确切地说是生活过10年有余的时光。九寨的山山水水、一草一木都是我喜欢又怜爱的事物，而边边街在很长一段时间内成了我温暖的栖息地。

　　那些年在边边街逗留的日子，我喜欢漫无目的地逛街，喜欢坐下来在临河的小店里喝一杯清茶或者吃一点特色小吃。有时候，只是坐在河边听听翡翠河的水声，也是一件十分幸福的事。

　　那些年我待在九寨沟，闲了就经常去沟口玩耍，去九寨沟第一村龙康村逛逛，去边边街吃点小吃，再去边边街的喜来登酒店看一场藏羌歌舞晚会，都是非常惬意开心的事儿。后来离开了九寨沟，边边街在我想象中越发朦胧，越发让人想念。

　　那次在攀枝花，与重庆著名诗人李元胜、九寨沟著名诗人龚学敏等文朋诗友一起喝茶，大家谈到重庆朝天门码头夜色的美丽，我说九寨沟的边边街夜色也很美。李元胜说他因为钟情于九寨沟，那年在九寨沟边边街买了两间门面，没有时间去打理，租给别人在经营，对于九寨沟的情结就更深更浓，空了一定要常回九寨沟看看，去边边街喝茶听水。

　　我喜欢九寨沟的边边街，我沉醉于在边边街的晚风里散步的闲情。

　　边边街虽然没有丽江四方街的庞大与喧嚣，但是它与山为邻、与水为伴的静谧与安详，也是一种低调的奢华。

二、森林公园札记

　　弓杠岭是松州与九寨沟的分界线。

　　弓杠岭上方是岷江的源头，下方是九寨沟区域。这条小小的地理分界线非常明显，直接由松潘草原进入峡谷林区。当汽车沿弓杠岭蜿蜒而下，其实就是在茂密的森林中穿行，公路两旁及周遭的山林郁郁葱葱，林间杉树、松树、桦树众多，低地被葱茏的灌木丛覆盖。进入九寨沟最先让客人养眼养心的就是这森林公园里满山的绿。

从森林公园曲曲折折的山路下来，九道拐算是公园中最蜿蜒的一段路，呈"之"形的公路掩映在树木中。这山林中蘑菇、木耳等菌类和蕨类可食的山珍比较丰富，在路旁的道班点，每到夏季，就有道班工人将捡拾到的菌类摆到路旁出售，这也是他们一年中一笔小小的收入，雨水多的年份菌子和木耳非常丰富，他们的收入也就颇丰。我有时路过也会带一些菌子回内地送朋友，朋友们自然将其视为难得的美味佳肴，欢喜得不得了。

县上林业局的一个林场就在这森林公园之内，一位林场工人的家属在路边开了一家小小的馆子，位于山中的小馆子十几年来都屹立不倒，秘诀应该是这里纯天然、绿色无污染的食材吧。老板娘做菜用的猪肉、鸡肉都是自家自产自销，土豆也是自己种的，菌子、蕨菜也是自己上山采的，就连烹饪的柴火都是自己捡拾的。我无数次从那个小小的馆子边疾驰而过，机缘巧合也只吃过一回，印象自然还是深刻的。

从森林公园一路前往九寨沟，还要经过风景绝美的甘海子，现代中透着古朴味道的甲蕃古城，顶级豪华如一颗明珠镶嵌在林间的九寨天堂大酒店。现代文明早已渗透在九寨沟的山野间，这是历史发展的必然。

2017年"8·8"地震是对九寨沟的一次重创，森林公园内的山林被摇晃撕咬后显得有些破损，让人心疼不已。

我用心跳作为阅读的标点，把你久久苦望。天地悠然，人在永途。我以神游作为穿越的步履，把你幽幽冥想。我与你一同沉陷，却不能承载无数个世纪的沧桑……就在这秀美挺拔的意境里，品读世道艰难，了悟生命浩荡。

定格的，岂是海枯石烂的末路？是英雄沦陷？是青春祭奠？是爱情殉难？峡谷，你这太阳的烙痕，疼痛里埋藏了大地的雷霆。狭长的悲怆，似母亲具象的手臂，为雪域的生命之舟导航。

我只是自然的学子，总想蹀进山光水色，窥听历史的华章，但最终的事实是，游走在大地的掌纹里，两边高峻的山体，将我虔敬的身影逼进卑微的角落，如一豆萤火，湮没于自然的光芒。

看游人如织，谁能质疑：你这大地的创伤，如今已是文明的走向？

次次回九寨沟，次次与九寨沟森林热情相拥，让这一年四季翻涌的绿海，温暖我疲惫的心灵。松风的歌吟，大音希声，执着地演奏高山流水。绿色的年轮，藏匿了千百种生命的秘密——大熊猫、独叶草，亿万年的玄秘，伏在原始的葱茂中窃听。

林间游弋的鸟，是四季不凋的花。在9月的枝头，啁啾是它们绽放的诗意。啄木鸟轻叩森林的窗扉，画眉鸟婉转传情，让挺拔的青春失眠。枝叶间，时光穿梭着催场，五角枫只好用高海拔的热情引领秋色。

在这个以负氧离子的丰富而著称的王国，云杉是衣冠楚楚的望族，它们肩并肩，牵连着灌、藤、草、苔，糅合了风、云、雨、露，构建了立体的生态雕塑——看处若屏，听时如海。

雕塑的额头，一粒鸟鸣，滴落成初秋清脆的水。娑萝在水一方，恰似卓玛飘摇的歌声，濡润我干涩的鼓膜。

三、五彩池印象

（一）

那些澄澈的湖泊散落在九寨沟的山林间，似珍珠、似玉盘。有的湖面如天空之镜，装得下蔚蓝的天空；有的湖面荡漾着斑斓的纹理，尽显奢华的美丽。

所以，水是九寨沟的灵魂。

有人说天下一水九寨沟，九寨沟的水要数五彩池的最迷人。凡是目睹过五彩池风华的人，无不为之惊叹与陶醉。

五彩池的水，是水中精灵在至高处舞蹈。

五彩池像一颗珍珠遗落在山野间。五彩池的水是变幻莫测的，时而墨绿，时而金黄，时而橙红，时而蔚蓝，这流光溢彩的一潭池水清澈见底，池底经过千年钙化的砾石连纹理都清晰可见。无论多么寒冷的日子，即便周遭冰天雪地，这池水永不冰冻，一年四季活色生香、楚楚动人。

这里的水，不单单来自森林。这里的水仿佛自天上来，澄澈冰洁、灵动而斑斓，阳光照射下来，水波荡漾，那些红的、黄的、蓝的、绿的波纹熠熠生辉。

所有的欢喜都无法用语言表达了，只好坐下来，默默与这天籁之水对话。无论多么浮华的人世，多么不堪重负的人生，多么权重位高的奢华，当你仰望这空灵的山野，面对这冰洁高丽的一池碧水，你都会产生"拿得起，放得下"的超然。人只有与自然深度对话的时候，才会觉察自己的不堪与渺小。

微风拂过，这夏日的山林清凉宜人。山中树木葱郁，植被覆盖了每一寸土地，几乎看不见多少裸露的沙石。风来风去，空气都是清爽的、洁净的。

在五彩池漫步，用眼神与这斑斓的水交流，与这清丽的山风对话，或者用心灵与山林静静沟通，世间很多理不清的烦恼就慢慢理顺了，很多东西也就慢慢放下了。毕竟，除了这山川日月可以永恒，其他我们追逐的很多东西都是浮云。看得开，放得下，无欲才会一身轻，心灵才会潇洒自如、宁静安详。我特别沉醉于这五彩澄澈的水，看它在阳光里波光粼粼、熠熠生辉，在这梦幻的场景中我把自己想象成一只飞翔的鸟，围着这斑斓的一池水舞蹈，永不谢幕。

世间诸多事物风情万种，五彩池的水朦胧了我的眼。那些十指相扣的年轻人或者老年人，都在用爱情盛大的言语，覆盖此时别人默不作声的欢喜。

坐看山水，周游世界。如果你没有目睹过九寨沟五彩池的那潭水，那一定是今生最美的遗憾。

（二）

对九寨沟的爱是有缘由的，比如它那澄澈斑斓、摄人心魄的水。

对一棵树的喜欢也是有缘由的，比如桦树，比如秋天浪漫的桦树林。

对森林的崇敬，缘自我出生在大山里。朝朝暮暮与大山厮守的日子，使我自然会对大山及大山里遍布生长的树木与小动物有一份特殊的感情。而滋养我的川西北高原上更是群山巍峨绵延，山岭间森林郁郁苍苍，参天大树不计其数。九寨沟的山林里树木种类繁多，红松、三尖杉、白皮杉、麦吊云杉、赤桦、领春木、连香树……其中我特别喜欢成片成林的桦树，喜欢白桦树，更喜欢红桦树。

九寨沟的桦树属于高山桦，这里的桦树集落叶乔木的美丽于一身，有着修长的树干，光滑的树皮。它们挤挤挨挨地长在山林里，各自芬芳。

桦树的红树皮是它鲜艳的衣裙。

风过桦树林的时候，如有温柔的乐音在林间萦绕，不绝于耳。桦树修长的身影亭亭玉立，而那些光滑的红红的树皮开始翻卷，如朵朵艳丽的围裙围在桦树身上，煞是好看。小时候我和家人住在一个林场里，常常进山林干活。记得幼时随母亲上山林采蘑菇、捡菌子，只要钻进桦树林，累了，我们就会坐下来休息，吃点干馍、喝点凉水。而我常常对像纸一样光滑的桦树皮感兴趣。白桦树的裂缝处树皮翻卷，用手轻轻一撕，一大块一大块薄薄的树皮就撕下来了，有型的整洁的树皮能当作纸，可以在上面写字，也可以抄写短诗，然后夹在课本里。更多的毫无规则的桦树皮撕下来就带回家，当灶头煮饭生火的引火柴。我和弟弟常常跟在母亲屁股后面上山，即便我们小孩子捡不了多少菌子、耳子，也得捞一背篼桦树皮回家当引火柴。那时候虽年幼，但全身上下有使不完的劲儿，觉得上山是一件挺好玩儿的事。

山野的风一如既往地吹，一只鸟从桦树林中飞过，留下好看的倩影。把自己想象成一只鸟，在山野间自由自在地飞翔，是一件很惬意的事儿。记得一位诗人曾在红桦皮上写下深情的诗行："那些曾经在我的怀念中流浪的鸟，用被火烧红的金属锻打成歌声，一遍遍歌唱明年就要生长的草。所有的热情，所有比雪还要白的热情，在雪的下面，在鸟的影子掠过的地方，被我纤瘦的手，一次次地体会。那些曾经流浪在我诗歌中的鸟。"这是一个浪漫诗人关于梦想的红皮书，他将内心永远的怀念镌刻在红桦皮上。我不知道诗人那些深沉的句子里有多少隐喻的爱情故事，也不知道这山林里到底埋葬了多少爱情的箴言，我听过一些，忘记过一些，也记住过一些。

2020年冬天，我随"青稞文学奖"采风活动组直接到长海参观后，在去往五彩池的路上，要经过一段下坡的原始森林，其间要穿过一片桦树林。冬雪降临的桦树林又是另一番景致了。白雪只能零星覆盖在桦树上，桦树依旧露出朱红的外衣，给寒冷的山林增添了一抹温暖的色彩。来自全国各地的作家们自然是欣喜若狂的，他们像鸟儿一样穿梭在静静的桦树林里，嘻嘻哈哈打着雪仗，或者专注抓拍各自想要的风景。广西的一位女作家站在一棵桦树下若有所思，她美丽的身姿也像一棵亭亭玉立的树。是呀，人间美丽的景致无处不在，一个人的内心温柔了，整个世界都会对其温柔以待。

静静的红桦林，冷艳的红桦林，在九寨沟这偌大的山野间，我还能歌唱什么？我还能寄予什么？

（三）

雪是冬天的使者，有雪的冬天才是最美的冬天。

九寨沟每一个有雪飘来的日子，都是最浪漫的季节。看雪花在高冷的时节舞蹈，听雪花落地的声音是何等的幸福。

不是每一地的冬天都会有雪降临。九寨沟的冬天有雪的日子又是另一番风韵。五彩池的雪比较温柔，凡是阳光照得见的地方，第二天大部分雪就被晒化了，留下零零星星的影子。森林里的雪就不一样了，即便是阳光穿透树林，雪也会紧紧地覆盖在林地上，不但不化，还会越积越多，于是林间那些白白的厚厚的雪就成了一道游人喜欢的风景。在珍珠滩可以看见九寨景致一绝——"蓝冰"，五花海是看不见的，五花海的雪就是雪，结冰的景观很少见。

那些年，因为在九寨沟工作，我经常陪客人去游览九寨沟，从长海下来一定会带客人去五彩池。可以毫不夸张地说，来到九寨沟不去看看五彩池，你就错过了最浓缩、最精华的景点，那一定是最大的遗憾。如果你看过雪中的五彩池，那又是一种深度的别样的美丽享受。

冬雪降临，五彩池披上银色的风衣依旧楚楚动人。

山林被大雪装扮后，有一种寒澈的风韵之美。残雪压枝，稍有寒风吹过，雪就簌簌地落下来，落在雪地上，越积越多，踩上去软绵绵的。

桦树秋天就落地的叶子被积雪覆盖，偶尔也有一些倒地的树干上挂满白雪，我希望这些盖着厚厚雪被的枯枝和树干上长出诱人的木耳。桦树耳和青冈耳都是森林珍贵的馈赠。

那年冬天，我去看过五彩池的雪景。我们从长海下来决定走栈道去五彩池。栈道全是下行，上面铺有防滑的麻布，我们小心翼翼来到五彩池边，雀跃的人们都在抢最佳拍摄点，与美景同框是很多人痴迷的喜好，也有真正的摄影大师为了一个镜头蹲守拍摄很久也不肯离去。我选了栈道的一个拐弯处坐下来，四周的树木上挂有积雪，闭目静听，仿佛真能听见雪落的声音。坐在这位于五彩池高处的绝佳位置可以把五彩池尽收眼底，远观后再近观，更能体味这人间瑶池无尽的美丽。

在五彩池，海水的斑斓与银装素裹的山林相映成趣，互相成全各自的美丽，而那些陌生的口音不一的红男绿女，有的急急走过，有的卿卿我我，匆匆之间，我们谁也没有给谁留下什么。

在五彩池的寒冬里你会想起谁？思绪随海子对岸桦树林的冬之歌飘飞……

24 / 茂州纪事

一、茂州的风

茂州城有很多可以记述的事物，比如羌城博物馆，再比如古羌城附近的金龟包银龟包传说等等。而现在，我只想说说茂县的风。

茂州地处岷江河谷地带，一座城因为一条河流穿城而过就显得灵动起来。河风吹拂，温婉湿润。对于整个茂州城来说，每天正午真正意义上的风就开始吹了。正午时分，大风呼啦啦在城市上空响起。走在每一条街道上、每一片田野间，你都能感受到大风从你脸旁吹过，它掀起你的衣袂，吹乱你的长发，甚至让你睁不开双眼。中午的风要持续刮到下午，下午一过，一切归于宁静。

说到茂县的风，可是鼎鼎大名的。在我们阿坝地区有这样一句谚语："茂县的风，松潘的葱，南坪的姑娘不好蒙。"意思是这三个地方的特色与风、蔬菜、美女息息相关。茂县的风就这样传扬出去了。据说茂县的风与一个典故有关：相传在唐朝时期，一位重臣被贬发配到此地。大臣在茂州待久了，喜欢上了这里稻谷丰收、瓜果飘香的美景与安逸的生活，再也没有想回京城的念头了。后来皇帝颁旨召他回京复职，重臣舍不得茂州，迟迟不愿动身。皇帝下了几道圣旨都不见大臣回去，于是龙颜大怒，在地图上指着茂州说："人怕老来穷，谷怕午时风。"让大臣留在那儿永不回朝。

茂县的午时风与这个典故传说应该没有多大关系，而是与地理位置和气候有关。"日晕三更雨，月晕午时风"的说法其实是与气旋等大气运动密不可分的。如果白天出现日晕现象，那么晚上（24时）就容易下雨；如果晚上出现月晕现象，那么白天正午（12时）就容易刮风。茂县位于岷江河谷地带，高原山地气候明显，日照时间长，昼夜温差比较大，容易出现月晕现象，所以会出现午时风。

汶川与茂县相隔几十千米，同样位于岷江河谷，地理位置与气候特征基本相同，所以汶川的风也不逊色。

茂州的风是甜蜜的，夏季风一吹，羌人果园里的红樱桃、青脆李、鸡血李就沉甸甸地挂在树上，惹人喜爱。果子成熟了，茂州城的街市上遍布上市的水果，成都等地的游客周末会驱车前来购买，一来出门看山水，二来以实惠的价格获得甜蜜的山里水果。更有乐趣的是，外地人可以在农家果园里亲手采摘中意的果子，所以每一年瓜果飘香的季节，茂州城的农家院里总是十分热闹。果子成熟的时候，花椒也跟着成熟了，无论你走在茂州的哪条街道上，你都能从风中嗅到花椒特有的清香，好吃嘴儿们的丰富菜肴里哪少得了花椒呢？所以茂州的花椒也是远近闻名。秋风吹过，茂州的糖心苹果就成熟了。茂州的水果夏秋季节从未间断，街市上当地水果成了农副产品中的一大亮点。那天我去茂州著名的民营企业六月红花椒社参观，才知道茂州的花椒已经畅销到到欧洲国家。

每一次漫步在茂州的街头，如果是下午，我都感受到了茂县风的热情。如若是在夏季，茂州的风是让人凉爽怡然的。对于生活在茂州的人民来说，家乡的风使他们的家乡别具特色，风里也洋溢着一种坚韧，犹如羌人坚韧的品格一样。

二、初到松坪沟

川西北高原上的任何一条沟谷都是美景。人们熟知的九寨、黄龙也是藏在大山的沟谷里的。这次去茂县的松坪沟采风，于我是第一次，心中的那份期待自然是浓浓满满的。

一切都是想象中的样子，山谷被秋风吹过之后，姜黄的山林和绛红的山林混合成浓重艳丽的色彩。入秋以后，松坪沟的山林犹如画家现场浓墨重彩绘出的作品一般。这个时候，天南地北的游人蜂拥而至，具有"小九寨"美誉的松坪沟到了人气最旺的季节。出门看山水，更多的时候是寄情于山水，与自然亲密接触后释放一下沉闷的心情罢了。当白石海出现在我面前的时候，静如一面镜子，我无法分辨清楚是天空的蓝倒映在湖水里，还是湖水把天空染蓝了。这让人心慌的蓝就是高原蓝！

已是深秋，山林秋的外衣被一场夜雪浸湿后忽然变成纯白色。这银装素裹的沟谷一下子仿佛沉寂下来，晶莹剔透的冰凌挂在嶙峋的石缝间，闪着莹莹的辉光。所有的树枝上都挤满了蓬松的雪，有的树枝被压弯了腰，在微风中颤动着。只需轻轻摇动树干，雪花就会扑簌簌从树枝上纷纷落下。雪花飘扬在脸上瞬间会融化，落在脖子里的一股冰凉的快意会让人激灵一下。

我走在湿漉漉的林中小道上，这反季节的寒冷让人缩手缩脚。不断有观光车在下客，游人越来越多，静海边上三五成群照相的人真多。突然，一团雪球不知道从哪个方向向我飞来，刚好砸在我的手臂上后迅速碎散开来。还没来得及看清目标，只见几个雪团又飞过来了，几个美女嘻嘻哈哈笑着作鸟兽散，远处传来几个男诗人嘿嘿哈哈的欢笑声。我们不计较不反击，跟着背着吉他的飞哥向林子深处走去。

诗人原本就是浪漫深情的。松坪沟这漫天飞雪过后的世界是银色的，歌声打破了这纯洁晶莹的宁静，优美动人的吉他声是《雪山飞狐》的主题曲："让青春吹动了你的长发，让它牵引你的梦，不知不觉这城市的记忆已记取了你的笑容，红红心中蓝蓝的天是个生命的开始……"诗人们的歌声在沟谷间回荡。前不久，武侠小说一代宗师金庸先生远离尘世，大家是用歌声在进行遥远的祭奠。

观光车载着欢呼雀跃的游人从我身旁呼啸而过，估计很多人也是第一次来松坪沟看秋景，没想到突然降临的夜雪让秋景幻化成白雪皑皑的冬景，自然是让人狂喜不已的。我们选择步行去下一个景点，虽然身体有些疲惫，凛冽的秋风也让人感觉异常寒彻，但是沿途风光无限好，光是那晶莹剔透的冰挂就看见了好几处。我掰下一条含在嘴里吃起来，嚼在口里嘎吱嘎吱响，冰凉得不敢下咽，这种嚼一嚼冬天的感觉也挺有意思的。

走着走着渐渐有了些暖意，诗人白林抓拍冰挂的图片迅速在微信朋友圈里引起无数转发、点赞。这绝美的收获一定也会引发一首新诗的诞生。我喜欢他的那些经得住细嚼慢咽的文字，有嚼劲，有深度，也有温情。

一株挂满金色小圆果的沙棘树吸引了大家的目光，这银白色山野间突然出现的一抹不同颜色一定会成为亮点。白林看透了大家的心思，趴在悬崖边摘下一枝来。我们吃着酸酸甜甜的沙棘果，喜笑颜开地往回走。沙棘果被称为"VC之王"，在阿坝州小金、茂县、金川等地的山林里地沙棘树众多，这里出产的沙棘饮料也远销外地，成了一个小小的品牌。

步行走完松坪沟景区是不现实的，最终我们还是乘上观光车回到瓦尔普海。我在景区餐厅里要了一杯滚烫的茶水，与采风团大部队会合后，车子载着一行人驶向茂州城。

1. 蓝色的瓦尔普海

去松坪沟的沿途风景处处都是让人震撼的。一路上大家情绪高涨，唱歌、诗朗诵、讲故事等小节目不断，但是当车子驶入新磨村时，全车人瞬间沉默了。两年前的那次山体滑坡地质灾害，让松坪沟的新磨村一夜之间在沟谷里消失，村庄、村民瞬间被深埋在地下。透过车窗看见的新磨村遗址，全是冰冷的石头和泥土，没有一丝炊烟的痕迹。眼里潮潮的，车里无声，在沉默不语的气氛中，我们到达松坪沟的核心景区了，迎接我们的第一个海子是白石海。

白石海也叫公朋海、瓦尔普海，我更喜欢瓦尔普海这个名字，因为这个名字有欧洲湖泊名字的味道，而且更具诗意。瓦尔普海最先吸引我的是那一湖幽蓝，湖水共蓝天一色，有一种琴瑟和鸣的韵味。

瓦尔普海边有一块神秘的白色石头。在羌区，羌人对白色石头怀有一份特殊的情感，对白石多了一份崇敬，把白石供奉为圣物，羌族神话传说《燃比娃取火》中，白石头是蕴藏火种的器具。因为这块石头，松坪沟的村民称这个海子为白石海。

站在瓦尔普海的岸边，它辽阔的水域一下子让人感到胸怀也开阔了；它深邃的蓝让人内心宁静；它镰刀的形状让人想到收获和富足，让人觉得瓦尔普海就是上天对松坪沟叠溪村村民的馈赠。

瓦尔普海是有故事的海。

其实，海子的形成与地震有关，这地震过后形成的巨大堰塞湖装满了伤痛的过往。瓦尔普海的形成还是因为1933年8月那场震惊世人的"叠溪大地震",那场地震过后形成了松坪沟内诸多的高原湖泊,当地人叫它们"海子"。那场灾难中一个叫"蚕陵"的重镇在地球上消失了。

松坪沟的瓦尔普海边,关于那块白石的传说很吸引人。传说这白石是用来拴海马的石桩,而且这块白石桩还在逐年长高,无论湖水潮涨盈亏,白石桩都从未被淹没过。也有人告诉我,红军将领徐向前率领红军路过此地时曾经在这块白石桩上拴过战马,传说白石桩受到红色革命精神的感召有了神性,受到羌人的顶礼膜拜。

传说终归是传说,瓦尔普海的蓝却是亘古未变的。这里的蓝是高原蓝。

一位著名诗人写的《2018的春天》里有关于天空蓝的句子:"我要用羌语把你喊成天空中可以说话的蓝/和诗意着的小鸟,博大,而且温暖/让援建的那些身影成为一棵棵大树,长在我的诗歌里/在阳光下面歌唱/如同那么多盛开的爱情。""5·12"地震过去了10年,灾后恢复卓有成效,叠溪大地震过去了80多年,有些伤痛随着时间的流逝慢慢愈合了。地震留给羌人的海子今天成了著名的旅游景区。上帝在关闭一扇门的同时,也给当地命运多舛的羌人打开了一扇窗。

白石海、瓦尔普海,我离去后永远记住了你的高原蓝!

2. 墨海听雪

这一池墨水,把周遭的山林都染成了墨绿色。一场夜雪降临过后,山川森林一片银装素裹,墨海成了白如雪的山中的一颗蓝宝石,闪着莹莹辉光。

山色空蒙,有雪飘来!

越来越多的游人从林中小道下来,打破了墨海的宁静。我一个人静坐在墨海的岸边,看湖水微澜,听雪花落入湖里的声音。墨海寒彻着一个人的静默。一位老者捣鼓着长焦镜头想收获一张墨海全景,而我只想依偎在墨海旁,把自己植入墨海的一片静默里。我想,一个海子总有属于它的故事,一个海子一定有它的前世今生。1933年8月那场7.5级的地震是墨海形成的根本原因,松坪沟里这些大大小小的堰塞湖都是因为那场地壳运动形成的。在它不堪回首的故事情节里,墨海静落成一只鸟,常年守候着山林的全部。

而此刻，寒凉的天宇山野间，我们的闯入是与一场雪的对话，是对一个默不作声的海子的敬畏与怜爱。鸟雀无声，松林沉寂，只有桦树的树干上那些绛色或者白灰色的树皮斑驳着一种记忆，这是关于我童年的记忆。也是在这样的阿坝高原上的山林，小时候的我随母亲去林中剥桦树的皮再背回家做引火柴。在墨海的森林里，桦树、松树、杉树有很多，即便有雪压住枝头，它们也都是玉树临风、冰清玉洁的样子。我喜欢山林，我是在大山里面长大的，天生对森林、大山和大山里宝石般的海子有一种依恋，有一种难以割舍的情愫。

海水是墨绿的，天空也是墨绿的，86年前那个被地震打碎的正午，山谷失色之后，天空变成沉闷的黑色。滚滚乱石砸碎并埋葬了这里低矮的村庄。村庄消失之后，墨海像一只鸟，顽强地活在世上。

墨海狭长幽蓝，四野树林密布。岸边这些桦树、松树和灌木丛，在与墨海数十年的唇齿相依中，见证了一个海子的前世今生。在海边我不想说话，所有的话都是苍白无力的。墨海边有几块巨大的石头，其中一块大石头造型别致。我们三个人爬上石头顶部静观墨海，湖水仿佛微微泛起波澜。墨海永远都是静默的，是我的心动荡了。我静坐在石头中央冥想，这石头是否真的会开花？这石头会不会就是墨海忠诚的守护神？我们的闯入会不会打扰湖水的宁静。

雪花还在轻柔地飞，一片片轻薄的雪落下来，落到墨海里不见了，落到我手心里不见了。雪落到树梢上被留了下来，越积越多，成了美丽的雾凇。雪还在温柔地下，也在我心里，越来越厚，越来越纯洁，越来越美丽。我的心事也在雪花中舞蹈。

一股清冽的寒意让我的思绪回到现实。我眼里的山川海子多么富有诗意啊！在墨海，我渴望自己羽化成一只飞鸟，在海面上轻盈舞蹈，自由飞翔……

3. 邂逅爱情海

很多人渴望邂逅一次初相遇，一次初相遇里的纯真情感。在松坪沟，我邂逅了爱情海及它周遭的一切美好事物。

在松坪沟，五彩池也叫爱情海，是装满甜蜜爱意的海子。在九寨沟，五彩池就叫五彩池，是藏在大山里一颗熠熠生辉的七彩宝石。松坪沟也有"小九寨"之称，会不会就是源于此？

那棵巨大的松树站在高处俯视着五彩池，因为它与爱情海比邻，就成了人们心中的神树。传说只要你向它默默吐露心声，它就会在某一天实现你的愿望，这棵树叫"许愿树"。

雪后初晴的上午，所有的山林都是一袭素衣。白茫茫的山野间，世界纯白成最雅的风景，唯有那棵许愿树上飘飞着艳丽的红，这红是人们挂在树上的羌红（红色的哈达）。

这些飘飞的红丝带上都藏有一个美好的心愿。我事先没有准备一根羌红，只能站在许愿树下默默祈求：我心忧伤，请赐我一剂看淡世态炎凉的良方，还我宁静。

许愿树通往情人桥。桥的一头连着许愿树，另一头通往情人海。桥就是五彩池的红娘。

从桥上走过的人成双成对，形影永相随。

爱情海静默在水磨沟的中央，人们习惯叫它五彩池。从情人桥下来的一截路七弯八拐的，想要目睹五彩池的芳容还得翻过几块大石，有一条窄窄的栈道通往爱情海。这是不是在告诉天下人，想要获得爱情也不是一件容易的事呢？"愿天下有情人终成眷属"也是一种祝福罢了，因为过程必定充满艰辛与无奈。终于见到五彩池的真容了，它羞羞答答地藏在大山深处，像一位犹抱琵琶半遮面的女子。湖水墨蓝，静若处子。阳光洒下来的时候，湖水泛着彩色辉光，色泽亮丽，无比美丽。

我喜欢呼它爱情海，这样更具有温情。

从情人桥到爱情海这一段路虽然很短，却要爬坡上坎，这是不是预示着要获得一段纯真的爱情很难呢？在情爱的世界里，有的爱易如反掌，有的爱刻骨铭心，有的爱山高水长，有的爱只是海市蜃楼罢了。

爱情海寄予了太多人们对情感的追求，就连周遭的一草一木似乎也是有灵性的。听人说这里生长的草木都是成双成对的，如果伤害了其中一株，那么另一株也会凋零，多么有情有义的生灵啊！知道这个传说后，我不敢践踏一株小草，采摘一片树叶、一颗山果，小心翼翼地行进在林间小道上，心里却是满满的感动。

爱情海上面是乱石公园，这个公园的全部景致就是满坡大大小小的石头。

传说这些石头也是有灵性的，它们的窃窃私语似乎随着风传进了我的耳朵。也许前世我是一只妖，今生我才能听懂石头的话，我听到它们说它们也想要追寻爱情。

初到五彩池，初识爱情海，是今秋最美的邂逅！

三、偶遇音乐房子

正是深秋，街道上的梧桐树落下金黄的叶子，秋风一吹，阵阵寒意袭来。

若是夜晚或者清晨，空气会更干冷一些，我就会情不自禁缩紧全身，仿佛心也缩得紧紧的。晚餐时我喝了一杯酒，走在羌城的楼宇间，脚步有些轻飘飘的，法国梧桐树叶将落尽，有一点萧条的韵味。我们从羌城下来，过一座桥，顺着滨河路走，就来到路边的音乐房子。

音乐房子是茶座，是小酒馆，也是小小的演艺厅，是茂县几个有梦想、有追求的音乐人联合打造的休闲场地。音乐房子里藏着一支民间摇滚乐队，队长叫"六弦飞歌"，大家一般叫他飞哥。茂县的文艺青年、诗人们喜欢来音乐房子喝酒听歌，兴致来了也点首歌自己上台吼几句，在酒里麻醉自己，在自己的歌声里陶醉。这天是茂县诗人雷子请大家去音乐房子玩，去的都是作家、诗人和编辑，这耍法正合大家胃口。我都好长时间没有去过歌厅喝酒唱歌了，有点小兴奋。我们一群人的到来让屋子里仿佛热闹了许多，已经有客人在卡座里喝茶了。客人未满，壁炉里跳跃着火焰，舞台左侧布置有一株诗意盎然的垂柳，架子鼓、电子琴、电贝斯、吉他等物什在彩色流光里忽明忽暗。时间尚早，房子里流淌着怀旧的音乐。电子琴躲在垂柳枝下，露出琴手的半张脸。敲架子鼓的是一名刚刚从音乐学院毕业的年轻女子，她那双小手竟敲击出那么有力有节奏，生活就该如此有鼓声、有激情。

正对舞台的屋子中央有一个火塘，炭火吐着红红的舌头，一只吊脚砂罐挂在炭火上，这本就是一道风景。砂罐里沸腾着啤酒、红枣、枸杞的气味。在这里喝酒根本不用啤酒杯，而是用陶制的土巴碗，酒要一碗一碗地端，互敬时都是一碗一碗地喝，豪气冲天的样子。不必煮酒论英雄，也不必在乎得意还是失意，低入微尘的日常，也是生活的盛景。那个身材单薄的贝斯手极像罗大佑，也有一张瘦削的脸，一样音质的嗓音。年轻时我曾在《恋曲1990》里沉沦。诗人雷子带来桑葚干、葡萄干下酒，嘎嘣脆的桑葚干禁不住细嚼，像脆弱的心情。忧郁的女诗人独自上台唱了一首《好久不见》，仿佛在吐露心声，我们文友之间见面也不容易，一年估计就一回，也有可能几年一回，真想对你说："好久不见，一切可好？"

城市并不陌生，故事也都是熟悉的，可我们的日子过得就不一样了，糟心也是过，舒心也是过，看淡世事，接受一切际遇，正确面对就好。今年我一直过不去的坎儿就是遭人合伙暗算，好在生活除了苦痛，还有音乐和美酒。与音乐房子相遇，与一群摇滚歌手共度时光，实在是一件很可心的事。

秋夜寒凉，走在碎石铺满的小路上，我们不说话。过桥的时候，站在桥心看滚滚岷江水流向夜色更深处，两岸小城灯影朦胧，山脉透着一种安静的幸福，羌城灯火阑珊，非常美丽，河流另一岸的小城已沉沉地进入梦乡了。

25 / 梦里草原

青藏高原东南缘川、甘、青三省交界的地方,有一片辽阔的大草原。大草原上有个阿坝县,是阿坝州的一个牧区县,因其拥有大美的草原、高原湖泊和造型奇特的石头山等自然风光以及独特的少数民族风情文化而吸引了天南地北的客人前往观光。阿坝草原亦成了我深深爱恋的地方。

我们曾去阿曲河畔听水声,去麦昆看芬芳的田野,去号称"中国世外桃源"第一名的神座古村享受静谧深处的快乐幸福。我把难忘的片段整理成浅唱低吟的节节音符,让阿坝草原的风吹开记忆里的那片芬芳,那片我热爱的深情的土地!

一、麦昆的田野

在遥远的川西北高原上,山山水水间散布着大大小小的乡村聚落,高原上山川河流喂养的村庄都很特别雅致,具有浓郁的少数民族地域风情。阿坝县的麦昆就是其中一个,麦昆是离阿坝县城几千米远的一个行政乡。麦昆的田野夏季有金色的油菜地和葱茏的麦田,普通的田野是大众化的不足为奇的自然景观,但是麦昆的辽阔田野是分布在高原蔚蓝天空和绵延群山下的土地,独具魅力,年年都会吸引络绎不绝的远方来客。

当天空出现绚烂的火烧云时，阿坝文友说此时麦昆的油菜地是最有看头的时候。我们一群人赶到阿坝县麦昆时，山冈上的公路两旁停了好几辆车，那都是自驾游旅客的出行车辆。站在高岗上极目四望，四周有青翠透迤的群山，山势低矮，绵延不断地扩展开来，而坐拥群山的就是一碧万顷的阿坝草原了。麦昆是草原上的一个美丽名字，这里有大片大片的麦田和油菜地，小小的村落就坐落在麦田的边缘。那些更为低矮的石墙土坯屋子，外观通体呈泥土色，也就两三层高，长长细细地站在麦田里。粗看一点儿也不起眼，既不高大也不豪华，可是细看、再细看就越看越有味儿，一种别致的沧桑感成就了一种别样的美丽，这种美丽可能有时无法用语言来赞美。但是可以肯定的是，这些已驻立百年的古朴阿坝民居，当它四周油菜地的油菜花盛开时，它也跟着美丽起来、芬芳起来。

蔚蓝天空下，这醉人的金黄在周遭翠绿原野的陪衬下格外引人注目。在铺天盖地的绿野上陡然出现一大片一大片艳丽的黄，我简直怀疑这是哪位画家打翻了调色板而有意无意创作出的杰作。我的心狠狠地被撞击了一下，我的目光一下子被紧紧吸引，再也不愿意游移去别处。这时，一拨激动的人群纷纷拥入油菜地，尖叫声、赞美声响起来，这是小小的麦昆吗？这是高原上独有的晚开的油菜地吗？

高原上的天空原本就非常美丽，绝对和内地灰蒙蒙的天空大不一样，云卷云舒过后会出现大海一样的颜色，蓝得宁静，蓝得纯洁，蓝得不动声色。起风了，一股浓浓的花香迎面而来，馥郁的香味儿很容易浸透湿漉漉的心情。金黄的油菜地里有条条阡陌相通的小路相连，更远处相接的地方就是极富特色的麦昆民居，那些翠绿的低矮的山峦与民居、油菜田、麦田天衣无缝的布局太富诗意了，这样完美的组合成了摄影家眷顾留恋的天堂。花花绿绿的人影闪烁在艳丽的田野里，女士们既臭美又自恋，手机美颜照相还真能达到各自想要的效果。就在这片艳丽缤纷的土地上，留下了许多美丽快乐的倩影。历经苦难又无比坚强的女诗人文君悄悄告诉我："跟你们一群人在一起多快乐呀！"唯有架着长枪短炮的摄影师比较敬业，或站或蹲地瞄准一个景致，"秒杀"出自己渴望的片子。很多摄影家的绝美作品就出自麦昆，并且在国际大舞台上屡屡获奖。晚霞依旧出现在高原的天空，给整个自然画面增添了更为震撼动人的色彩。一拨一拨欣赏高原美景的游人纷纷来到麦昆的田野，更让我惊喜的是，在众多人群中我居然见到了大唐卓玛家的小画家睦田，在小睦田的水彩笔下我也曾见过那些金色的麦田和油菜地呢。

走在金色的小路上，我仿佛变成了金色的诗人，渴望拥有金色的思想，唱出金色的歌谣！

二、阿曲河的水声

阿坝草原，我梦里的草原！

阿曲河的水声，曾无数次在我梦中悄然响起！

位于川、甘、青三省交界处的阿坝草原，以其复杂交错的地理位置坐落在天穹之下。草原上的明珠城市阿坝县县城就依偎在圣洁的阿曲河畔，茶马古道的马帮铃声曾回荡在美丽的阿坝草原。自古商贾繁荣、物产丰饶的阿坝深受广大人民的青睐，有"草原商城、秘境阿坝"的美誉。

在茫茫的阿坝大草原上，遍布着数不清的河流。这些河流宛如一条条柔媚的带子蜿蜒盘旋在辽阔的天地原野间，默默地流向远方。阿曲河就静静地从阿坝县城边温婉流过。阿曲河从严波也则神山的源头汩汩流来，这条阿坝人民的母亲河，一路走一路歌，惠泽着水草丰美的阿坝草原。当阿曲河经年累月从阿坝县穿城而过，这座城池因为拥有一条河流的水声自然就灵动鲜活起来。这里是遥远的川西北高原，这里有中国最大的湿地资源。涵养水源的地方是不会缺少河流的。10万阿坝县人民热爱生之养之的阿坝草原，同样也深情地恋着美丽的阿曲河。一首婉转动听的《阿曲河》唱出了阿坝草原人民心中的颂歌。

我们一群人是在傍晚时分向南岸新城区方向前行的，酒后的步子也带着点微醺，有点像变幻莫测的天空。在阿坝草原上只要天晴，蔚蓝的天空总会出现亮丽壮观的晚霞。在去往阿曲河的小路上，陡然看见一个清亮亮的水塘躺在阿曲河的南岸撒娇。几株高原红柳茂盛地长在水塘沿岸，一个小巧玲珑的亭子立在塘边。几丛常青的杂草高高地立在水中央，点缀出水塘的另一种风情；霞光遍布的高原小城，仿佛蒙上了一层金色的纱衣，朦胧着别样的温情。高原红柳也被霞光点亮了，彩霞满天的天空映红了每个人的脸庞。许是夜醉了，朦胧着一抹迷离,火烧云润染过后的天空,天际处,水墨画般泼洒出绵延峰峦。终于看见明亮亮、温婉婉的阿曲河了,我们如孩子般翻过河堤,一脚踩在鹅卵石遍布的河床上,橘红色的霞光洒下来,给水面抹上一层温柔的亮光,河水浅浅流向远方。欣喜的脚步踩响一滩石子,水声中我听到了阿曲河西去的调子。夜色笼罩的阿曲河犹如害羞的新娘般楚楚动人,让人怜爱。

  7月的阿曲河,温润着柔软的金色草原。布满石头的村庄不说话,麦田包裹的村庄不说话。不远处,麦昆的田野上有大片大片的青稞麦田和艳丽灵动的油菜地。高原上的油菜花开得比较迟,正盛开成一片金色的海洋,都到7月的尾声了,那片花海还不想谢幕。而翠绿的青稞地还不到麦收时节,绿油油的麦田包裹着金色的油菜地,犹如哪位绘画高手一不小心打翻了大自然的调色盘。那些大自然画笔下的美景被阿曲河再次调匀,风走过身后,我很想和你靠近。

  夜色笼罩着波光粼粼的阿曲河,冰凉的河风吹开郁结的思绪,很容易滋生出想象的翅膀。在美丽的阿曲河边,我是一个陌生人,为人世间许多愁肠百结的故事而忧伤。我唯一多年不见的阿坝朋友受伤了,却闭门谢绝我的造访,使我特别黯然神伤。生活中有太多的无奈,太多的不如意,趁着月色朦胧、思维朦胧的时候,将这些无奈与不如意都丢进阿曲河吧,请阿曲河捎向远方。几位诗人干脆坐下来,我的背包里已经装了几粒阿畔曲河圆润的鹅卵石,那是我特别喜欢的石头。现在大家以一种聆听的姿态俯下身来,近距离看阿曲河的水波从眼前静静地流淌。水声中我听到了阿曲河的深情吟唱。率真诗人羊子哼起了童年的歌谣,从《外婆的澎湖湾》一直唱到《敖包相会》,我们一群人在阿曲河边开始扯开嗓子吼起来,惹来路人惊异的目光。夜色越来越沉,水声越来越响,快乐越来越明显,这些都是阿曲河给予我们的幸福。

  7月的草原奔跑着一群康巴汉子,雄性的胸膛中流淌着阿曲河柔软的血液。冬生的号角吹响《羌风遍野》,龙清《心灵的坐标》依旧震撼人的心灵。阿曲河,我匆匆的脚步只为贴近你的体香,听一听你那流转百回、叮咚于心的水声。

26 / 黑水印象

黑水，达古冰山，一直是我心中向往的地方。一个人或者一群人邀约着去达古冰山领略心尖上的吻天之旅，该是怎样的一种心旌摇荡般的满满幸福呢？

我是从著名作家阿来先生的那句"最近的遥远"开始惦记黑水，怀想达古冰山的。

那个夏天，青葱着漫山遍野的诗情。为了去赴一次美丽的约定，我踏上了去往黑水的旅途。

一、达古冰山，我来了

达古冰山景区在亚洲东部的中国，位于四川省阿坝藏族羌族自治州中心地段的一个人口只有几万人的小小县级地区，它的行政区划属黑水县。圣洁藏地黑水以"春观山花，夏赏冰，秋品红叶，冬抚雪"的丰富美景而著名，享有"中国第一彩色冰川冰雪天堂"的美誉。这些桂冠中的任何一项都足以牵动着我好奇而对自然崇拜的纯净心灵。

朋友，如果你还没有去过黑水达古冰山，就请跟随我文字的脚步去看看它的真容与魅力吧。在一个清凉的早晨，我与朋友一同踏上了去往黑水的旅途。

我们是从马尔康城出发的,向北再向东行百余里,穿过红原地区一片芳草萋萋的草原,钻过雅克夏隧道,很快就进入黑水境地。期待一个美好事物的心理过程远比拥有它时的愉悦来得更直接、更幸福。这次旅途让我特别高兴的是,除了能享受精神上的文学盛宴之外,还会亲临我魂牵梦萦的万年圣山,享受扑面而来的云淡风轻和一路轰轰烈烈的视觉美感。在文学这条铺满鲜花又长满荆棘的小径上,我和其他文友一样一路走一路歌,且行且珍惜。

走进达古冰山,就走进了一个神秘的境地。

有一个地方的万年冰川你可以到达,可以触摸,它在地球东经102°、北纬32°的地理位置,是一个核心面积为8.25平方千米的冰雪山峰,它叫达古冰山。经过300万年的第四纪冰川造山运动沉淀堆砌成的冰峰,它曾像谜一样出现在我的梦里,闪耀着与生俱来的冰之光芒。无法想象你的前世,却想探秘你的今生,岁月要把你雪藏在深山之巅,数百万年之后,在海拔4856米的制高点上,人类终于羞羞答答地掀开了你的红盖头,揭开了你神秘的面纱,露出你冰清玉洁的芳容。你以无比奇异的冷峻默然呈现在世人的面前,从此把天下人的心留在你的山间。

阳光正好,这是一个空气清新的早晨,"全副武装"的作家们戴着墨镜,背起各种档次的"长枪短炮"(摄影器材)匆匆上车,两辆大巴拉着我们朝着达古冰山的方向开始幸福的旅程。

汽车沿着蜿蜒的公路在猛河边的丛林间前行,途中可看见一个个掩映在青山绿水中的散落村寨。黑水县境内有若干袖珍别致的古朴藏寨村落,三达古村是最幸运的,也是最有灵性的。它离冰山最近,冰川融化之水浸润着这片世外桃源般的藏寨。在这个别具特色的藏寨里,彩色经幡迎风飞扬,山间植被茂密葱茏,据说林间野生动物繁多。牛羊悠闲地漫步在村子的草地上,在这宁静的峡谷中,人与动物共同生存,是那样和谐、那样亲切自然,仿佛永世不得分离一样。

因为是夏季,我们错过了八十里彩林姹紫嫣红的曼妙身姿,但是山林仍然厚爱我们,它把自己最青葱旺盛的生命力呈现在我们这群心性清高的异地文人眼前。

汽车继续沿着青翠欲滴的山路缓缓前行,达古河的潺潺水声似美妙的乐曲陪伴了我们一程又一程,绚丽的山花依旧静悄悄地开放,漫山遍野的绿从车窗外肆意映入眼帘,让人觉得心都是葱茏的。也许大家都有一颗浪漫的心,沿途的任何景致都能吸引我们的眼球,大家你一言我一语滔滔不绝地谈论着各自的感受和对大自然的由衷赞美。

在泽娜措湖旁,我曾陶醉地躺在湖边,美丽的传说和神秘的山寨故事坚定了远勤文友续写小说的决心。大家一边欣赏美景,一边抓紧拍照,谈笑风生的旅程是轻松愉悦的,不知不觉就到达达古冰山脚下了,也许是离冰山近了的缘故,空气似乎一下子冰凉起来。

我望着上山的索道手心有些微微热,这毕竟是世界上海拔最高最长的缆车索道呀!但当我真正坐上缆车后,兴奋和快乐早已压制住小小的胆怯。缆车缓缓爬升到山腰时,我看见了杉林和大片大片的高山杜鹃林,美丽的杜鹃花已经谢幕,来年的春天它们会重新灿烂。满坡殷红的石头静静地躺在那里,悠悠诉说着第四纪冰川时期的盛大辉煌,长宽800余米的大冰瀑消失了,这些色彩红艳的冰碛石与周围绿意盎然的山林在攀比美丽,等着人去欣赏、去沉醉。

乘着缆车继续上行,海拔越升越高,转过头陡然发现我们已经飞过杜鹃林到达4000多米的乱石嶙峋的山上,再也看不见一棵树,连草的痕迹都没有了。除了灰白的石头还是灰白的石头,偶尔可看见一两只苍鹰在高空盘旋,我随着导游小伙的指点真看见了像雄鹰飞翔的山峰岩石,文友九天云水快速地按下快门,留下了精彩的瞬间。眨眼间峰形就变了,真的印证了高中地理教材中的那句话:"旅游景观的欣赏要讲究一定的角度和选好绝妙的时辰,甚至要展开你丰富的想象才能达到最佳意境。"

抬头是大海一样瓦蓝瓦蓝的天空,停泊着一团团一簇簇飘飞的云朵。陡然看见云朵下隐隐约约闪着橄榄绿的两个湖泊相依着深藏山间,卓玛说那就是美丽的东措日月海。我的心开始悸动起来,很想靠近她,走到她身旁。我感觉时间在东措日月海里是静谧的,犹如安详熟睡的婴儿般招人怜爱。我的心中涌现出这样的诗行:

醉美东措日月湖

一个太阳般明亮的海子/一轮月亮般纯净的湖泊
天空告诉我/你是上苍遗落在达古冰山间的玉珠

一颗晶莹纯洁/一颗遍体透明/我心中的东措日月湖

一个是太阳的小儿子/一个是月亮的小女儿
冰山对我说/你们是唇齿相依的恋人
一位依恋亘古绵长的冰山/一位热爱群山清幽的森林
我心中的东措日月湖

一个是圣洁的冰雪王国公主/一个是达古森林的小王子
静谧地躺在"婴儿冰川"的怀里/缄默守望着世间沧海变桑田
到底九千年的沧桑/换来九千年的守望
我心中的东措日月湖

二、恍若初见——达古冰山

  我们乘坐的是世上最高的索道，密林、鸿运坡、杜鹃林在脚下节节后退，海拔越高，离天越近，当只剩下光秃秃的石头山和山巅之上的天空，我感觉冰山的凉气越来越逼人了。我的心开始颤抖，呼吸仿佛有些困难，这种困难不是缺氧所致，而是一种莫名的激动与幸福。

  仿佛是一次穿越，仿佛我真的到了另一个世界。我们终于到达达古冰山顶上，目所能及的地方到处都是银色的世界，明晃晃的单一的白，白得耀眼，白得纯粹。在这银色世界、冰雪王国里，依旧镶嵌着碧绿浑圆的高山湖泊，达古湖像翡翠一般静静地躺在海拔近5000米的冰山上，有点孤独，有点神秘，像深山中从未走出去的姑娘。

  达古冰山的冰川因为形成时间相对较短一些，不如南极冰川那样厚实雄伟，且是离人类居住的地方很近、海拔最低、年纪最轻的冰山"孩子"，所以又叫"婴儿冰川"。达古冰山上共有13条冰川，我们能见到的主要有1号、2号、3号冰川。本是炎热的6月，在冰山之巅依旧是冰凉的季节，也许因为这里离天很近，太阳紫外线特别强烈，当然也就感觉不到结冰地面应有的寒冷。景区建有环形栈道，绕栈道沿达古湖溜达一圈，能近距离感受到冰雪融化形成的达古湖湖水的冰凉。这些地球上储存了9000年的水啊，为何没能保持住自己固态的冰清玉洁的躯体？我不想去寻找答案，那是忧伤的事。站在栈道上也能欣赏到3号冰川的芳容，我很想跨越栈道，穿过嶙峋的石块去触摸她冷艳冰凉的身体，亲吻她如玉的面容。

我知道我不能，我不忍心那样做。在我的心中，冰川是圣洁的，我们已经自私地怀着好奇的心灵走进了冰川的王国，打扰了她的宁静。地球正在变暖，将来她们还会一天天消瘦下去，这是人类真真切切的忧伤。

面对冰山之巅，我感受着，你300万年的坚守为了谁？沧桑了谁？小小的我能为你做些什么？在你纯洁的眼里我是不是一只小小的讨厌的蚁虫？

三、美丽的羊茸哈德

每每想起羊茸哈德村，那首《羊茸姑娘》的婉转旋律就会在我脑海中回响。那里有亚洲最大的红叶彩林，那里有川西北最美的七彩乐园，那里有风景如画的八十里画廊，那里有雪山下的羊茸哈德村落。

羊茸哈德村，简称羊茸村。"羊茸"是藏语音译，"哈德"是指神仙居住的地方。羊茸村，当地人叫它"冬巴嘎"，意思是向幸福出发的地方。羊茸村位于阿坝州黑水县沙石多镇南部，国道347线东侧，坐落在奶子沟八十里彩林区核心景点落叶松林区，距离黑水县城16千米、镇政府5千米。

我是选择黑水彩林的树叶最红的时候来到羊茸哈德村的，我们从黑水县城出发驶向沙石多镇，来到村子附近，过一座小桥就进村子了。

羊茸村是坐落在雪山脚下一个小小的藏族村落，也是别具特色的典型藏寨。中华人民共和国成立前，羊茸村由芦花官寨的贾齐三郎管理，那时昌德村和羊茸村同属一个村，叫昌德羊茸村。1954年9月，这里归沙石多乡政府管辖后，昌德羊茸村被划分为昌德和羊茸2个村。这里海拔2635米，有45户人家，196位村民，全部都是藏族。村书记木尔甲告诉我，目前寨子里常住人口只有户籍人口的一半左右，中年人和老年人留在寨子里，学龄儿童和大中专学生都在外地上学，去成都和都江堰读书的比较多。因海拔较高，这里的农业比较单一，主要种植玉米、小麦、土豆和胡豆。传说这个村子的文化元素来自西藏阿里地区，因为曾有来自西藏的官兵远道而来扎根在这里。据史料记载，吐蕃王松赞干布时期，藏族、汉族之间曾发生战争，战场从喜马拉雅地区延续至嘉绒地区，最终在扎西隆（今理县与汶川交界处）停止战争。战争结束后，西藏官兵被分配至嘉绒各个地区，羊茸村就是其中之一，一些士兵就留在羊茸村安家落户了。

寨子周遭分布着茂密的森林，植被尤其丰富，大片大片的松树林绵延2000米。这里修建了1200米的木质观光栈道，晨起锻炼或者黄昏散步时走在栈道间，听松林里婉转的鸟鸣，沐浴在负氧离子满满的山林静地，感觉疲惫的身心瞬间得到舒缓。穿行在寨子里，随处可见见缝插针生长着的树木，远看寨子完全被树木包裹其中，有"林在寨内，寨在林中"的韵致。漫步在寨子里，空气是那么清新，氛围是那么幽静，藏式碉楼是那么别具特色。

羊茸哈德村的寨门非常气派，真有点"高端大气上档次"的感觉，就连道路两旁的路灯都是那么与众不同，你一见到那些路灯就会不由自主地喜欢上。这里的路灯是村民们自己设计的，融入了国家级非物质文化遗产"卡斯达温"的元素。你见过设计成人形的路灯吗？羊茸哈德村的路灯设计估计是"前无古人，后无来者"吧。这里的路灯不仅仅被设计成人物形象，还被区分为男灯和女灯。男灯是头戴头盔、身披铠甲的勇士样式，女灯是头戴镶有珊瑚的绣帕、手持哈达、身穿氆氇裙的美女样式。创意奇特又古朴满满的"卡斯达温"路灯本身也成了一道亮丽的风景。在羊茸哈德村，最宽阔的是锅庄广场，这里可以举行大型的聚会，上百人载歌载舞跳锅庄的场面更是一大风景。那天，我们在锅庄广场转悠，喇叭里正在播放齐旦布演唱的一首非常好听的歌曲《羊茸姑娘》，这首歌是我黑水文友胡海滨作的词。"你的炊烟绕过七彩山冈，你的经筒转过天地吉祥，你像一朵云啊飘过我的身旁，风吹落叶满地金黄，欧吾南巴，羊茸姑娘，纳里西莫，思念在我心中泛起波浪，羊茸姑娘，我要爱你爱到地久天长……"

寨子里有一个小巧的地标性建筑——白塔，白塔在我们涉藏地区几乎随处可见。这座白塔叫三和塔，取"宗教和睦，民族和睦，社会和睦"三和之意，也包含天地万物和谐共生、吉祥如意的祈愿。凡是来羊茸哈德村观光的游客，都会围绕白塔转转，祈愿家人吉祥安康。白塔与藏寨、天空与山林组合成迷人的藏地风景。

羊茸哈德村是实施脱贫攻坚、精准扶贫期间比较早富裕起来的村子。在县上以及帮扶驻村干部的共同努力下，羊茸哈德村率先重点打造出了藏式民宿，发展康养旅游，走出了适合村子发展的路子。

老百姓家家户户门前鲜花满园，洁净清爽，屋内更是装修得极具藏式特色，木制的家具、装满银碗铜壶的藏式壁柜、藏式沙发和茶几等散发着一种高贵的气质。民宿房间温馨雅致，供暖设备齐全，入住其中是一种至美享受。这么多年来，每到观赏彩林的旺季，游客就特别多，村子里接待游客的旅游收入也非常可观。羊茸哈德村因其独特的地理位置、温馨的民宿、特色美食和周到热情的服务早已声名远播，每年来观光入住的客人络绎不绝。

乡村振兴发展的道路上，文旅结合是发展经济的好路子，再把康养理念与生态理念、注重休闲康养与美食康养结合成一条完美的发展体系，巧妙地将资源优势最大化地转化为资本，农村发展之路就会顺畅通达，乡村振兴就落实到了实处。在采访过程中，得知羊茸哈德村的村集体经济采取的是"支部+公司+农户"的运营模式，形成支部引领发展，公司具体运作，农户入股分红的利益链模式。2020年，羊茸哈德村实现旅游收入430万元，村民人均收入1.5万元，这对相对贫穷的山区乡村来说，已是相当不错的了。那天我和羊茸哈德村的村支部书记木尔甲聊了聊，对这个村子有了更多更深的了解。

我问木尔甲书记："2021年，羊茸哈德村的收入状况怎么样呢？2022年又怎么样呢？"

"2021年，寨子里老百姓的民宿收入有438万元，寨子里美食节的餐饮收入是203万元。总的说来，2021年收入非常不错。2022年快要结束了，因为受疫情的影响，游客少了很多，收入没有去年多，差得有点远。"

"村上的集体经济情况怎么样呢？"

"2021年7月，村上为集体经济项目和公司签了合同，一年有15万元的收入。但是现在集体经济分红还没有实施，先存着。"

往后的岁月，村民的收入会越来越好，村子也会稳步发展，走出最踏实的步子。

世界那么大，都想去看看。

黑水彩林名扬天下，每一年的彩林节更是各路名家云集，特别是摄影大师们那一张张精彩绝伦的照片，定格了黑水彩林的美好瞬间，记录下了这人间最绚烂的风景。春夏秋冬树林变换着不同的色彩，最美当数绚烂的秋天，那是万山红遍、层林尽染的季节，也是羊茸哈德的旅游旺季。因为羊茸哈德村早已远近闻名，一年一度的黑水彩林节在奶子沟彩林公园游客中心举行时，入住羊茸哈德村的客人自然很多。

靠山吃山，靠水吃水。只有因地制宜地发展，走好乡村振兴的路子，我们的乡村才会变得越来越美好。

当我第三次去羊茸哈德的时候，一转头看见一位藏族阿妈手拿转经筒坐在自家门口晒太阳，那慈祥淡定的表情，仿若正在享受这方山水的幸福，岁月是如此静好。

世界那么大，都想去看看。我都去过羊茸哈德村三次了，有机会，我还得轻装上阵向黑水出发，再次与美丽的羊茸哈德约会。

27 / 壤塘的山寨

一、修卡寨

那年夏天，一次偶然的机会，我第一次去了向往已久的财神坝子壤塘县。汽车沿着蜿蜒的河流在颠簸的公路上缓慢前行，刚驶入壤塘县吾依乡境内，突然，河对岸高高的悬崖上几栋石碉楼映入眼帘，使我精神为之一振。谁会把家安在三面都是悬崖的险峰之上？那座山远看仿佛一只正欲飞翔的鸟儿，鸟儿的背脊上托着几座古朴修长的石碉房。那些沧桑的石碉房有多大岁数了？石碉房里还有人生活吗？那就是神秘的修卡藏寨给我的最初的诱惑。

机会总是留给有准备之人的。后来因为一次笔会活动我又去了壤塘，对修卡藏寨有了更深的了解。

我们在河谷低处仰视这个悬天的寨子。寨子已经经历了200多年的风霜雪雨，依然保存完好。岁月只是给予了它沧桑的容颜，它的风骨还在。山脊上地形平坦，但是并不宽敞开阔。这里平均海拔3450米，海拔高度并不让人畏惧，100多丈高的悬崖却让人有点头晕目眩。从低处望去，修卡寨子仿佛离天空很近，云朵就在它的头上飞。我们惊叹寨子主人修建碉房的精湛技术和审美情趣。据介绍，修卡悬天藏寨始建于1771年，是当地头人土司的官寨，中华人民共和国成立后被政府统一分配给当地村民居住。寨子居高临下地布局在形如鸟背的山脊上，有人说这是神鸟，是美丽的凤凰鸟。仔细看看，修卡悬天藏寨仿佛坐落在凤凰鸟的嘴角上，所以人们又称修卡寨为凤凰寨。我更喜欢凤凰寨这个名字，意为一个可以腾飞的寨子。

有人告诉我，修卡寨也是一个红色的寨子。

因为据史料记载，1936年中国工农红军万里长征时，红军的一支部队曾在修卡藏寨休整停留了1个多月。可以想象当年，修卡藏寨的土司也是以实际行动支持帮助过红军的，真正体现了"军民一家亲，藏汉一家人"的鱼水之情！

时光荏苒，如今200多年过去了，修卡寨作为藏式碉房的活化石留存下来。寨子是小了些，5座碉房站在高高的悬崖峭壁上，经年与河流为伴，与青山唇齿相依，与天空琴瑟和鸣。通往修卡寨子的山路狭窄蜿蜒，如果土司部落之间发生冲突，这样的地形地势具有"易守难攻"的优势。寨子站在高高的山上，视野开阔，利于观察瞭望。修卡藏寨今天只是普通的民房，依旧有老百姓居住在里面过日子，他们是老寨的家人，也是老寨的守护人。在我这样不懂老寨的外来人的眼里，这里实在是闭塞了些，生活也寂寥了些，可是在修卡人的心里，这宁静的生活让他们感到幸福。

川西北高原的阿坝大地上，藏在大山深处的自然村落有很多，它们大多数沿袭着古老的藏羌民族的朴素本色。2016年，修卡悬天藏寨被列入中国传统村落名录，这是壤塘县的骄傲，也是修卡人的幸福。

修卡藏寨已经被掀开了神秘的面纱，越来越多的外地游客慕名而来，观赏这个悬天的寨子。如今，如何更好地开发与保护修卡藏寨又是摆在壤塘人民面前的一个问题。

我希望悬天的修卡藏寨永远屹立在天地山野间，更渴望这个凤凰寨像凤凰一样永远美丽！

二、八家寨

这个寨子位于壤塘县宗科乡的河谷地带，只有八户人家居住在山脚下，组成一个小小的聚落，故取名八家寨。

八家寨小是小，家家户户单家独院，每一家人都住在一栋石头砌成的碉楼里，碉楼都是清一色的三层楼格局。每一栋碉楼都被葱茏的树木簇拥，当然核桃树最多。八座碉楼站在田地间并不孤独，而有一种宁静生活的状态，这种状态让看见它的都市人羡慕不已。

昨夜我们四个女人同住在勒斯基家的二楼上，我的小木床刚好临窗。醒来得早了些，看窗外一片朦胧，起雾了。

下楼，已有早起的文友在拍摄风景了。走出屋子就是田野，太阳出来了，一会儿雾气慢慢散去，朝阳把田野镀上一层金色。稻草人站在田野里，像童话故事里的情节。稻草人在田间随风舞蹈，可能只是为了收藏阳光和雨露，因为它本身就是克咕鸟儿的朋友，哪存在谁吓唬谁呢？

低处的一栋碉楼玉树临风般站在田野里，四周雾气蒙蒙，田野一片翠绿。我赶紧毫无章法地拍照，心想拍得越多越好。走在小小的寨子里，感觉寨子空旷无比。远处的山清晰开来，一条云雾如哈达般缠绕在山尖。天空是一片淡淡的蓝，一切都是安静祥和的样子。

回到勒斯基家的碉楼上，滚滚酥油茶满屋飘香。推开木窗，就掀开了八家寨的早晨，山寨被雨水洗过后，呼吸是清凉的。白雾是哈达，挂在山的腰部。宗科的小牧童又把牛鞭甩响。晨曦微醺，田埂上，我与奶牛的目光相撞，无法洞穿它的心思，正如无人能懂的7月。我倚着木栅栏看见阿桑家的麦田日益丰满的景象。这个清晨，我想做麦田里唯一的稻草人。

三、日斯满巴

一座古老的石头房子，有100多年的岁数了，像女王般站在高高的山野间，继续对周遭低矮的石碉楼发号施令。这座石头房子就是位于壤塘县宗科乡加斯满村石波寨的日斯满巴碉楼。

有故事的日斯满巴碉楼已经老了。诗人雷子曾经用这样的文字向日斯满巴碉楼倾诉过："没有一块石头是荒凉的/也没有一把泥土是忧伤的/所谓废墟皆是热烈开过的花/所谓呜咽皆是时光喘息的火/粼粼月光下的日斯满巴碉楼/用高于山脊的心灵飞翔过/因为爱，所以不朽。"

我们乘车到达加斯满村的时候，已是午后，阳光正好把石波寨子照得亮堂堂的。寨子背靠加斯满山，从河谷底下远远望去，整个寨子就在山腰。在阿坝高原地区，很多寨子都藏在大山褶皱深处。著名的日斯满巴碉楼是阿坝藏区藏族碉房中的女王，因为它是阿坝地区最高的碉房。日斯满巴碉楼是该地土司专门为他的画师修建的宫殿,至今已经传承住过十三代人了。因为日斯满巴碉楼反映了藏民族悠久的历史文化传统和崇高的审美意识,堪称藏民族建筑艺术史中的一颗明珠。2006年,日斯满巴碉楼被列为全国重点文物保护单位,越来越多的慕名者远道而来就是想目睹它的芳容,听听它的故事。

加斯满村绝大多数碉房都是三层或者四层,日斯满巴碉楼却有九层,是当之无愧的碉王。

日斯满巴碉楼建于加斯满山前台地边沿,坐西向东,平面布局为长方形。墙基北高南低,墙体由石块砌成。我们在村主任的带领下进入日斯满巴碉楼,室内陈设与布局跟藏区所有的碉房民居一样。室内均为木质结构,碉楼为平顶。碉房共分九层,外形呈阶梯状,最底层是牲畜圈,二层北面是厨房,南面是客厅,三四层是卧室,五层是经堂,六层以上是堆放杂物的库房,各楼层以独木梯连通。藏区碉房内的独木梯是一大特色,比较狭窄,上下楼为了安全要小心翼翼的。现在也只有老式的碉房内有独木梯,新修的碉楼安装的都是宽大的木楼梯了。一楼没有窗户,其他每一层楼都开有窗户,要么开一个大窗,要么开几个小窗。窗户不仅仅是为通风透光,还有打战时当射击孔的功用。我们爬上最顶层,几个人走在上面感觉楼层在微微颤抖,大家轻手轻脚地在各个房间参观,杂物间里堆满了破旧的农具和农作物。站在九楼看风景是最佳的,加斯满村的山谷、田野、村庄尽收眼底。空山不空,大山里的村庄静谧安详。在这里时光会走得慢些,人的心是纯洁善良的。山民安于此生,岁月静好。

日斯满巴碉楼是阿坝州现存年代最久、层数最多的典型藏族传统碉房建筑,具有较高的历史价值和科学研究价值,也可以说是藏区石头碉房的活化石。

天光暗淡下来,我们作别藏在大山深处的加斯满村,依依不舍地离开女王般的日斯满巴碉楼。我以诗作别:"夕阳下的日斯满巴/没有谁知道/你荒凉和孤独了多少年/此刻,夕照下的日斯满巴仿佛一幅冷艳的油画/拥我入怀/做你朝思暮想的美人/或千年一梦/上百年的碉楼已经老了/故事却还在延续/比石墙还坚韧的爱情/抚慰过对面的山林/足下的麦地/山水知音,如你我偶然相遇/走,或者来/离,或者聚/你都成了我内心不灭的风景。"

四、海子山

阿坝州壤塘县上壤塘乡境内有一座景色绝好的山峰，人们叫它海子山。山峰之下有一个墨绿的湖泊。生活在高原上的人们都喜欢把湖泊叫作"海子"。海子山的外围是高山牧场，苍穹之下除了波状起伏的茵茵草场，还有盘旋的雄鹰。白色的帐篷犹如朵朵蘑菇长在草甸中，牧民家的牛羊与牧民一起生活在这寂寥又水草丰盈的山间，彼此都过着与世无争的日子。海子山上长年有冰雪覆盖，只有到了夏季，积雪消融，海子山才会露出嶙峋刚毅的岩质。

这个夏天，因为壤塘县举办的一次文学采风活动，大家从壤塘县城出发乘车去海子山采风，到达海子山虽然只有80千米的路程，但是山路蜿蜒，要行驶近2个小时才能到达。同车的当地人卓玛妹妹告诉我们，海子山海拔很高，最高处接近5000米，因为缺氧人会感觉有一点点疲惫，所以给大家准备了红景天。海子山的主峰叫"尊玛"，传说是青海境内著名的阿尼玛卿山神的王后。

海子山离壤塘县城有些远，大约200千米。我们到达海子山的时候，山风一个劲儿地吹，天空中的几朵白云一会儿就被风吹散了，只留下空旷深邃的蔚蓝。

海子山以博大的胸怀接纳了我们这群突然闯入的外人。险峻的山峰裸露出灰白的颜色。7月的天空下，草甸一片茵绿，点地梅、高原金菊、格桑花等花儿正开得十分妖娆。

在这海拔3000多米的海子山上，空气似乎有些稀薄，运动量稍微大一点就会大口大口喘气。天空还是一片高原蓝，蓝得让人心慌慌的。这次来到海子山的大多数人都是巴金文学院的签约作家，来自全省各地，大家都是第一次来到壤巴拉的海子山，自然感触都不一样，收获也不一样。

海子山起风了，牛羊低下了头，花儿低下了头，帐篷低下了头，乌云压下来后，我也低下了头，只有海子山的头昂扬着。

我们穿过铺满鲜花的草甸走向山下的湖泊。在威严的海子山下，这个湖泊静若处子，像一颗蓝宝石镶嵌在山野间，散发着熠熠辉光。海子湖静默着，山风吹拂，湖水泛起微澜。我们围绕着海子湖逛了一圈，它的美丽让人心旷神怡，莫名欢喜。搞摄影的朋友更是如获至宝，他的镜头里一定装下了各个角度的海子湖图片吧。

我从海子湖边走过，一朵云跌落在海子湖里，独自舞成仙女的模样。高原雨季，薄凉着一朵云的抒情。海子湖清澈，如同骨子里的冷艳。我从海子湖边走过，落山风吹来的时候，雨点也跟着砸下来；风雨过后，云在天空中织成绵延峰峦，海子山成了云层的背景，一并坠入海拔4000多米的湖泊。我慌乱地走过石头滩，把草甸、湖泊丢得很远，回去的路似乎更近了些。

五、夏炎寺

我们是正午到达夏炎寺的。

中巴车停在山下，我们一群人步行上山去往夏炎寺。在阿坝地区，寺庙建筑算是一大人文景观。夏炎寺位于四川省阿坝州壤塘县南木达乡夏炎村，是壤塘众多觉囊派寺院之一。夏炎寺全称"夏炎扎西赞拉贡巴寺"，译作"夏炎吉祥历神寺"，建于1784年，创始人为阿旺·更嘎求觉喇嘛（1735—1802），母寺为藏洼寺。

阳光普照，夏炎寺的轮廓清晰地出现在我们面前。快要到达寺庙门口了，天色突然暗下来，一团乌云遮蔽了太阳的光辉。只是一瞬间，天空亮堂开来，突然有人喊道："快看天空，好漂亮的景象啊！"大家抬头望向天空，只见太阳的四周出现了圆虹现象，就像天空中出现了两个太阳，彩色光环紧密围绕空中的太阳，这神奇而美丽的景观让人们欢呼雀跃。我们刚刚到达夏炎寺，就见到如此天象奇观，真是神灵保佑啊！当时我用一首小诗记叙了那个瞬间："夏炎寺站在山的高处/ 南木达小镇无处可藏/我蹒跚的步履/比叩长头还艰难/空山无语/一任阳光驰骋/夏炎寺空旷的上午/响起远方居士慌乱的跫音/天空灵现，日晕的神秘辉光/瞬间让思维定势成一朵莲/空山无语/我与天空的际遇/一定是前世修来的缘。"

夏季的南木达是美丽的。站在高高的夏炎寺上面一览绵延的群峰，天地一片苍茫，原野是一望无际的绿，天空是大海一样深邃的蓝。这里地处偏远，地广人稀，村落稀少。天地间一派安静祥和的景象。若想让你浮躁的心宁静下来，来一趟南木达，来一趟夏炎寺，保你心愿实现，人静心安。

我没有急着进藏经楼观赏珍宝文物，想先在夏炎寺的周围逛逛。这座古寺在"文革"中遭到了一定的破坏，这些年来政府不断地进行维修与保护，寺院各方面的基础设施越来越完善。夏炎寺坐落在地形如上弦月般的台地上，远望正前方的群山犹如无数的如意宝；它背靠巍峨的大山，右山如一条蜿蜒的青龙，左山如一只静卧的雪狮。夏炎寺被译为吉祥厉神寺，我想凡是到过此寺庙的人都会万事吉祥吧。在藏区，很多人一生都在转山转水转佛塔，都是为了祈求上苍赐予自己一世的吉祥与安康。

正午的夏炎寺，因为我们的到来仿佛一下子热闹了些。佛门净地大多数时候除了诵经声，一切都是安静的样子。遇到法会、藏历年或者考察团来访等特殊的日子，寺院就会打破常规的节奏，呈现出另一番景象。我们采风团有来自北京的作家，有省内各地市州的作家，也有州内的文朋诗友，队伍也不小。大伙儿登上三楼欣赏寺院珍藏的宝物，寺院一般不对外开放，只有珍贵客人或者有缘人才能目睹到那些藏品。

我也上楼参观夏炎寺珍藏的各种藏传佛教文物，稀世珍品琳琅满目地出现在我们面前，有些可以拍照，有些不能拍照。大家默不作声地细细欣赏，心怀善念的人们还把自己的随身物品请堪布师傅念经开光。

站在夏炎寺空旷的院坝里，天空碧蓝如洗，明媚的阳光下，山川青翠无比，度母山散发出神性的光辉。有阵阵诵经声从大堂里隐约传来，整个夏炎寺肃静又安详。

第二辑

涉水流经

1 / 阆中有个五龙村

一、初到五龙

初春，我生活的川西北高原上还常常有雪花飘飞，而内地的田野山间梨花、桃花都已嫣然开放，油菜地也是一抹金黄，完全是一派春风得意的景象。

这次来阆中五龙采风的几位作家有的来自山城重庆，有的来自蓉城，有的来自南充，我最远，来自阿坝高原。大家来到天林乡的五龙度假村，看风景五龙，看蜕变五龙，看风水五龙。

第一次去阆中的天林乡五龙村，心中是有一点点小激动的。天林乡五龙村与阆中著名的天宫院景区毗邻，位于阆中市西南部，距县城只有20多千米的路程，乡乡村村都已通了水泥路，交通十分便利。五龙是近年来阆中市新开发打造出来的"特色旅游小山村"。乡村生态旅游的发展如今是一个朝阳产业，以城市倾向农村的休闲模式已呈如火如荼之势。五龙度假旅游村的理念模式正合当下城市人群的口味，很多周边的城市人会在周末或者小长假的空闲日子外出游玩，五龙度假村无疑是他们的首选之地。中央电视台《乡约》栏目组也曾到五龙村做节目，这说明五龙村由一个贫困村蜕变成今天远近闻名的美丽村庄、旅游之地，已经让五龙人民看到了希望，享受到了幸福。

我从成都坐高铁到达阆中站已是下午，与来自重庆、南充的几位作家在阆中古城会合，大家匆匆忙忙在古城逛了一圈就坐车直奔五龙村，途中路过天宫院，感觉整个天空大地都萦绕着一种神秘的氛围，唐代著名的风水大师袁天罡、李淳风就长眠于此。当我们从天宫院驶向五龙时其实就已经奔跑在"龙的身上"了，这条龙叫奔江龙。

天色向晚，窗外的春天景致有一种朦胧感，山色青翠，道路边的紫薇树、楠树及各种灌木丛长势葳蕤，春光一片大好。

五龙村低调地进入我们视野，石龙河从村子里蜿蜒流过，给村庄增添了灵动的美丽。

到达五龙的时候已是黄昏，夜幕下的小山村房舍影影绰绰，远山如含羞的少女静默温柔，五龙的美丽尚在朦胧之中。我们直接走进村里的集体经济场所五龙大食堂共进晚餐。这食堂不是简单的食堂，宽大的院坝里布置得井井有条，每一个雅间都有一个饱含泥土味儿的名字，就连服务员都是统一着装。下派到五龙精准扶贫的阆中旅游局宋局长给我们敬了第一杯酒，五龙有今天脱胎换骨的面貌与宋局长呕心沥血的策划布局息息相关。席间，大家谈得非常愉快，已经70多岁的重庆著名作家黄济人老先生更是开心激动，频频举杯与大家共饮桂花酒。这五龙自酿的桂花酒微甜，抿一口满口生香，就连平常很少沾酒的我也开怀畅饮，在五龙这么美的乡村醉一回又何妨？酒是好酒，农家菜更是色香味美，单单是那石磨豆花就柔软了初来乍到的客人的心。油亮的五龙腊肉、名声在外的张飞牛肉、酥软的玉米馍、香甜个小的烤红薯，还有糯米蒸排骨、干拌野菜等等，每一款农家小菜都是绝味佳品。这就是五龙大食堂推出的最有特色的簸箕宴，可以说蒸、炒、炖、烤的美味佳肴一应俱全。

据说每到周末，城里人总会拖家带口、呼朋引伴来五龙村旅游。来了，不仅要看山看水，更要来到这食堂，喝一壶桂花酒，品当地美食才是最惬意的。

我们开车顺着蜿蜒曲折的山村小道上山，10分钟就到达山腰的村子里了。今晚我们入住五龙村刚刚建好的玻璃民宿。民宿内布置得温馨文艺，条桌上有桌旗，桌上有书籍，配有茶具，可以喝工夫茶，另有圆形玻璃茶几，两把舒适柔软的躺椅。卫生间里可沐浴可泡浴，马桶是智能恒温的，配套设施不低于四星级酒店标准。入住这温馨民宿，有宾至如归的感觉。我和南充女作家安音同住，我们把雪普泡好，邀约几位作家朋友过来喝茶聊天，小屋内瞬间充满了欢声笑语。大家谈了一些沉重的话题，更多的是谈文学，也谈到五龙的风水，直到夜深，才各自回房休息。

在这寂静辽阔的山野间，除了几声鸟鸣与微微山风声，除了偶尔的鸡鸣与犬吠，再无一丁点儿尘世的杂音。啥也不必去想了，尽可安心入眠。

二、五龙的早晨

我是在鸟儿的啾啾声中醒来的。

晨光从三面玻璃墙射入，穿过浅色的窗帘，这小巧玲珑的屋子一下就亮堂了。一开门，便看见青翠的山林，顺着石阶下去，一片青葱的田野映入眼帘，四周都是苍翠绵延的群山，山坳处就是这个已经小有名气的五龙村。

回头看昨夜我住的阳光玻璃屋，它像是挂在山边的样子，与它相邻的还有几栋造型别致的独栋玻璃小别墅。这些玲珑的房舍错落有致地背靠青山，本身就是一道独特的风景。

走下石阶，就来到另一家民宿边，这里原先是几间破旧的民房，几乎是被遗弃的院落。政府在原址上将其翻新打造成清新雅致的民宿，房屋的首尾两间是精心布置的客房，客房内的陈设可以与四星级酒店媲美，跟玻璃房一样都可以品茶、看书等等。其余的几间房是村民自家生活的空间。走出房间就是宽阔的院坝，院坝周围都种满了花草，就连种花的物什也很考究，那种艺术的味道就散发出来了。院坝边上种有几棵梨树，梨花朵朵开，芳香满园。院子里的木桌木椅摆放整齐，早晨温柔的阳光打在遮阳伞上，黄主席和周主编都在喝早茶了。站在院子边上，四周都是葱茏的田野，田野里种的都是农家小菜，豌豆苗长得老高了，小白菜、芹菜、葱葱、蒜苗也长得很好。更多的地里种植了许多果树，这些果树种下的时间应该不长，还是幼苗生长阶段，却也是初具规模的样子了。更让我惊喜的是村民在田坎边还种了很多油牡丹，大多数都还是含苞待放的样子，只有少数牡丹苗开出了粉红的花朵。

村民们都有早起的习惯，田野里也有三三两两的农人在劳作。早晨的空气似乎格外清新，四川省作家协会的军老师在田间小道上散步，明亮的阳光照在军老师身上，他军人的气质更明显了。五龙山上每一户村民家都被打造成温馨优雅的民宿了，家家户户都是单家独院的布局，互不影响，又唇齿相依。如今五龙村已建成高端民宿院落6套、玻璃屋度假别墅16套。部分民宿院落里为客人提供餐饮服务，因为是集体经济管理模式，入住民宿院落或者玻璃度假别墅的客人会被安排到提供餐饮的院落就餐，菜品均是当地原生态的特色美食，客人可以充分享受舌尖上的美味。

早餐被安排在与我们下榻的玻璃民宿相隔100米开外的一户人家，这是王素清老人的家。王素清婆婆和老伴都年事已高，是村子里的贫困户。村上搞"特色旅游小山村"建设后，老人家里的老房子被装修成新型民宿，老两口在这套具有典型性的五龙民宿内接待过一拨又一拨的外来客人。我们几个不约而同地前往王婆婆家，坝子里的条桌上已经摆好了一盘油酥花生米、一盘泡菜、一盘切好的咸鸭蛋，还有一盘主人家自己发面蒸出的小馒头，每一个小馒头上都有一个小红点，馒头蒸开了花，冒着热气。桌子上的大铫锅里是刚刚熬好的花生粥。馒头微甜，绵软却又有嚼劲，口感超好，花生粥也特别香浓，喝上一口暖心暖胃，有点像小时候在农村外婆家喝到的味道，这是久违了的味道。

原来，幸福其实也很简单。

在五龙村，一杯清茶，一顿淡饭，也会吃出舒心的感觉。春风拂面，阳光和煦，走在乡间田埂上，我被田野的葱茏挟持，思维有点朦胧。

五龙的早晨，你好。

我在薄雾中道出发自肺腑的一声问候，我又该怎样描述你的生机勃勃？

三、桂花酒飘香的夜晚

五龙村到了傍晚似乎更加宁静。

七位远道而来的作家和诗人趁着夜色走在乡村小道上，道路两旁的田野里农作物长势喜人，有一大块地里种满了油牡丹。山风从远处吹过来的时候，油牡丹的每一片叶子仿佛都舞蹈起来，我的脑海里还在闪现下午在天宫院袁天罡墓前那只扇动翅膀的金蝴蝶。我不知道这秘密风水宝地到底暗示了什么玄机，这山村的夜晚安静中透着一丝神秘的韵味儿。我在心里反复强调：这里是天宫院的风水五龙啊！

夜色很重，我们穿过朦朦胧胧的田野往观景亭走去。观景亭的檐角上彩灯闪烁，远看仿佛无数眨着眼睛的星星。观景亭位于五龙村的高处，白天爬上亭子顶部放眼望去，五龙村的全貌几乎可以尽收眼底。因是夜晚，我们看见的除了墨青色的连绵群山，就是偶有灯光闪烁的被藏在夜色里的村庄，被五条龙庇护的五龙村显得更加神秘了。

这时入睡还早了点，我们回到王婆婆的民宿院坝里的梨树下继续喝茶聊天。梨花开得妖妖娆娆的，朦胧的灯光下，我几乎看不清大家脸上到底有多少开心快乐。条桌上变魔术似的摆满了刚刚从大食堂带上来的辣子鸡、酸菜炒土豆、油酥花生米和一个卤菜拼盘，全是上好的农家下酒菜，两个两斤容量的陶罐放在桌子上。一看这绛色的土陶罐，我就知道又是满口留香的桂花酒。豪放的军老师给一排玻璃杯里公平地盛上了等量的桂花酒，照例人手一杯。酒过三巡，黄济人老师讲的故事也达到了高潮，我们知道了一个老作家不为人知的心酸经历和充满曲折的感人故事。大家都沉浸在那个特殊年代无法言说的悲伤情绪中，我不禁想起辛弃疾的"春事到清明，十分花柳。唤得笙歌劝君酒。酒如春好，春色年年如旧"。在梨树下饮桂花酒，饮的是太平盛世里一种惬意的生活，也是朋友间一份无价的情义。酒过三巡，来自《重庆政协报》的副刊主编周鹏程先生当即在梨树下写下《五龙村夜饮偶得》：

梨花树下盛碗中，春暖不觉山野风。
诗人畅饮桂花酒，五龙腾飞跃长空。
天宫有仙袁天罡，人间圣人李淳风。
诸君提壶杯莫停，明朝随露又向东。

题诗完毕，进入朗诵诗歌环节，我也把刚刚写好的分行文字读了一遍："是天宫院在布阵/五条盘龙想占山为王/八位异乡的诗人开始夜游/雾霭沉沉，风摇动油牡丹的青叶/青叶摇动油牡丹的心。/也许一切都是命定/村庄守住了天罡、淳风的秘密/五龙人在祖先留下的领地里/把生活不断打磨、翻晒，直到涅槃/原始村落的格局重新点亮起新的希望/蜿蜒的水泥路通往每一个院子/户户小院都如暖心的巢/条桌、宽板凳、农家饭菜味正纯香/梨树也懂风情/一壶桂花酒，点燃蛰伏已久的诗情/比起尘世那些糟心的物事/这里适合疗伤/也适合调情。/今夜，我在五龙醉酒、吸烟，也听风/微醺的风吹过玻璃屋外的松林/在簌簌声里安然入眠。"来自《四川文学》的副主编杨献平老师听完后立马与我交换了意见。是啊，如果一个诗人永远打不破固有的思维模式，一直墨守成规地表达，是不会有多大进步的。乡村旅游的发展也是一样，要敢于创新，敢于走出一条别人还没有走过的路子，才会达到"山重水复疑无路，柳暗花明又一村"的光明前景。

五龙村的乡村旅游发展模式在创新的基础上又切合实际地走出了适合自己发展的路子，当地人把"大食堂""大棚蔬菜园""瓜蒌产业园""辣木产业园""水产养殖园""民宿文化点""观景平台"等一系列经济产业串联起来，在五龙村蓬勃开展起多种经营模式，其中的"瓜蒌产业园"还是几个大学生合伙当园子主人，联手在农村施展拳脚的创业之地。如今，这一系列的农业产业链收益都初见成效，村风村貌完全进入"旅游特色小山村"的理想模式，当初的贫困村也发生了蜕变，这也充分践行了国家精准扶贫落实到位的政策。五龙村打造出来的"特色旅游小山村"是阆中市乡村改革的精品典范，已经在全市产生了较大的影响。2019年清明小长假期间，五龙村的民宿客房节前就预订完了，这是好的兆头，说明五龙村的特色旅游路子已经走上康庄大道，扑面而来的将是阳光明媚的春天。

夜已深，王素清婆婆老两口已经闭门休息了，我们还聊兴正浓。山村的夜晚听得见蛙声鸟鸣，油牡丹在暗夜里积蓄力量，明天醒来会不会是一个鲜花怒放的早晨呢？

在春天里造访五龙，留给我们太多美好记忆。我不禁想起前几日有人说过一句话："游客来农村游玩，不仅要看得见山，望得见水，更要留住乡村的记忆。"是啊，来五龙山村游玩一次，对乡村的记忆就深刻一次；吃一回香喷喷的农家饭，记忆里的味道就会更浓烈一些。有空闲找好机会我还会带着家人来五龙，再去瓦屋下喝桂花酒，在微醺的甜香中享受温暖深情的春天。

2 / 青川的色彩

广元的色彩是丰富深厚的，有中国红军城和红军渡的红，有青川的青，也有女皇故里的厚。在广元大地上穿行，就是身体与灵魂在接受同步的洗礼。

——题记

一、青川的青

青川是纯色的，有着翡翠一般的色彩。

这满目的青绿缘于青川百分之七十多的森林覆盖率。如果把青川与祖国西北地区相比的话，这里应该算是植物的王国，人们心中的绿色天堂。青川的典型植物有红豆杉、连香树、山桐子、银杏树、珙桐树等。当然我最喜欢田野的青和果园的绿，这是生命的颜色，是一种向上、向美的颜色。

初到青川，车过金子山，青川就以大山的胸怀拥抱我们。这里的山逶迤连绵，高大的树木和葳蕤的植被把山体包裹得满目苍翠，目之所及都是绿色的画屏、绿色的长廊。蜿蜒曲折的山路、潺潺流淌的河水在青山绿水间前行，我打开玻璃窗，一股清新的空气扑面而来，即便是夏天，也是凉意深浓、惬意至极的。

青川留在人们记忆里的是地震那年那些刻骨铭心的伤痛，还包括一些小地名，比如东河口村。曾经满目疮痍的山川河流，十多年以后也都长满了各种绿，大地已是一派生机盎然的景象。时间真是治愈一切伤痛的最好良药，很多悲伤在时间的长河里慢慢消融，很多向上、向善、向美的力量也都在岁月里逐日强大，青川就慢慢恢复到往日青翠茂盛的样子了。这几日参加"四川省网络作家历史文化名城行"采风活动，我们都在青川的土地上穿行，这批年轻的网络作家创作的态势也如青川的绿，蓬勃向上有朝气，有些作家小小年纪都在行业内小有建树了。很多网络作家跟我一样都是与青川初遇，大家对青川的喜爱溢于言表，有人说要在以后的小说里把青川的元素写进去，才对得起青川辛勤的人民和这方青绿的山水。

青川是属于大山的，这里的山满目苍翠，每一条溪谷、每一个村庄都掩映在一片绿意里。我从川西北高原上下来，我也是属于大山的，但是我们高原上的山与青川的山有些不一样，我们的藏寨羌乡也被果树围绕，但是绿意没有那么深浓。青川的村庄大多都分布在山麓或者河流沿岸，依山而建、傍水而居；而我们高原上的羌寨却喜欢建在高高的山上，离天空、云朵很近，被称为云朵上的寨子。

青川的绿还和他们的文学土壤有关。

那天我们看了青溪古镇漂亮的夜景，还兴致勃勃地爬了东瓮城的古城墙，一群兴致极高的文友借着酒兴还未散尽，在古城墙上高唱《历史的天空》《我爱你，中国》等歌曲，将文人骨子里的本真发挥得淋漓尽致，毫无矫揉造作之势。从古城墙下来，意犹未尽的几个文友邀约去街边坐坐，几杯啤酒下肚，话匣子打开，青川作家协会李主席介绍了几位文学小青年，大家聊得很尽兴，也很实诚、接地气。我从年轻人的身上看到了我们身上所缺失的东西，那就是对文学的崇敬和对脚下热土深沉的热爱。青川拥有专职的作家协会主席（四川其他地市州都是兼职），广元拥有县级市、县领域里第一个网络作家协会，拥有无数的作家和文学爱好者，这在文学百花园里算是丰富的了，所以，青川的文学也是充满绿意的、朝气蓬勃的。

二、青溪的红

到了青川，不去看看青溪古镇，等于没去，这是我对青溪古镇的偏爱吧。

有人说，所有的古镇都有一段悠久的历史，青溪古镇也不例外。《华阳国志》载，蜀汉建兴七年（229）析阴平道刚氐道辖地新置广武县于青溪，委诸葛亮之参军廖化督其地而屯田戍守。青溪古镇距今已有1700多年的历史了。

千年古镇青溪位于阴平古道上，也是一道重要的关隘。古道悠长的历史给小镇蒙上了一层神秘的面纱。青溪古镇被两条清澈的河流喂养着，一条河叫青竹江，一条河叫南渭河。青溪古镇也因为这两条环绕的河流而显得更加温润与妩媚。

青溪古城又叫"靴城"，站在高处看古城颇似一只古代战靴，因此得名。在清凉的风里，历史文化厚重的青溪古镇在低垂的夜幕里越发朦胧。作家春泓告诉我青溪有八个著名的景点，晚清学子袁汝萃曾经写过一首诗赞美过这几个地方。八大景点具体指石牛寺、马鞍山、高桥寺、玉花泉、鱼洞砭、关虎石、醍醐塘和九龙包。我们没有时间去各个景点看看，哪怕蜻蜓点水般走一遍也是不允许的，青溪古镇就成了我们必去的地方。

青溪古镇不大，城内分东南西北四条街以及下东街和下南街。四条街都分别竖有匾坊，东街书的是"紫薇高照"，南街书的是"人杰地灵"，西街书的是"西蜀咽喉"，北街书的是"北极联辉"，短短十六字把青溪古镇悠久的历史文化、重要的地理区位优势都精准概括出来了。青溪古镇也因为瓮城的三面布局而显得更加古朴厚重。去过涞滩古镇的瓮城，涞滩古镇的瓮城里有四个藏兵洞，这是有别于其他瓮城的地方。青溪古镇有三个瓮城，我们去逛的是东瓮城，城门外还建有半圆形的护门小城，设有箭楼和门闸，以增强防御功能。逛古镇只要几个小时就可以走完全城，但是要了解一个古镇的前世今生几天也是不够的。

青溪古镇是安静的，这与特殊时期的防疫因素有关系。走在古镇清凉的风里，心情是舒畅的。一条清澈的小溪穿城而过，小溪实则是一条水渠，水渠两头各有一台水车，水车跟黄龙溪古镇的风车一样，只为衬托古镇的秀美，也给我们带来小小的欢喜。我趴在水车上照了几张相，仿佛一下子回到了童年。小溪两岸与古镇商铺紧密相连，商铺门可罗雀，一派冷冷清清的样子。倒是沿岸蓬勃的花草绿植告诉我，这是葳蕤的夏天，是一个浪漫的日子，因为今天刚好是5月20日，古镇上午还搞了一个关于"520"的活动。

青溪古镇是青色的，是悠久的，也是绚烂的。

青溪古镇不到两万人居住，以汉族、回族居多，所以古镇建筑既有汉族风格，也有浓郁的回族特色。走在回族风情小东街长长的街道上，迎面而来的仿若是一股异域之风，一栋栋精致的回族建筑让人心生喜欢，就连街门口各家的花草都别样好看，街尾一户人家门口有株野桃树，挂满了青绿的果子，看着就诱人垂涎，小城与众不同的美丽就在于此。古镇居民大多有宗教信仰，佛教、道教、伊斯兰教等各种教派共存，各民族宗教文化和谐相融，赋予了古镇另一种神韵。

当一个地方的自然景观与人文景观完美融合在一起的时候，就是人们心中的向往之地了。我们匆匆忙忙去了几个感兴趣的地方。夜幕低垂，我们到达星月广场的时候霓虹闪烁，水雾升腾，城墙上音画影像影影绰绰，我们情不自禁地在星月广场上翩翩起舞，放声高歌，这是一种热烈的情感表达，更是疫情缓和后对心灵最彻底的一次释放。白天我们去看了回族风情小东街，去阴平廊桥上走了走，也去转了转东瓮城，爬了明代城墙。

我们漫步在古镇悠闲的时光里，古色古香的建筑、临街的小铺子、小铺子里就地取材而制的精雕细琢的根雕饰品以及家家户户门口盛开的鲜花与绿植，与穿城而过的小溪组合成了古镇的独特而亮丽的风景。我喜欢走在这样的古镇上，喜欢古镇上拂面而来的温柔的风。

青溪古镇也是红色的。

战争时期，徐向前元帅曾经率领红四方面军在此指挥了著名的摩天岭、悬马关战斗。据史料记载，1935年4月10日，红三十军一部从江油青林口进入青川境内到达青溪古镇，与国民党军胡宗南部队交火。红军在摩天岭隘口、南天门、七里茅坡、黑瓮塘等关口设立卡子，战斗了18天，歼敌约1个营。此次战斗有数百名红军战士英勇牺牲，这无疑是一场损失惨重的战役。青川的青溪在革命史上留下了浓墨重彩的一笔，这是一个值得纪念的地方，也是一个值得人们去走一走、看一看的地方。

三、东河口的白

这些年，我走过很多乡间小路，看过很多村庄，但是看一个已经消失了的村庄，还是第一回。

去青川一定要去地震博物馆参观，也一定得去东河口看看，这是对一个曾经的地震重灾区的祭奠，更是对在地震灾难中逝去同胞的深切缅怀。我们到达东河口的时候，是5月快要结束的一个正午，阳光过于炽烈而显得格外惨白，就像我们五味杂陈的心情一样，我们没有旅游本该拥有的愉悦心情，心里反而有些沉重，也有一股淡淡的忧伤。

东河口是属于青川县关庄镇红光乡的一个小村子，离县城只有40千米，是一个藏在大山深处的不大不小的中型聚落。地震前这个村子依山傍水，有200多户人家，1000多个村民，他们世世代代居住在青山绿水之间，过着简朴舒心的日子。那时的村子地处交通要道上，过往的车辆多会在此停下补给休息，因此这里也算是大山里比较热闹繁华的地方。世事难料，2008年5月12日的那场地震给这个村子造成毁灭性的伤害，村庄几乎整体一瞬间被掩埋在地下100多米的黑暗里，780人被永远深埋在地下，他们以这种悲壮的方式长眠于地下，固守着自己的村庄、家园和生死相依的亲人。

如今，这里已经建成青川东河口地震遗址公园，总面积54平方千米，是研学、党性教育的重要场所，是国家AAAA级旅游景区，也是一个国家级地质公园，还是全国一百个红色旅游经典景区之一、川陕革命根据地红色旅游系列景区之一。公园里有地震遗址介绍碑、地震知识长廊、地震诗歌长廊、地震飞石介绍碑、遇难人员纪念碑、堰塞湖等。10多年过去了，来自全国各地的人们纷纷来到青川，来到东河口重走红色路，深切缅怀逝去的亲人同胞。

5月的风是颤抖的，有一股刺骨的冰凉穿透我的心底。站在东河口的村头，村庄不见了，我想象着眼前有阡陌纵横的田园，房舍上空升起袅袅炊烟，稚童嬉戏打闹，鸡鸣犬吠，定睛细看，一切都是非常安静的样子。尽管阳光是如此明媚，我看见的却是一片白，一片悄无声息的白，空旷寂寥的东河口村在衰败中笼罩着一股悲哀的气息，这气息主要来自我心里，来自一股颤抖的风里。后来我在心里自己安慰自己，东河口村没有消失，它只是下沉了100多米，780位村民依然相安为邻，在另一个世界过着无忧无虑的日子。

"地震石"很抢眼地立在那里，"川字石"也很突兀地立在村口的天地间，那些刻着写满各种悲伤铿锵的诗行的石板也立在那里。"生死不离，你的梦落在那里/想着生活继续/天空失去美丽，你却期待明天站起/无论你在哪里，我都能找到你/血脉能创造奇迹/你的呼喊刻在我的血液里。"当我读到石碑上的这首诗时，眼眶生疼湿润，往事真的不堪回首啊！东河口就这样以一种悲壮的方式无声地活在人们的心中。太阳照在空旷的三川上，我眼前出现过短暂的白，站在三川广场的山风里，四周群山苍翠，空旷寂寥，几乎看不见人烟，改道后的公路顺着清亮亮的河流蜿蜒伸向远方，车辆稀少，一种难以言说的悲伤与痛在我心头慢慢涌起，仿若有一种黑暗压下来。三川广场上有三块巨大的石头一字排开，这三块石头因为地球应力爆发时的巨大能量，从王家山滚落在这里，形成了一个"川"字。第一块石头仿若无字碑般静立在天地间，第二块石头上刻有"2008·5·12"这行醒目的红色数字，告诉人们地震灾难发生的精准时间，第三块高高耸立的巨石上面刻着"东河口地震遗址"。冥冥之中三块巨石组合成了一个"川"字，意为四川，同时这三块巨石也代表着大地震时的三个重灾区——汶川、北川和青川。

"5·12"地震过去了14年，十多年来的疗伤与抚慰让痛到底减轻了多少，谁也说不清。可以肯定的是，时间的良药正在慢慢治愈人们心灵的伤痛，生活还在继续，东河口村幸存下来的村民的生活正在返青。青川是青色的，北川的天空蔚蓝，我的家乡汶川早已涅槃重生。

夏天的青川山谷里开了很多花，也挂了许多果。野猕猴桃、野樱桃、野毛桃、山核桃等都已挂满枝头。野百合、映山红、白玫瑰、红玫瑰都已嫣然开放。东河口的山谷里一定有许多白玫瑰躲在角落里悄然绽放，那白，是世间最纯洁的颜色；那白，也是一个绿意开始蔓延的地方，也是生命之树发芽的地方。

3 / 广元有个温情女儿节

广元长在水边，嘉陵江的风很温柔，嘉陵江边的女子也很温柔。

在这人杰地灵的大地上，1300多年前，一名武姓女子出生在川北重镇广元，在后来她母仪天下的辉煌岁月里，生活的经纬既有烽火连天，也有温情绵绵，一代女皇的故事远比想象更加浓厚深长。为了纪念武则天，1988年，广元市人民政府决定在每年9月1日，在广元举行热闹非凡、形式多样的庆祝活动，雅称"女儿节"。

女儿节自然是女人们最为喜欢的节日了。旧时民间过女儿节选定在武则天的生日那天，也就是正月二十三，女人们邀约着一起穿上盛装，去则天坝、皇泽寺、嘉陵江边游玩，以节日会友，加深友情。到了现代，广元的女儿节内容更加丰富多彩，文化底蕴深厚绵长，有形式多样的歌舞展演、凤舟竞赛、美食嘉年华，甚至还有万人相亲盛会等等。女皇故里已经把女儿节做成了一张名片。

女儿节，多么温情、多么浪漫的节日啊！早就听说广元有个女儿节，我心中充满着各种对女儿节的向往，很想去广元的土地上走一走、看一看，很想去皇泽寺听听女皇与上官婉儿的故事，很想去昭化古镇古城墙下听听传说中幻化的鼓鸣，很想去嘉陵江边吹吹温柔的河风，感受一下江面上龙舟竞赛时群情激动的场面。28年过去了，热闹非凡的女儿节年年如期在9月举行，于是，我对9月就有了更多的期待。

两年前的初夏我与朋友初次去广元，热情好客的文友亲自开车带我们去逛了昭化古镇。朋友说离昭化古镇不远处有个河湾古镇，就是最初女儿节习俗中所说的"正月二十三，妇女游河湾"的地方，现在河湾古镇因为水灾已经消失了。时至今日，袁家坝的河湾场就是当年的河湾古镇，河湾古镇与昭化古镇齐名，当年热闹无比的码头早已安静下来。千年以后，依然可以想象武则天生日那天，各路淑女们在河湾场打闹嬉戏、顾盼生姿的盛景。

广元是幸运的，因为一代天骄则天女皇出生在这里。广元是大美的，因为这里的山川河流和古镇都是那么别具一格、与众不同。广元人民是智慧的，因为大家齐心协力完美地传承保护好了非遗文化"女儿节"。我喜欢广元的一切美好，无论是人文景观还是自然景观，还有那群辛勤耕耘在传统文化里的传承人。我崇拜则天女皇统领天下的雄才大略，我景仰她在文学艺术上的才华，她是集美貌、才华、智慧于一身的绝世佳人。武则天的诗词造诣与书法水平都极高，记得她最著名的一首诗是写给唐高宗李治的那首《如意娘》："看朱成碧思纷纷，憔悴支离为忆君。不信比来长下泪，开箱验取石榴裙。"传说就是这首诗，扭转了当年她削发为尼的低谷期，开启了她人生的新航程。

广元有个温情女儿节，熟悉广元、热爱广元的很多女人都去参加过女儿节的盛大活动。找机会，我一定会邀约三两女性知己去会会广元的女儿节，这也是我近年来最为惦记的美事了。

有人说喜欢一个地方，可能是喜欢一个地方的绝美风光，也有可能是喜欢一个地方的各种美食，或者是喜欢一个地方的放不下的人。我觉得喜欢一个地方还有可能是喜欢当地的故事与传说，甚至是一些不足挂齿的细微的事物。早就听说昭化古镇在广元很有名，昭化县以前叫益昌县，现在是广元市的一个镇，因为位于白龙江、嘉陵江、清江三江的交汇处，古时码头上也是商贾繁荣、热闹非凡的，有"天下第一山水太极"的美誉。嘉陵江水在昭化回澜，风光无限又温婉多情，这是多么让人留恋的地方啊！

我们走在昭化的大街小巷里，无意间来到一条老街巷子里，一家店铺的主人特别有"文艺范儿"，他家出售的木匾都是别具一格的文字艺术品。记得那年去广元，朋友首先带我们去寻找一些不一样的东西。果然，在那条左拐右弯的小街上，我发现了那些摆满店铺门前屋外的小木板，虽然每一块都大小不一、厚薄不均，但是上面以艺术字体写的各种语句却格外引人注目，很是让我喜欢，比如"待我长发及腰，送你一把剪刀""佳人在水一方""但愿人长久，千里共婵娟"等等。

　　来到广元，逛了昭化古城，最值得参与和体验的盛会当然是广元的女儿节活动，去吹吹女儿节上欢乐的风，去感受赛龙舟的盛况，去看看相亲节上那些幸福的笑脸，也去慢慢品尝嘉年华庆典上的广元美食。这么多年来，我去过广元几次，时间都不合适，都没有真正踩到女儿节的这个点，所以暗下决心，一定要找个时间去看一次广元的女儿节。人世间，凡是有期待的愿景都是美好的。

　　我曾在皇泽寺门口短暂地停留，思绪却是千丝万缕，没去参观朝拜的遗憾越来越深重。由于时间太匆忙，我根本没有空闲去广元更多的地方走走逛逛，故事深厚的广元在我想象中越发朦胧，女儿节在我想象中充满了更多的期待。我在千里之外的川西北高原遥想嘉陵江畔的广元，仿佛此刻就走在广元的街道上，沐浴在皇泽寺梵音缭绕的风里，聆听到广元人民热情准备着即将到来的又一个女儿节。我多么想再次踏上广元之旅，从我的川西北高原去到广元的嘉陵江畔，与热情好客的广元人民一起度过一个热闹非凡、永生难忘的女儿节。

　　愿景美好，广元美好！

4 / 铜匠人

我们见到洛珠的时候，西下的太阳炙烤威力有所减退，风穿过核桃林吹过来，一丝丝夏日的凉意让人神清气爽，位于马尔康城郊外3000米的更达寺沐浴在太阳的辉光中，显得更加金碧辉煌、庄严肃穆。

5年来，我多次跟着马尔康市文联主席杨素筠走乡串户、进村进庙，在基层采风，这次除了我俩同行外，阿坝日报社的记者孟波也与我们一路去更达寺采访。

因为我们主要想采访12年来居住在更达寺的昌都铜匠师，所以直接去了一楼的铜像制作工作坊。工作坊大门虚掩，进去后除了大半屋的成品和半成品铜像外，不见一个铜匠的身影。仔细端详这些规格大小不一的铜制佛像，尊尊神态各异、惟妙惟肖。每一尊佛像都做工考究，慈悲满怀的古铜色佛像透着一股震撼人心的辉光。工作坊的地上到处是零碎的铜片、铁皮屑、铆钉及钳子之类的物件，尽管工匠师傅们今天放假休息，我依然感受到了他们劳作时热火朝天的场面，心里的敬畏之情油然而生。

有点不甘心空手而归，于是我们走出工作坊去二楼师傅们的住处寻访。刚到一楼大厅的楼梯口就见一位年轻的铜匠师傅下来了，我们高兴地上前打招呼并说明来意，素筠慌忙递上刚刚在城里买的一袋青苹果，铜匠师傅腼腆地接过并道谢后，我们在更达寺大门口边的核桃树下开始聊起来。

这位年轻的铜匠师就是洛珠，28岁，西藏昌都县柴维乡翁达岗村人。英俊帅气的洛珠不善言辞，却也和我们聊得顺畅愉快。洛珠的阿爸堆觉是西藏昌都地区制作铜像的非遗传承人，在当地是家喻户晓的铜匠师，膝下有五个儿子。

他把五个儿子培养得都很优秀，老大出家学佛，老二嘉央尼玛继承了阿爸的手艺，老三是一个小有名气的唐卡画师，老四就是今天接受采访的洛珠，他从15岁起就跟着哥哥们苦学手艺。

非遗项目都是珍贵的快要遗失于人间的文化，保护与传承已是迫在眉睫的事。中国非物质文化遗产的创造过程始终与灿烂的中国文明历史进程紧密联系在一起，体现着人类文明的发达程度，显示了人类在思想和实践上所能达到的智慧高度。铜像制作工艺也是一种高品质的艺术门类，铜匠们就是传承这项高品质艺术的佼佼者。随着时间的推移，会制作这种古老的非遗铜像的工匠越来越少，传统的精湛技艺面临着失传的问题。洛珠家的两代人都在努力传承铜像制作技艺，为非物质文化遗产的保护传承做出了自己的贡献。铜像制作作为中国非物质文化遗产，它所蕴含的艺术认同感也体现着民族大融合的浓烈情感。

我们在核桃树下聊着这些非常有意义的话题，洛珠虽然有些腼腆，但当谈到自己喜欢的事业时，还是滔滔不绝地跟我们聊了很多。

铜像制作工艺分为两类：一类为铸造工艺，铸造的佛像以小型佛像为主；另一类为打制工艺，打制的佛像以大型佛像为主。铜佛像是指用铜或青铜铸造的可移动的较小佛造像。铸造铜佛像常用的材料有青铜、黄铜、紫铜。洛珠的家乡在西藏昌都县柴维乡翁达岗村，自古以来该地区的藏族民间工艺技术相当发达，主要有佛像、唐卡和饰品三类。这一地区制作铜佛像的起始年代十分久远，具体年代不详。民国时期，翁达岗村打铜佛像行业最为兴盛。洛珠的阿爸堆觉算是村子里的老艺人了，他把制作铜佛像的手艺传给了二儿子，二儿子又手把手地把手艺教给洛珠及村子里的伙伴们，并且把大家带出昌都，走向更远的地方谋生挣钱。铜匠人的收入远远超过村子里其他人的收入，所以，洛珠老家柴维乡翁达岗村在当地算是富裕的地方了。

"当初是谁把你们带到马尔康的？"

"是我二哥嘉央尼玛，二哥带领我们村上的10名伙伴来马尔康更达寺，做铜像已经10多年了。这个团队的伙伴都来自老家，大家在一起干活互相有个照应，也可以互相商量学习，技术就越来越好嘛。"洛珠说起话来头头是道。

这些年来，他们齐心协力为马尔康地区的各大寺庙制作了80多尊大大小小的铜佛像。多年来，这些来自昌都的铜匠们每天早上6点半就开始劳作，一直要干到晚上9点才能休息，超强度的工作对体力消耗很大，所以他们每天晚上收工后还要加一顿餐。看着洛珠壮实的身体，我相信他勤快的嫂子一定每天都把匠人们的伙食安排得妥妥帖帖的。

我问洛珠："这么多年来你们都在马尔康制作铜像，多久才能回昌都一次呢？"

洛珠笑着说："每一年冬天大家都要回昌都过冬，昌都比马尔康稍微暖和一点，马尔康的冬天最冷时可以达到零下10摄氏度。阿爸在昌都，阿妈在拉萨给二哥带孩子。"这个12人的铜匠团队回昌都后也没有闲着，继续在有限的三四个月里为昌都地区的寺庙制作铜像，10多年来已为昌都制作了300多尊铜佛像。我问："你们在昌都与马尔康两边奔波劳碌，累吗？"洛珠憨憨一笑答道："不累。"可是我却分明看到洛珠左臂上一大团还没有完全恢复的带有血迹的伤疤，估计是在烧制焊接铜像时不小心烫伤的吧。

洛珠快28岁了，因为长年在马尔康更达寺工作，一心把所有的精力都放在自己的事业上，似乎忘记了儿女情长，目前还没有谈恋爱。我开玩笑般问洛珠："你都在马尔康生活了这么长时间，完全可以找一个这里的藏族姑娘结婚安家，你考虑过吗？""家里的老人、亲戚们都在昌都，我还是想回老家去。"洛珠笑着说。是啊，一个人不管走多远，心里最放不下的还是那个叫老家的地方。他想回昌都找一个温柔善良的女子成亲，他想念昌都的亲人和生他养他的故乡。

洛珠的二哥嘉央尼玛带领的这支12人的昌都工匠队伍，只是"昌都工匠群"之一。他们远离故乡来到四川阿坝马尔康地区打制铜像佛，在这10多年的付出中既收获了财富，也提升了技艺，更多的是为铜像制作技艺的传承做出了贡献。夕阳完全下山了，更达寺任何时候都有络绎不绝的信徒进进出出。暮色降临，这座小小的寺庙显得更加肃穆安宁，我们静静地走上回城的路。一路上我都在回忆与洛珠相处的片段，感谢这支来自昌都的铜匠队伍10多年来的默默付出与坚守，祝福他们在异乡的土地上平安幸福，吉祥如意！

5 / 云上天路，心上高速
——雅康高速侧记

> 人世间有两条路，一条路蜿蜒生长在地域空间里，一头连着故乡，一头连着他乡；另一条路深情生长在每个人的心里，一头连着我的心，一头连着你的心。
>
> ——题记

在中国960万平方千米的大地上，分布着高原和平原、山地和丘陵、高山和峡谷等地形，在这么复杂的地形环境里，慢慢修建出很多南北贯通、东西相连的公路线，这些线牵连着城市与乡村，牵连着人与人之间的情感，也牵连着各自的故乡。而中国公路交通事业的发展经历了漫长又艰辛的历程，特别是穿越青藏高原地区的公路线，因其沿途海拔极高，地质条件极为复杂，一代又一代的中国公路建设者们付出了以生命为代价的艰辛努力，才打通了一段又一段的山梁，衔接起了一座又一座的桥梁，使天堑变通途。

2019年9月15日，我有幸参加了四川省散文联谊会组织的一次赴雅康高速路的采风活动。三天里，我们分别去了四川雅康高速公路有限责任公司管理的二郎山路段、泸定路段、大渡河第一桥、康定路段等几处地段进行现场考察和采访，我的感触颇多，心绪久久不能平静，故以浅薄的文字记叙我眼里的四川雅康高速公路有限责任公司总部修建的隧道与桥梁以及筑路人的小故事、小感动。

一、最温馨的隧道

2019年初秋的一个上午，在雅安，离二郎山隧道口子100米远的宽阔坝子里，40多位四川散文学会的老作家面对雄伟秀丽的二郎山，齐声合唱那首20世纪50年代非常流行的歌曲《歌唱二郎山》："二呀么二郎山，高呀么高万丈／枯树荒草遍山野／巨石满山冈／羊肠小道难行走／康藏交通被它挡那个被它挡／二呀么二郎山，哪怕你高万丈／解放军，铁打的汉／下决心，坚如刚／要把那公路修到西藏／不怕那风来吹，不怕那雪花飘／起早睡晚忍饥饿／个个情绪高／开山挑土架桥梁／筑路英雄立功劳那个立功劳／二呀么二郎山，满山红旗飘／公路通了车／运大军，守边疆／开发那后院，人民享安康／前藏和后藏，真是个好地方／无数的宝藏没开采／遍地是牛羊／森林草原到处有／人民财富不让侵略者他来抢／要巩固国防先建设边疆／篷帐建高楼，荒山建牧场／侵略者敢侵犯，把他消灭光／要巩固国防先建设边疆／篷帐建高楼，荒山建牧场／侵略者敢侵犯，把他消灭光！"

我不会唱这首歌，只有上了岁数的作家们才如此熟悉。这不是在歌唱二郎山，这是在歌颂修建二郎山盘山公路的解放军战士，歌颂那个年代为了修筑川藏公路默默牺牲的英雄们。

关于高速公路的修建要遵循一个基本原则，那就是"遇河架桥，遇山打洞"，这里老百姓说的打洞，就是打隧道。二郎山特长隧道被称为"川藏第一隧"。整个隧道设计首次采用超预期抗震理念；首次设置双车道大断面洞内交通转换通道；首次在隧道内设置自流水高位消防水池；首次使用视觉动态照明系统。隧道全长13.4千米，穿越川藏公路的第一道天险二郎山。这条特长隧道一头连着雅安市的天全县，一头连着甘孜州的泸定县，是成都平原进入甘孜藏区最长的高速公路隧道。二郎山隧道有两个第一的殊荣，第一个全国通车的最高海拔隧道，第一个拥有全国最长斜井单洞（2.3千米）的隧道。它所拥有的桂冠还有很多：沥青砼路面铺筑13.4千米，西南地区通车高速公路隧道长度第一，独头掘进7千米为高海拔地区高速公路隧道第一。

二郎山隧道被称为第一道天险，说它险要，是因为该隧道穿越了13条断裂带（从雅安端洞口的新沟断裂带、隧道中段的马鞍山挤压带，到康定端的赶羊沟断裂带等），经过了地质条件极为复杂的地段。在这个路段施工会遇到有危险的瓦斯气体、岩溶、涌突水等不良地质问题，施工风险很高，这段路因其地质条件的复杂多变，被誉为"地质博物馆"。

我喜欢出门看风景，看了后喜欢用文字记录下一路的所见所闻，以游记的方式写作，主要是为了不忘却。我走过很多地方，也经过了一个又一个长长短短的隧道。

二郎山隧道是我认为最温馨的隧道，它让我感受到一种温馨的美。我们的大巴车经过二郎山隧道的时候，隧道里宽敞明亮，每隔一段距离就会感受到灯光的变化，这灯光有时候为淡紫，有时候为淡青绿，这样的渐变过程可以让长途驾驶员消除疲劳，心情愉悦。突然，大巴里欢呼起来，原来在宽阔的隧道顶部，一片美丽迤逦的红色缓缓出现，近了，哇！原来是一幅巨大的五星红旗图案灯光秀。"我爱您，五星红旗！我爱您，可爱的祖国！"一种自豪感油然而生，多么让人惊喜感动的温馨隧道啊！

"人在路上，路在心上"，穿过二郎山隧道，会让人有祖国在我心中的激越感慨。

二、大渡河第一桥

出门看山水，怀揣着的是一份美好的心情。跟随作家队伍行走采风总是很愉悦，大家都是性情中人，骨子里都有一份浪漫的情怀，对任何一处细小的景物，都会表现出无比的热爱和欢喜。

水流平缓的大渡河蜿蜒流淌在峡谷之间，两岸的山是翠绿的，山脚下的咱里村已经有了秋意，收割后的田野有些寂寥，村庄很安静，偶尔有一辆大卡车突突地驶过村庄。大渡河已过丰水期，水面碧绿，天空蔚蓝，阳光温柔地照耀着大地，一切都是葱茏的样子。

我还是第一次从泸定大渡河特大桥上经过，心情有点小激动。作家余老师都75岁了，她若干次往返于康定和成都之间，对于雅康路段的巨大变化有太多的感慨，她跟我们讲起过去进藏旅途的艰难时，简直无法控制自己的情绪，我分明看见老人眼里泪光盈盈，瞬间哽咽。

大巴停靠在高高的公路边宽阔的地面上，这里是观赏大渡河第一桥的最佳观景点。大桥雄伟的英姿出现在我们眼前，它一头连着雅安，一头连着康定，桥下是静静流淌的大渡河。风有些大，女士的围巾必须打结，帽子取下来放包里才稳当，长发被风吹起来的时候，拍的照片别有一番韵味。

雅康高速泸定大渡河特大桥是四川雅安至康定高速公路上跨越大渡河的特大型桥梁，被称为"川藏第一桥"，全长1411米，主桥为1100米单跨钢桁梁悬索桥，桥宽24.5米，2018年10月正式通车。该桥是建设在高海拔、高地震烈度带、复杂风场环境等极其复杂条件下的特大跨桥梁示范工程。

2019年6月11日晚（美国时间）对于四川雅康高速公路有限责任公司总部全体员工来说是一个激动人心、自豪满满的时刻，因为这天他们建造的大渡河特大桥荣获国际桥梁大会IBC"古斯塔夫·林登少"金奖，这是中国桥梁史上取得的至高荣誉，同时也标志着泸定大渡河特大桥跻身世界优秀桥梁的行列。喜讯再次传来，2019年8月，中国邮政发行《川藏青藏公路建成通车六十五周年》纪念邮票，大渡河特大桥又成了邮票上的风景。

去大渡河桥面下的钢架通行道上走一走，又会是怎样的感觉呢？郑总说："为了让作家朋友们更真切地体验一下桥梁建设者们高空架桥作业的艰辛与胆识，我们安排大家去桥上钢架道上走一走、看一看，大家一定要听从指挥，注意安全，相互帮助。"我一听简直高兴坏了，那么高的桥呢，这是我生平第一次以这种具有挑战性的方式去高处看风景。

穿过一条蜿蜒的村道，来到大渡河桥墩下面，巨大的桥墩表面是鲜艳的红色，站在桥墩下，河风猛烈吹来，这风吹得真有劲，站着都感觉在左右摇晃，脸上麻麻的，心里有点发怵，我和晓蓉手挽着手拍了一张照片发到朋友圈，一个朋友回复说："感觉你们要被风吹倒了。"河风之猛，可以想象桥梁建设者们施工时也要克服这些气象困难。虽然在桥梁施工中这些困难不值一提，我依然体会到了建设者的各种艰辛与不易。

我们要上到桥面下的通道参观实属不易，但是这样的机会既少也珍贵，所以无论年龄大小，作家们都以最大的热情参与进来。我们排好队，一个一个依次爬上几级钢架便梯后，乘简易电梯到达中间的部位，然后再爬上只能容得下一个人的铁梯到第二块平台，这时已经到达大渡河特大桥的桥面下了，又爬了几级铁梯终于来到通行道了。这是何等特别的体验呀！首先依旧可以感受到风的狂野，走在透明的铺满方格状钢块的桥面上，有一种悬空的感觉，我不敢瞧脚下奔流不息的大渡河，仿佛一脚踩下去就要踏空坠落一般，心都提到了嗓子眼，很刺激，也很兴奋。部分有恐高症的作家不敢越雷池半步，只能坐在桥头等待我们。郑总介绍，他们准备在桥上开发一些旅游项目，比如空中咖啡馆、蹦极运动等。我想，敢来桥上悬空咖啡馆喝咖啡的一定是追求浪漫和刺激的年轻人，来蹦极的就更是无所畏惧的勇敢者了。

走了一段，我真的不敢看百米高空之下，桥上还有一段是玻璃栈道，那悬空的感觉我更不敢去体验了，只能转身往回赶，沿原路下梯再乘坐电梯下到路面，悬着的心终于放了下来，落地的感觉让我一下子有了满满的安全感。

这是我第一次有这么刺激震撼的经历，让我兴奋不已。关于桥，关于和大渡河特大桥亲密接触的这段回忆，既珍贵又难忘。

在这里，政府还有更长远的规划，这个规划实现以后会给当地咱里村的老百姓带来很大实惠。据项目部郑总介绍，在不久的将来还要修建川藏公路馆、大国工匠体验馆。

郑总一直陪着我们采风，一路走一路给我们做详细的讲解。在泸定大渡河特大桥桥头稍作停歇的空隙，郑总对我们说："雅康高速上的筑路人把人生奉献给路桥事业了，这是大家的荣光与自豪。每当我们看到大桥的时候，就会想起建桥人付出的艰辛努力。雄伟的桥梁不仅仅展示的是一项建筑史上的成果，它流传下去的永远是文化。"

是啊，荣获IBC"古斯塔夫·林登少"金奖的泸定大渡河第一桥，它传承下去的还有人类的智慧和科技的力量。

三、风雨里的高速人

1. 妇女能顶半边天

"妇女能顶半边天",一点都不假。

在雅康高速奋斗的人中绝大部分都是男人,但在监控指挥部我们看见的工作人员都是几个比较年轻的女士,特别是解说员小韩落落大方、字正腔圆的熟练讲解给我留下了极为深刻的印象。

参加那天下午座谈会的人员除了40余位作家,还有雅康高速各个标段的负责人和公司总部的部分分管领导。雅康高速的参会队伍里只有一个女性职工,她就是刘红。刘红的位置刚好在我的斜对面,她穿着白衬衣清清爽爽地坐在那里,正在就雅康高速公路公司总部的群团工作向作家们汇报,她说:"在修建雅康高速路段的这些年,涌现出了很多感人的故事,你们可以去采访他们,写写他们。"当时我就想,刘红身上有故事吗?作为一个女人,常年与大山为伴、与工地为伍、与工人同甘共苦,又是怎样一种充实辛劳的生活呢?

雅安高速公路公司总部七楼是刘红办公的地方,她见我到来连忙给我泡了一杯茶,又给我拿了一盒酸奶。她的办公室干净整洁,办公桌很大,上面堆满了各种文件。她是负责群团工作的干部,公司的各种大活动诸如演讲比赛啦、歌咏比赛啦等等都归她管,最近两年必须组织学习的"两学一做""不忘初心,牢记使命"等教育内容也归她管,还不止这些,有时她还得帮办公室写材料、改材料。刘红说,她每天都一头扎在这些烦琐的工作中,都忘记了一个女人该有的小资小调,工作占了她很多时间,忙起来也不会去想其他杂七杂八的事儿。总之,精明干练、气质优雅的刘红十分忙碌,总是哪里需要就出现在哪里。

我问刘红:"你们机关干部平日里会去工地吗?"她说:"肯定要去呀。有时为了保证施工进度,我们经常去工地现场给大家加油鼓劲儿,我们是一个团队,彼此都得相互关心、相互照应。"有一次,刘红带领伙伴们去隧道里察看施工情况,隧道里正在作业的工人们热火朝天的劳动场面让她有点震惊。她看到有的工人嫌麻烦没有戴口罩,但隧道里灰尘大,工作久了对身体不好,特别是对肺有影响，回来后，她要求管理人员一定要监督工人必须戴口罩。其实她每次去工地，都会自掏腰包给工人送去糕点、面包、牛奶等食物，并反复强调要注意安全。次数多了，刘红和工人成了知心朋友，大家都喜欢这个经常去工地的机关女干部。

路桥人长年在外奔波劳碌，与家人团聚的日子不多。刘红一家三口人，孩子在成都上学，平时靠刘红的父母照顾，丈夫张宣也在雅康高速公路公司工作，不过在另一个管理处，平日里难得见面，一家三口分别在三个地方，过的是聚少离多的日子。每隔十天半个月刘红会回家看看孩子和老人，忙起来的时候也可能数月才能回去。说到孩子，刘红觉得很内疚，她说孩子身体不怎么好，有哮喘病，她总是担心孩子犯病。孩子班上开家长会她也经常不能到场，只能和老师在电话里沟通。孩子有个三病两痛或者学校里与同学发生了小摩擦啥的，她都是从电话里得知。刘红一度最怕电话铃声响起，特别是老师的电话铃声。有一回，得知孩子的哮喘病犯了，单位派车送刘红回家看孩子，一路上她不说话，眼泪不停地流，生怕孩子有个三长两短。说起孩子，我分明看见刘红眼里有一股酸涩的东西在闪烁，同为母亲，我理解她肩上的责任和淡淡的无奈。

在雅康高速公路公司，还有很多像刘红一样的女职工，她们在各自的岗位上努力地工作着，工作干劲儿和吃苦耐劳方面样样不输给男同胞，真是"巾帼不让须眉"啊！

2. 王余团队的梦想

● 去路基地采访

雅安有雨的天气才是正常的，早上醒来拉开窗帘，看见街上打着伞行色匆匆的路人就知道又是一个雨天，雅安被称为"雨城"真是名不虚传。今天上午有个作家的捐书仪式，现场还有画家作画，我觉得时间很宽裕，准备和王余见面聊聊。之前王余在微信上对我说："周老师，你们好久走？我正在往雅安赶。"然而午后我们采风大部队就得回成都，最终没有见到王余。

陈雪岩是王余项目部里一个肯跑腿且吃苦耐劳的年轻人，我们去他们负责的路基建设路段实地采风考察的时候，他一路走一路为我们讲解。路过喇叭河隧道群的时候，小陈说他们负责的标段到了，这里离雅安天全县城只有20多千米的路程。我们在喇叭河高速出口附近下车，准备看看沿途路况和周边环境。小陈指着高速路边树林处若隐若现的几间板房说："这里就是我们高速路基建设时的临时住所，里面的空地上还有搅拌站。路基路面施工的时候这里很热闹，高速路修好后就恢复宁静了。"

群山青翠，空气十分清新，崭新的高速公路伸向远方。过去这里是国道318路段，高速公路畅通后，老公路隐蔽在山脚下，曾经车辆川流不息的场面再也看不见了，取而代之的是畅通无比的雅康高速。

就在这个时候，十里香旅游小农庄出现在我们面前。这是一栋两层楼的小建筑，从小楼窗玻璃里清一色的素雅窗帘可以猜出，这里应该是一栋小旅馆。屋前是一排青葱低矮的树木，路边是一条洁净的水泥路。屋靠青山，山上森林茂密，十分美丽。在十里香旅游小农庄的左边有两间更低矮的小木屋，一条破旧的大大的横幅还挂在上面，横幅上赫然印有"十里香大自然休闲鱼庄"的字样，小木屋门窗紧闭，两边的窗玻璃上贴有"柴火鸡"等广告语。可以想象在高速路没有修建之前，这里的食客应该是络绎不绝的，我仿佛听见了小饭馆里觥筹交错、饮酒划拳的声音。紧邻小旅馆右边还有一间小木屋，那是十里香饭店，旁边还有一家有三个饭厅的郑家饭庄，郑家饭庄30米开外还有一个加油站。此时已经到了正午饭点时间，却不见一个客人的身影，一切都是寂静落寞的样子。

小陈说："因为这里是以前318国道线的必经之路，很多南来北往的车辆到达这个地方后都会做短暂的停留歇息，跑长途进藏区的驾驶员还会在此留宿，加之这里山清水秀，也会有客人到此一游，所以，这里就成为一个小小的驿站，生意一度十分红火。"

随着雅康高速公路的发展畅通，过往车辆不再在此停留了，山里人家的小农庄生意自然就清淡下来，那些曾经的繁华与喧嚣也就无奈地落幕了。虽然再不可能昨日重现，但是那些小旅馆、小饭店、小茶馆还是被保留下来，哪怕生意冷清甚至不再经营，也没有被拆除，它们依旧与青山为伴，与公路为邻。我们都相信，在时间的长河里，在雅康高速为人民带来更好生活的日子里，保留它们不是为了谋利益，而是为了保存一份念想，一份曾经辉煌过的美好记忆。

● 年轻的"王大爷"

他长得眉清目秀，有着俊朗的身材，戴着一副浅框眼镜，乍一看儒雅范儿十足的样子，让人无法将他与他的职业联系起来。

这个小伙子叫王余，2005年从四川交通职业技术学院工程造价管理专业毕业，已有14年的路桥管理工作经历，虽然才36岁，却已是同行伙伴口里的"王大爷"了。他是四川川交路桥有限责任公司隧道分公司副总经理兼九绵路LJ9项目经理，一个天天风餐露宿，泡在雅康高速工地上的筑路人。

那天我们随陈雪岩去工地路段现场调查的时候，从小陈嘴里也多多少少知道了一些发生在王余身上的故事。现代信息技术实在太方便了，在微信上我常常和王余聊天，这种隔空采访的方式没有让我觉得陌生，时间久了就仿佛是在和老熟人拉家常，王余的故事也越来越清晰。

王余出生在广汉的一个普通家庭，父母靠做小吃生意把他培养成大学生。大学毕业后，勤奋好学又懂事的王余没有让父母失望，他走上社会获得的第一份工作就是参与在川交路桥都汶路O合同段工程，然后他一直在四川省内各路段干自己的本职工作。王余的妻子朱晓红现就职于四川公路桥梁建设集团有限公司法律事务部，任副经理。他俩算是同行，育有二子，大儿子今年8岁，小儿子不到2岁。平日里小两口都各自忙工作，照顾两个孩子真是力不从心。王余的父母便放弃了小吃生意，来广汉帮忙带娃娃，减轻儿子儿媳的负担，这样王余和妻子才有充足的时间干自己的事业。由于工作繁忙，王余很少回广汉的家，在雅康高速建设期间大儿子才4岁多，每次见到王余回家，他都先是一愣，然后举着双手跑过来要抱抱，抱一会儿就下地自己去玩了。第二天一早，小家伙都会问王余："爸爸，你好久又走呢？"这句话从娃娃稚嫩的嘴里说出来，王余心里真是有一种酸楚啊！有时妻子忍不住会抱怨："这个家就像你回广汉的宾馆，来也匆匆，去也匆匆。"抱怨归抱怨，可是每一次王余离家时妻子都会给他准备一些让他带走的食物，一边唠叨着注意安全之类的话语。王余没法说什么，干好工作就是对父母妻儿最好的回报。可以这样说，今天的王余成了路桥项目部最年轻的经理，军功章里也有父母和妻子一半的功劳呢。

筑路人的工作地点是移动性的，哪里需要就冲向哪里。雅康高速的工程，王余是2014年4月初开始进场准备前期工作的,他负责雅康高速C11段。雅康路C11中标后成为川交公司当时在建项目中产值最大的一个。王余上一个自己独立担任项目经理的合同段产值才6000万元,现在一跃变成了6亿元,是原来的10倍。公司上下都高度重视这个项目,当时为选派合适的优秀项目经理,公司有史以来第一次通过竞聘的方式选拔项目经理,王余最终以清晰的管理思路和优异的方案获得了这个机会。当年,他才31岁,他带头组建的项目管理层平均年龄29岁,王余成了雅康高速所有合同段中最年轻的项目经理,同时也带领着整条路段中最年轻的管理团队。

小伙子很优秀,不怕吃苦,协调沟通能力强。修路过程中他们遇到过很多棘手的问题,他都一一解决了。

我问王余:"工作中遇到不讲理的老百姓时你是怎样沟通的?"王余说:"还真遇到过。那年黄大牙边坡牵引式塌方,造成国道318交通中断。每天有大量的当地居民为了赶时间强行翻越塌方体步行通过崩塌路段,这种行为太危险了。一些居民不管不顾地一意孤行,随时都有被飞石砸中的危险。我看在眼里,急在心里,立马组织人员设立门禁,并带领伙伴们苦口婆心地劝解,劝大家走河对岸为他们新建的非常安全的临时通行道路。"但还是有人为了节约那20多分钟的时间冒险冲卡。王余和其他管制人员坚决不让老百姓强行冲卡,少数不明事理的老百姓因冲动跟他们发生过矛盾冲突,王余他们受了很多委屈,也生气难过过,但是与人民群众的生命安全相比,受点气他们认为是值得的。人心都是肉长的,在王余坚持不懈的努力劝导下,老百姓最终也就理解了。

王余跟我谈起新地头村善良的村民积极配合工程队的事情时,觉得村民们的思想觉悟挺高的,这让他很感动。

高速公路修到新地头村四组的时候,由于桥梁穿越村民住宅区,桥桩离房屋墙壁竟只有5米的距离,在桩基冲孔过程中,锤头的冲击震动产生了很大的噪声,一定程度上对房屋有些影响,而且这种震动要不间断地持续2个多月,给当地老百姓的生活的确造成了影响,但是附近的村民没有一个人来工地阻工或者发牢骚。他们只是正常且合情合理地向项目部的行政办公室反映了受损情况,要求冲桩结束后及时给他们修复。冲桩工程结束后,项目部第一时间组织相关力量及时对受损房屋进行了修复,让老百姓称心舒心,他们后期的工作开展起来也就更加顺利了。

王余在雅康高速干了近4年，也可以说是把4年的青春奉献给了雅康高速路桥事业。作为一名筑路人，每到一个地方，都会有很多人、很多事让他难以忘怀。

他清楚地记得2014年12月那个冰冷而疼痛的一天。那天王余独自去黄金桥19号桥台处踏勘现场，雨后路面太滑，他不小心摔在硬邦邦的地上，这一摔直接导致他尾椎骨骨尖处骨折。王余没有声张（他怕家人和同事们操心），忍着钻心的疼痛一个人悄悄上医院，医生建议他卧床休息。王余想到项目刚开工，各项事务千头万绪，能负责这个项目，是公司对他的信任，再说还有那么多年轻人指望着能在这个项目中学到本领、积累经验、做出成绩呢。王余清楚地明白自己不能离开项目现场，更无法安心躺在医院治疗，于是，他在医院开了点外敷药，又回到了现场。他每天仍然坚持步行察看现场进度，监督指导施工工作，要知道那种痛钻心刺骨，连坐板凳也只能坐半边屁股，打个喷嚏尾椎骨都疼得撕心裂肺。就这样，一直持续了2个月，他的伤痛才慢慢缓解。

如果说王余克服疼痛坚持工作体现的是一个筑路人的敬业精神，那么他和他的团队研发的最新湿喷工艺体现的就是他们优秀的业务能力了。

王余说，川交公司隧道分公司刚刚开始实行小班组管理模式，为了提升隧道施工的机械化程度，遵循机械化换人、以人为本改善作业环境的思路，他们项目率先进行全面湿喷机械手试点工作。通过近一个月的不断摸索，他们无数次调整湿喷方式、混凝土配合比，调整工序衔接，最后总结出了一套完整的湿喷工艺。这套新工艺后来在全省川交公司隧道施工中被广泛推广，其他兄弟单位还多次派人到王余的项目处学习经验。这种新工法的应用，极大地缩短了隧道掘进每循环的作业时间，减少了用工数量，改善了洞内作业环境，降低了安全风险。谈起这件事，王余觉得很自豪，必须给自己和伙伴们点赞。

任何一个行业、一个集体在工作中都必须要有团队精神，有了团队精神还得有互相帮助、奉献自我的精神才能取得最后的胜利。

王余说起掘进紫石隧道冲刺阶段的事的时候，也是充满豪气的。当时王余的C11标段与另一个兄弟标段共同完成紫石隧道施工任务，王余团队掘进紫石隧道2870米，对方掘进1960米。紫石隧道地质构造特殊，围岩极差，王余团队完成合同段内的掘进任务后，隧道还剩190余米的开挖任务没有完成，眼看还有2个多月就要通车了，但剩余量还那么大，如果王余只管自己项目的施工任务，即使完成得很顺利，但全线按时通车的目标就会成为泡影。这个时候，王余觉得应该顾全大局，带领自己的团队继续向前掘进，协助兄弟标段完成剩余开挖任务，于是C11标段的筑路人继续埋头苦干，与对方团队相向掘进。当最后一炮响起，看到对面亮光的那一刻，王余悬着的心终于落了下来，所有的压力感觉都卸下来了，浑身都轻松了许多——任务完成了，通车障碍又少了一处。

我问王余："你曾遇到的最大的困难是什么？怎么克服的？"

"项目生产进行到2016年4月时，锅浪翘隧道出口至合同段止点因征拆艰难，各种关系复杂，将近3000米的路段没有完成红线征地，这也标志着工期过半但项目还有50%的工点尚无法进场施工。本路段含特大桥1座、大桥1座和部分路基，需要征拆的内容包含3个大型碎石加工厂和跨越电站库区，分别是小仁烟碎石场、兴中料场、小渔溪料场、中广核脚基坪电站库区。为了尽快进入停滞施工的场地开工，我们联系地方政府、业主、公司等各方力量，逐项逐点解决征地，以'蚕食'的方式一点一点地进行，直到全面完成征拆。在短短的剩余工期时间里，我们集中项目优势资源力量，多点全面开花，24小时轮班作业，人歇机不歇，在项目权限范围内制定奖惩制度并且每月兑现，最大限度地调动了作业工人的积极性，最终比计划的节点工期提前了1个月完成该段的任务。当时连从旁边经过的业主、地方人员都赞不绝口：'这一段一天一个样，四川路桥不愧为交通铁军，敢打硬仗、能打胜仗！'"

我问王余："修建雅康高速的过程中你最大的收获是什么？"

"在这3年多时间里，我从一个愣头青变得更成熟了，我带领着这个年轻的团队在甘孜州的康庄大道上留下了深深的足迹，为大家建成了这条幸福路、连心路、致富路，这份成就感、自豪感难以言喻。几年下来，我们项目上培养出一大批优秀管理人才，大多数人员都获得了职位上的晋升，从我们这儿走出了2名项目经理、3名总工。在这期间，我也被评为铁投集团优秀党员、四川路桥集团先进生产工作者、川交公司第二届优秀青年、藏高公司施工标准化先进个人、雅康公司先进个人等，我们项目也获得了四川省总工会授予的'工人先锋号'等荣誉,我的所有付出都得到了肯定。感谢这段经历,我会继续努力的。"

最后我问王余:"你最大的梦想是什么?"王余说:"我想以一带十,让新一辈的路桥人传承路桥精神,发扬路桥精神,在面临各种复杂的境况时都能沉着冷静地思考、对待,勇当开路先锋,为路桥事业添砖加瓦,为路桥的世界500强目标贡献自己应尽的一分力量。"我又问:"那你最小的梦想是什么?""回家陪老爸老妈吃饭、喝顿小酒,陪老婆孩子上街逛逛玩玩。"王余是率真的小伙,他的梦想里有最真的情怀、最朴素的幸福,愿他所有的梦想都实现,愿路桥人的日子更温馨幸福。

如今,雅康高速已经正式通车了,雅康高速路段全长135千米,海拔落差1900米,被称为高速珠峰、云端天路。这伟大的杰作,是雅康高速人永远的骄傲与自豪,是筑路人心中永远的丰碑。